KB141596

싱글들의 파라다이스

싱글들의
파라다이스

김애순 지음

도서
출판 답게

로버트 프로스트는 그의 시 〈가지 않는 길〉에서 '단풍든 숲 속의 두 갈래 길이 있었는데 나는 사람들이 적게 간 길을 택했다'고 하였듯이 나 역시 10대부터 결심하여 당시에는 남들이 쉽게 가지 않는 길을 택하여 오늘 70대 중반까지 한 눈 팔지 않고 성실하고 분주하게 달려왔다.

대부분의 사람들은 자신이 가보지 못한 길에 대해서는 무한한 동경과 미련을 갖는다. 그리고 자신이 이미 걸어온 길에 대해서도 언제나 후회와 자책을 한다. 이렇듯 결혼을 한 사람은 비혼에 대해서 호기심을 갖기 마련이고 싱글들 역시 결혼생활에 대해서도 일말의 미련을 갖기 마련이다.

우리 사회에서 혼자 사는 사람들을 가리켜 독신이란 말을 가장 보편적으로 사용하고 있으나 또 달리 비혼, 싱글, 솔로, 돌싱(결혼했다 다시 혼자로 돌아온 싱글), 미혼 등 여러 말로 불리고 있기에 나는 이 책에서 모두 기분 내키는 대로 혼용하기로 했다.

아직도 사회 일각에서는 혼자 살고 있는 사람을 외롭고 측은한 시선으로 여기는 풍조가 있으나 주위 사람들에게 남편 잘 만나 자식들까지 훌륭하게 키워 호의호식하고 행복하게 잘 산다는 말을 들어도 그다지 부럽거나 내 자신을 초라

하게 느껴본 적은 한 번도 없었다. 둘이 부르는 합창이 아니
라 혼자 부르는 독창이라 해도 맑고 고운 음성으로 남을 즐
겁게 해줄 수 있고 또 자신이 있기 때문이었다. 내가 살아오
는 동안 어디에서도 깨끗한 양심과 정의감이라는 무형의 재
산을 갖고 꾸밈없는 인간관계를 유지하여 왔기에 내 인생은
이 세상 누구보다도 정신적인 풍요 속에서 당당하고 후회 없
는 삶을 누려왔다고 자부한다.

　내가 젊었을 때는 남들이 〈가지 않는 길〉이 첩첩산중이
어서 비혼의 길을 공개적으로 선택하기가 무척 어려웠다. 하
지만 오늘날은 대로에 포장까지 잘되어있어 좋은 차를 몰고
가도 거침없이 달릴 수 있어 사춘기 때는 누구나 한번 가보
고 싶은 호기심과 충동까지 일으킬 정도로 〈독신의 길〉에 대
한 인식이 보편화 되어서 노총각 노처녀들이 지천에 깔려있다.

　나는 졸작이나마 이 책을 통하여 결혼생활을 비난하거나
독신을 적극적으로 권장할 생각은 전혀 없다. 다만 비혼의
삶을 지향하거나 현재 혼자 살고 있는 분들에게 앞으로의
인생항로에 참된 가치와 보다 나은 웰빙의 삶을 누리는데
조금이나마 도움이 되었으면 하는 소박한 바람으로 70여 평
생을 통해서 얻은 경험을 토대로 하여 평소의 소신을 주창
해 보았다.

/목 차/

Ⅲ ＊ 잃어버린 자화상을 찾아서

Ⅳ ＊ 결혼이란 꿈속의 빛과 그늘

V * 다시 태어나도 이 길을

I＊홀로 살아가는 지혜

싱글 족들에게 유리한 사회적 인식의 변화

결혼 적령이 따로 없어진 사회 추세

10여 년 전만 해도 독신에 대한 인식이 오늘날처럼 그렇게 후하지는 않았다. 보통 여성이 25세만 넘으면 부모들이나 친척은 물론 직장에서 상사나 동료는 물론 선 후배들까지 주시하며 성화를 대서 일일이 말대꾸하기도 귀찮은 때가 많았다.

그런데도 남자가 20대 중반에 결혼한다고 하면 어쩐지 젖비린내 나는 것 같고 여자도 아직은 멀었다는 감이 들기 때문에 결혼 연령이 갈수록 엿가락처럼 늘어지고 있다. 결혼은 연령이나 성별에 따라 시기가 정해진 것이 아니기 때문에 통념상으로라도 적령기라는 개념이 애매하다. 서른이 훨씬 넘은 여성이라 해도 본인의 생각에 아직 결혼할 때가 아니라고 주장한다면 그대로 인정해주어야 한다.

우리나라 통계청에서는 편의상 독신의 분기점을 35세로

보고 있어 이 나이까지는 결혼을 하지 않았으면 편의상 미혼이라 할 수 있고 이 분기점을 넘어서면 독신인가? 비혼인가? 싱글인가? 솔로인가? 하고 마음대로 부르기 때문에 사실상 독신에 대한 정의는 명확치가 않고 또한 독신의 형태가 다양해서 무엇을 기준으로 할 것인가도 모호하다.

앞서 말한 35세가 되지 않았어도 처음부터 혼자 사는 것을 결심하고 그 생활에 익숙하거나, 나이가 많은데도 결혼을 원하며 대기자로서 지내고 있더라도 이들이야말로 객관적인 비혼자라고 인정 할 수 있다. 또한 일단 결혼을 했으나 여러 가지 사연으로 배우자와 이별을 하고서 자녀도 없이 혼자 살고 있으면 소위 요즈음 유행하는 말로 돌싱 즉 도로 싱글이다. 그런가 하면 결혼을 정식으로 하지 않고 남몰래 동거하며 실제로 부부생활을 하며 살면서도 법적으로 비혼이라 해서 독신의 형태를 취하는 사이비 독신들도 있다. 한편 결혼해서 배우자와 헤어지거나 사별했어도 자녀들이 있으면 편의상 싱글맘 싱글파파라는 칭호를 붙인다.

흔히 싱글을 자신의 반쪽을 포기한 사람이라 해서 결혼하지 않은 사람은 인간적인 미성년자라 취급하기도 하지만 독신은 개인주의적인 사상이 심화되어 가부장적 가족주의에 대한 반발로서 시작된 것이다. 사회적으로 독신자의 표본적인 계층이 천주교의 신부와 수녀들인데 원래 천주교 성직자들은 기혼자들이었으나 중세부터 타락한 독신교황이 외형적으로 독신생활을 시작하면서부터였다고 한다.

자신의 행복과 비전을 중시하는 젊은층들의 선택

정신분석학자 〈프로이드〉가 '인간은 성적인 동물이다' 라고 했듯이 완전한 인간이 되려면 남녀가 만나 자녀를 생산하여 단란한 가정을 이루고 사는 것이 정상적이라는 관념으로 자연의 섭리를 거절하고서 혼자 사는 사람은 마치 신체적으로 결함이 있는 것으로 단정하는 풍조가 있었다. 또한 결혼하지 않은 사람에게는 '세상에 오죽이나 못났으면 그 흔한 짝꿍 하나 구하지 못하고 처녀 총각 귀신으로 늙어갈까!' 하는 빈축을 사기도 했으나 세상살이에서 행·불행은 주관적이므로 남들의 시선 때문에 내 자신의 운명을 타의에 의해서 좌지우지할 필요는 없는 것이다.

최근 통계청 자료에 의하면 우리나라 인구 중 전체 독신으로 살고 있는 사람 중에서 미혼 독신이 45%이다. 이토록 비혼이 늘고 있는 가장 큰 이유로 자신의 일에 더 충실하고 싶어서였고 또한 남녀 공히 경제적인 이유로 결혼을 기피하고 있으며 남성에게 주택비용이 가장 큰 문제로 대두되고 있다.

과거에는 자녀들이 부모로부터 독립할 수 있는 유일한 방법이 결혼이었고 특히 여성들이 영원한 취직자리로 선택하는 경우가 많아 결혼을 꼭 해야 하는 것으로 인식하고 있었다. 그러나 이제는 경제적인 자립의 위치가 넓어짐에 따라 자신의 능력과 행복을 중시하는 개인주의적 사고방식으로 사회가 변화되었다. 뿐만 아니라 부모들 역시 자녀의 자주성을 중시하여 결혼을 강요하지 않기 때문에 굳이 결혼을 선택하지 않아도 되는 분위기가 조성되어 독신 가정이 늘어나고 있는 것이다.

여성들의 사회진출이 활발하여 이제는 남성들의 독무대였던 법관이나 고위 공무원직도 두드러지게 여성이 많은 것은 물론 공무원이나 교직에도 오히려 여성합격자가 더 많다. 하지만 대기업의 과장 이상 간부직에는 여성들이 극소수이며 이들 중에서도 대부분이 비혼자들일 수밖에 없는 것은 한 몸으로 직장과 아내 엄마 며느리 등의 1인 4역을 해야 하는 기혼자들의 복잡한 위치와는 비교할 수 없이 유리한 조건에 놓여 있기 때문이다.

가정을 가지게 되면 상사와 동료들과의 회식은 물론 직장에 급한 일이 있어도 아침 일찍 출근이나 늦게까지 야근을 할 수 없어 치열한 경쟁사회에서 남성들과는 물론 동성 비혼자들과의 사이에서도 승진이나 경쟁에서 뒤떨어진다는 것은 필연의 결과이다. 그러므로 사회적인 분위기도 바뀌어진 이 시대를 사는 젊은 여성들이 개인의 비전이나 발전을 결혼보다 더 중시하는 이성적인 마인드가 강하여 자신에게 유리한 환경의 비혼을 선택할 수밖에 없는 것이다.

경제력이 없으면 의료혜택이나 최저생활은 국가에서 보장

　혼자 사는 사람들이 가장 힘들 때는 아플 때 돌봐줄 수 있는 보호자가 없는 것이라지만 오히려 가족이 있으면 더 불리한 경우도 있다. 물 한 모금도 먹을 수 없는 중환일 때는 입원을 해야지만 웬만하면 자꾸 움직여서 견디는 것이 병 치료에 좋은 조건이다. 가족이 있으면 오히려 독립심도 약해져서 더 의지하게 되어 환자 자신이 게을러지면 병은 자꾸 달려들어 오래 자리를 보존하게 되는 것이다. 미국 독신환자들의 특징은 몸이 아파 더 이상 참을 수 없는 상태가 되어서야 병원을 찾는다고 한다.

　우리나라의 의료보험제도는 미국보다 훨씬 환자에게 유리한 조건으로 제도화되어있어 입원비나 수술비도 크게 부담이 없어 노령의 독신에게 경제적인 도움이 잘 되고 있다. 특히 부양의무자가 일정한 수입이 없어 생계가 어려울 때는 기초생활 수급대상자로 선정되는데 까다로운 조건에 걸리지도 않아서 자녀가 있는 사람보다 더 유리한 위치에 있다. 그렇지만 능력이 있을 때 자기관리를 잘해서 노후에도 국가의 신세를 등에 업는 3등 인생으로 떨어지는 위치까지는 가지 않는 것이 혼자 살아온 최고의 가치라고 생각한다.

화려한 골드미스들!
그들만의 긍지와 자부심을!

긍정은 독감도 낮게 하지만 부정은 신체에 병균을 불러들인다

'오늘 나의 불행은 언젠가 잘못 보낸 시간의 보복이다. 이 말로부터 자유로운 사람은 아무도 없다.' 이는 나폴레옹의 말이다.

인간 개개인의 행복과 불행은 남이 가져다주는 것도 아니고 내가 쟁취한다고만 해서 되는 것도 아니다. 허공에 날아다니는 행복의 파랑새를 강제로 내 품 안에 안아 들이기 위해 주위의 다른 이해관계를 다 무시하고 자신의 의향대로 무리하게 추진해서 결과가 좋다는 보장은 없다. 그렇다고 노력도 해보지 않고 처음부터 자포자기하는 무능하고 무기력한 자세는 더더욱 아무것도 못한다. 때로는 치고 나가는 도전 정신도 필요하지만 무모하게 시간을 잘못 보내는 것은 금물이며 앞뒤를 잘 가려 자신의 능력과 환경을 잘 파악한 후에 실행에 옮겨야 한다.

인간은 누구나 목적이 뚜렷할 때 삶이 달라지며 생기가 저절로 솟아나고 부지런해진다. 15년이란 긴 세월 동안 각고의 결실로 제작을 완성한 영화 〈벤허〉의 감독이 시사회 때 "야! 이 영화를 내가 만들었나?" 하고 벌떡 일어서서 격한 감동을 표출하였듯이 아주 불가능할 정도로 어려운 일을 성공시켰을 때의 벅찬 희열을 맛보는 것은 이 세상 모든 것이 다 내 것인 것처럼 느껴지는 황홀하고 찬란한 순간이라 아니할 수 없다.

태초부터 인간은 남녀가 1:1로 만나 자녀를 생산하고 잘 길러서 사회에 우량의 작품으로 내놓아 그들이 인류에 기여하는 것을 인생 최대의 가치로 생각하였기에 비혼자에게는 거두어들일 수확이 없어 황량하고 곤궁할 것으로만 인식되었다. 뿐만 아니라 이들에게는 이유 불문하고 인류을 거역하는 반역자이며, 자신을 낳아준 조상에 대한 큰 불효로 내몰렸기에 결혼하지 않겠다는 말을 섣불리 입 밖에 내 놓을 수도 없이 혼자 냉가슴을 앓고 산다. 특히 여성의 경우는 장애인과 같이 사회적인 약자로 인정하여 남들의 눈에 얕보일 것 같아 스스로 심리적인 위축감을 받게 되어 첫 대면의 상대 앞에서는 비혼이라는 말 대신 지금 짝꿍을 고르고 있는 중이라고 돌려대기도 하며 때로는 기혼자 행세를 했다가도 이내 사실대로 실토를 하게 된다.

사람마다 성격이나 라이프스타일에 따라서 각자 살아가는 방법이 다르다. 아무리 어려운 환경 속에서도 매사를 긍정적으로 생각하면 희망이 솟아나고 아무리 좋은 조건이라도 부정적이면 모든 것이 회색빛으로 보여 희망을 잃게 된다. 그래서 긍정은 독감도 달아나게 하지만 부정은 건강체인데도 병균을 불러들인다.

나의 고향 중학교 선배인 류태영 박사(전 건국대 부총장)는 〈나는 긍정을 선택한다〉라는 책에서 야간학교에 다니면서 툭하면 영양실조로 쓰러지고 길거리에서 잠을 자며 거지같은 생활을 하면서도 결코 비굴하거나 밑바닥 인생이라고 비관해 본 적은 없었다. 도리어 해외 선진국에 유학 가서 세계적인 일을 하겠다는 의욕과 희망에 넘쳐 있었다. 그 결과 이스라엘, 덴마크 등 유럽에 250여 명의 한국 유학생을 유학시킨 거대한 꿈을 이룬 것은 모두가 긍정의 힘이었다고 한다. 그는 박정희 대통령 때 청와대에서 새마을 운동을 주도했고 지금도 건강하고 청렴결백한 상태로 농촌 청소년 미래재단을 설립해 청소년지도자를 양성하고 있다.

비혼자들의 집단촌을 이루어 인생 2모작을 누렸으면

이제는 농촌에도 아담한 초가집 지붕 위에 얼기설기 얽힌 넝쿨에 주렁주렁 매달린 탐스런 갈색 호박도 볼 수 없는 시대로 변하였다. 허허벌판에 공중으로만 높이 솟아 대지의 온기가 감도는 땅과의 거리가 너무 멀어 삭막하게만 느껴지는 아파트 문화가 우리의 따스한 정서까지 빼앗아가고 농촌 사람들에게도 농사만 짓고서는 도저히 살지 못한다는 부정적인 분위기로 바꿔었다.

인간은 본래 귀소본능歸巢本能이 잠재되어 있으므로 젊었을 때는 도시에서 개인의 재량을 맘껏 발휘하여 하고 싶은 일을 다 하였다. 그러므로 농촌을 사랑하는 비혼자들로서는 반대하는 가족이 없으니까 나이 들면 귀농하여 자연을 벗 삼아 인생 2모작을 시작하는 것도 중·노년을 건강하고 당당하게 살아가는 한 방법이 될 수 있다.

오늘날 우리 세대들은 사랑의 유효기간이 3년이라는 말을 증명이라도 하듯이 손가락으로 헤어볼 수 있는 기간 내에 값싸게도 이혼이라는 불량상표를 도입, 이를 마구 사용하여 1년에 신혼부부의 30%가 갈라서고 있어 신성한 결혼문화를 탁하게 하는 것을 자주 보며 살고 있다. 그때마다 사랑의 값진 열매라고 기꺼이 결혼을 선택했다가 그것을 귀하게 관리하지 못하여 불과 몇 년도 못 되어 증오와 불신의 증표로 상처만 안고 이혼을 선택한다. 그럴 바에야 차라리 처음부터 그 대열에 끼어들지 않고 신선하고 고상하게 하나밖에 없는 육체를 고이 보존하고 살아온 내 자신이 너무 떳떳하게 느껴진다.

공직과 대기업 고위직의 화려한 골드미스들의 긍지

나이 먹도록 짝을 찾지 않고 버티는 사람은 남녀 공히 내공이 강한 사람들이며 딩딩한 위치에 서서 활약하는 사람들에게 하기 좋은 남의 말로 '오죽 못 났으면 그 많은 이성들중에서 한 사람 낚지 못할까' 하고 빈정대는 말을 하지만 그들은 못 하는 것이 아니라 안 하는 것이다. 안 하는 것은 자의적이고 못 하는 건 타의적으로 질적인 면에서 다르게 해석해야 한다. 때로는 주위 사람들 중에 내게 결혼을 안 하는 것은 말 못 할 이유가 있을 것이라는 의심을 하는 눈치가 보이면 "분명히 말 하건대 정신과나 산부인과 전선에 이상 없다." 고 떳떳하게 외친다.

사람은 누구나 어머니 뱃속에서 태어나는 것과 죽는 것은 내 자신에게는 결정권이 없으나 결혼에 대해서는 무슨 일이 있어도 자신의 의사에 반하는 것은 하지 않아야 된다. 그것이 바로 훗날 불행의 씨앗이 되어 자신들은 말할 것도 없고 주위에 얽혀진 많은 사람들에게도 불행의 꽃가루가 날아가 즉시 전염되는 것이다.

예전과 달리 오늘날은 양성 평등사회가 자리잡혀가고 있어 공직사회에서나 대기업에 여성들이 대거 등용되어 고위직까지 자랑스럽게 앉아 있는 경우는 대부분이 비혼이거나 싱글이다. 이들은 소위 골드미스라는 칭호를 받으며 자신 있는 자세로 당당하게 살아가는 사회의 재목들로서 여성들은 물론 남성들과 딸을 가진 부모들에게까지 부러움의 대상이 되어 자랑스럽고 떳떳하게 인생을 구가하며 살아가고 있다. 그녀들은 많은 후배들에게 롤 모델의 상징으로서 그 멋진 모습을 자신의 인생과정에 거울삼아 기죽지 않고 씩씩하게 살아갈 수 있는 싱글의 세계를 아름답고 가치 있게 이어갈 것이다.

홀로 살아가는 지혜

현재 독신의 삶에 불만족은 10%뿐

어떤 일이든지 시작하기 전에 충분히 검토하고 이 정도면 할 수 있다는 자신감이 서 있을 때 출발한다 해도 진행하다 보면 의외로 많은 장애물에 걸리게 된다.

꿈 많은 소녀 시절에 많은 여학생들이 독신에 대하여 한 번씩 동경해 보지 않은 사람들이 별로 없을 것이다. 신문보도에 의하면 중 고등학교 여학생 중 결혼을 꼭 하겠다는 비율이 불과 10%에 그쳤다는 것이 바로 이를 증명하고 있는 것이다.

내가 젊었을 때만 해도 독신에 대한 시선이 너무 달갑지 않았을 뿐 아니라 심지어는 신체적으로 하자가 있는 것으로 인식되기도 했다. 특히 시골의 양반 가문에서는 집안의 수치로 여겼기 때문에 부모 앞에서 결혼하지 않고 혼자 살겠다는 것은 큰 불효라는 생각에서 벗어나 냉가슴 앓듯이 당사자 혼자서만 고민을 해야만 했다.

인생살이를 고해苦海라고 인식하고 있는 사람들에게는 결혼과 독신의 다리 중간에 서서 과연 어떤 길이 좀 더 나을까? 하고 많은 갈등과 고민에 사로잡혀 잠자리가 어수선한 경험을 수없이 맛보았을 것이다.

몇 년 전 한 여론조사기관에서 독신자를 대상으로 설문 조사한 자료에 의하면 독신의 이유 중 결혼의 필요성을 느끼지 못한다는 것이 42%로 가장 많은 것을 보더라도 이제는 혼자 사는 것이 절대 비정상적이 아니고 생활의 한 방편으로 보편화 되었다. 다음으로 마땅한 상대를 만나지 못해서가 39%였으며, 이 외에 환경적인 요인, 이성에 대한 나쁜 기억이, 일을 열심히 하다 보니 시기를 놓쳤다, 는 것도 한 이유가 되었다. 한편 이들이 먼 미래에도 46%가 계속 혼자 살겠다고 했으며 나머지 15%는 실버타운이나, 친구와 같이 살거나 또는 가족, 친지와 동거 등을 원했다.

그런가 하면 한 독신클럽에서 자체 회원을 대상으로 조사한 것에 의하면 현재 자신들의 삶에서 좋은 점은 간섭을 받지 않고 결혼의 짐을 지지 않아 좋다는 의견이 70%였고, 자아실현에 전념할 수 있다는 것이 21%였다. 뿐만 아니라 현재의 삶에 만족한다는 것이 54%였고, 보통이 37%, 불만족은 10%에 불과했다.

홀로 살겠다는 마음가짐과 환경적인 필수조건

　인간은 처음 세상에 나올 때 혼자 와서 떠날 때도 혼자 갈 수밖에 없으므로 세상을 살아가는데도 누구나 혼자 살아가는데 길을 들여야 할 필요성이 있다.

　태초부터 이성이 없는 동물도 짝을 지어서 사는데 하물며 만물의 영장이라는 인간은 험난한 세상을 헤쳐 나아가려면 혼자서는 힘에 겨워 동반자의 필요성이 절실히 요구되며 또한 종족보존을 위해서도 남녀가 결합하여 한 가정을 누리면서 알콩달콩 삶을 이어가는 것이 정도라고 여겨왔다. 하지만 이를 거부하고 혼자 자유스럽게 마음대로 인생을 누려보겠다고 작정한 사람들에게는 독신생활에 대한 마음가짐이나 환경적으로 최소한의 기본적인 필수 조건을 갖추고 시작하는 것이 현명한 방법이다.

　어떤 의학 전문가의 주장에 의하면 적절한 생활통제가 없는 미혼자가 기혼자에 비하여 사망률이 6배나 높은데 그 이유는 고혈압, 당뇨, 콜레스테롤, 흡연, 과음 등이 주된 원인이라고 한다. 그러나 노후에는 남편이 일찍 죽은 여성은 남편과 같이 사는 여성보다 사망률이 2배나 낮은 반면 남성은 아내가 없는 쪽이 있는 쪽보다 사망률이 2배나 높다는 것을 볼 때 늙으면 남편이 일상적으로 아내에게 육체적으로나 정신적으로 많은 짐이 되는 반면 여성은 독립적인 가정생활이 쉽기 때문으로 분석되고 있다.

요즈음 아이들은 초등학교까지는 부모나 가족과 같이 나들이 하는 것에 동조하지만, 중학교 들어가서 친구들과 어울리게 되면 아예 가족은 뒷전으로 밀린다. 그러다 성인이 되어 직업을 갖고 경제권을 쥐게 되면 부모의 간섭이나 구속을 벗어나겠다고 갑자기 집을 뛰쳐나왔지만 우선 머리를 두르고 갈 곳이 없다. 친구 집이나 친척 집에도 단 며칠뿐이며 여인숙 등에도 장기적으로는 거처하기는 어렵다. 특히 여성들에게는 아무데서나 신체적으로 노출되어서는 위험하므로 안정된 주거는 생활의 첫째 조건이기도 하다.

　　처음 부모 곁을 떠나 독립할 때에 일시적으로는 아주 저렴한 찜질방에 가서 잠자고 밥을 먹을 수도 있다지만 그것도 장기간은 허용이 될 수 없다. 젊었을 때는 방 하나만으로도 족하나 단독 아파트의 전세는 보증금이 비싸고, 월세는 매월 지출되어 없어지는 돈이 전세보증금의 이자보다 훨씬 더 많다. 그러므로 주택은행에서 전세보증금을 대출받아 월세 내는 돈으로 대부금 원금과 이자를 불입할 수 있는 단독주택의 방 한 칸이나 원룸 주택을 먼저 선택한 후 은행 불입금이 다 끝난 후 경제형편에 맞는 주거지로 옮기는 것이 현명한 방법이다.

독신들의 주거 형태는 생활에 편리하고 위험에 노출되지 않아야

1,2년 전만 해도 아파트가 재산증식에 큰 몫을 했으나 이제는 주거개념으로 바뀌어가고 있기 때문에 살고 있는 주거지를 이용해서 재산을 늘리려는 관념은 접어 두어야 한다. 특히 가족이 없는 독신에게는 이삿짐도 많지 않고 방을 얻기도 용이하므로 세금이나 집수리도 필요 없는 전셋집에 계속 살다가 주택 자금이 준비된 중년에 값이 저렴한 원룸이나 규모가 작은 단독주택 아니면 아파트를 내 집으로 장만하는 것도 현대인의 지혜다.

어쩌면 유산을 물려줄 자녀가 없으므로 굳이 내 집이 아니더라도 생활에 지장이 없으면 전셋집도 무난하지만 살림짐이 많은 중년 이후에는 전셋집으로 자주 이사 다니는 것이 번잡스럽고 자존심에도 관계가 있기 때문에 내 집을 원하는 것이다.

싱글에게는 임대아파트가 적격이지만 이제까지는 가족이 적으면 임대아파트 당첨이 어려웠으나 요즈음은 대도시도 조건이 완화되었고 지방에는 임대아파트 입주자가 적기 때문에 내 집 장만의 주택문제가 요원하지는 않다.

그런데 여성의 경우에는 밤늦게 귀가할 경우에 신변의 안전을 위해서도 인적이 드문 한적한 곳에 거처하거나 주택의 밀집지역이나 아파트라 해도 밤손님의 왕래가 쉬운 1층이나 복도식으로 된 아파트는 가급적이면 피하는 것이 좋다.

또한 주위에도 평소에 혼자 살고 있다는 것을 일부러 노출시키지 말고 친구나 친척 등이 자주 드나들어 가족이 있다는 인식을 갖도록 하고, 현관에는 신발을 여러 켤레 늘어놓되 질서 있게 정리해놓는 것도 하나의 지혜가 될 수 있다.

혼자서 식생활을 하다 보면 요리를 하다가 기초재료나 조미료 등이 떨어졌을 때는 심부름을 해줄 가족이 없어 음식을 만들던 도중에 직접 외출을 해야 하므로 시장과 슈퍼나 구멍가게가 가까이 있는 거처를 구해야 한다. 만일 개인 주택의 한 울안에 있는 방을 얻을 경우에는 주인집 가족구성원을 잘 알아보고 입주하는 것도 살다가 혹시나 당하게 될 황당한 일을 미연에 방지하게 될 것이다. 또한 주변에 학교나 공원 운동시설 등이 있는 동네라면 건강관리까지 잘 할 수 있어 더더욱 좋은 환경조건이 된다.

사람 사는 곳은 다 마찬가지겠지만 혼자 살려면 더욱 좋은 이웃을 두어야 한다. 갑자기 몸이 아플 때 가족을 대신하여 병원에 같이 가 줄 수 있다거나 집을 비워두는 동안 택배나 등기우편물도 받아 주고 가끔 먹고 싶은 음식이 그리울 때 동행하여 즐거운 시간을 함께 할 수 있는 가까운 사람을 사귀어 두는 것은 행복한 삶을 누리는 한 가지 방편이다. 그래서 멀리 있는 혈육보다 가까이 있는 참된 이웃이 더 소중하고 필요한 존재가 되겠기에 옛날부터 '이웃사촌'이라는 말이 흔하게 통용되고 있는 것이다.

말 그대로 '산 좋고 물 좋고 정자 좋은 곳' 즉 내 마음

에 흡족한 곳이 흔히 있지 않겠지만 생활의 안식처인 주거지
는 살아가는데 행복의 원천이기에 당초에 여러 가지 조건을
맞추어서 선택해야 한다.

좋은 이웃과 영양가 있는 식생활 습관

혼자 사는 생활 중에 집에서의 식생활이 어떤 땐 참으로
따분하고 외로울 때가 있다. '식구가 반찬이다' 라는 말처럼
음식은 여럿이 어울려서 얘기도 나누면서 먹는 데서 식욕과
즐거움도 찾을 수 있는 것이다. 그런데 특히 입맛 없는 봄철
에는 묵묵히 혼자서 숟가락질하는 것이 서글퍼서 허공을 향
하여 "누구 나하고 같이 밥 먹어줄 사람 없어?" 하고 외쳐보
기도 하면서 시 한수 지어보았다.

누가 얼굴 반찬 좀 해 주었으면

겨울이 가고 봄이 되면
온갖 식물들이 단단한 땅을 뚫고 나와
대지 위에 살며시 고개를 내어민다.
추위에 웅크리고 잠들었던 온갖 나무들이
새 잎을 펴기 위해 땅 위의 기氣를 훔쳐갔기 때문인 듯
봄에는 가끔 입맛이 날 버리고 떠나버린다.

식구가 반찬이라는데 혼자라고 무시해서인지

입맛도 식구 찾아 나들이를 가버린다.

입맛 불러보려고 냉장고를 다 뒤져

반찬친구 모두 불러놓고 숟가락 들고 앉아서

무정한 입맛아! 제발 내게 좀 돌아오라! 고

애원을 해 보지만-

돌아올 길이 멀어서 못 오는지!

내가 싫어 안 오는지!

이럴 땐 정든 님 찾아와

얼굴 반찬 해 준다면

입맛이 지름길 찾아 달려와

내게 꿀맛 입맛 안겨 줄 텐데.

독신자들에게 가장 주의해야 할 것은 식사를 거르지 않고 제때에 규칙적으로 영양가 있는 음식을 고르게 먹어야 한다. 혼자 먹는 데 시간 허비하면서 이것저것 장만한다는 것을 힘들고 거추장스럽게 생각하지 말고 내 자신이 왕이라는 생각으로 나 스스로를 위해야 한다.

싱글이냐? 더블이냐? 는 것은 각자의 주거생활로서 구분하게 된다. 하찮은 미물이라도 주거지는 필수 조건인데 하물며 만물의 영장이라는 인간에게는 더더욱 집이 생명의 원초 공간이며 행복의 메이커이기에 집의 가치는 그 누구에게도 최고값의 자리매김이다.

　가족이 여럿 있는 사람들은 각자의 개성과 생활 방식이 달라서 살림 구조가 다양하지만, 독신 가정은 오직 한 사람 뿐이므로 집 안을 들어서면 그 집 주인의 취미 성격 생활패턴 등 모든 분위기를 한눈에 파악할 수가 있을 뿐 아니라 체취까지도 금방 느낄 수가 있다. 그래서 어떤 집은 훈훈하고 정이 넘쳐 술이나 차 한 잔 마시고 잠까지 자며 오래 머물고 싶은 마음이지만 어떤 집은 냉랭하고 쓸쓸하여 방둥이 붙여 앉아있고 싶은 생각조차 없어 바로 되돌아 나오려는 충동을 일으키기도 한다.

　남의 집을 처음 방문했을 때 호화스런 가구와 응접실에 비해 책이 한 권도 없는 집은 정서적으로 궁핍을 느끼게 되어 내면의 세계를 무척 허허롭게 만들어준다.

홀로 있어보아야 투명한 사랑을 본다

마음의 70%가 사랑으로 가득 차 있어야!

'기차가 오니까, 둑이 울리고, 둑이 울리니까, 정든님 다리가 움직인다.'

어느 시골 노인이 자신의 사랑을 가리켜 이렇게 표현했다는 것은 참으로 마음속 깊이까지 조용히 스며드는 아름다운 감동이다.

우리 몸의 70%가 물이듯이 정상적인 사람이라면 마음의 70%도 사랑으로 가득 차 있어야 한다. 인간의 정신 속에 자리 잡고 있는 사랑이 반드시 이성 간의 사랑만을 말하는 것은 아니다. 직업적인 성직자들에게는 더 큰 인류애가 있는 것이기에 평생을 사랑과 봉사로 살았던 김수환 추기경님도 사랑이 머리에서 가슴까지 내려오는 데 70년이 걸렸다고 하는 말에 "그럼 나는 뭐냐?" 단 한 사람도 온전히 사랑하지 못하고 살아왔다는 자책감에서 할 말이 없다. 하지만 이제까지 내가 살아온 동안 작으나마 이웃과 지역사회, 나라를 위해서 한 두 사람보다 더 광범위하게 큰 사랑을 나누어주면서 살았다는 데 대해서 일말의 자위도 해본다.

'진정한 사랑은 고통을 잊게 하는 진통제보다 더 강하다.'는 말이 있으나 사랑해서 결혼을 했던 많은 사람 중에 살아오면서 이토록 강한 사랑의 힘을 실지로 느낄 때가 있었겠지만 어느 한 대상에게 장기간 지속되기란 쉽지 않을 것이다. 특히 남녀 간의 사랑에는 상대에 대한 장점이나 매력이 없으면 연정도 사라지기 마련이며 어느 한순간이나 일시적으로는 순수할 수 있으나 계속 유지하려면 속물근성이 발로되어 반드시 경제적인 것이 수반되어야 한다. 그래서 가난이 앞문으로 들어오면 사랑은 뒷문으로 빠져나간다는 현실을 무시할 수 없기 때문에 살아가는데 요구되는 최소한의 경제력은 있어야 만이 사랑이 지속될 수 있다.

사람마다 물질에 대한 욕심은 한이 없으나 남을 살만큼 부유한 경제력도 아니고 그렇다고 나를 팔 만큼 가난한 삶도 아닌 적절한 경제력이 사랑을 유지하는 데 꼭 필요한 것이다.

2013년 2월 25일 우리 역사상 최초로 비혼 여성대통령이 취임하여 청와대로 들어가는 날 한동네에 살았던 서울 강남구 삼성동 주민들이 새돌이와 희망이 두 마리의 진돗개를 선물하자 텔레비전 중계방송을 보는 많은 국민들은 대통령의 가족이 된 귀여운 강아지에게 팔자를 잘 타고난 행운의 짐승이라고 모두 부러워했을 것이다. 그러나 혼자 살아서 반려동물을 아무리 좋아하는 사람이라 해도 주야로 국정에 여념이 없는 최고 권력자의 마음속에 동물 사랑의 여유가 그리 크지 않을 것만은 사실일 것이다. 어느 일간신문의 만화에 강아지 두 마리가 밥그릇을 앞에 두고서 먹지를 않으면서 "우리는 꿔다놓은 보릿자루다"고 외롭게 앉아있는 모습에서 말 못하는 동물들도 청와대의 분위기를 벌써 알아차렸을 것을 뜻하고 있었다. 사람도 동물도 환경과 주고받는 대상에 따라 사랑을 온전히 받기도 하지만 경우에 따라서는 전혀 못 받거나 일부만 받기도 한다.

고독을 사랑하는 자만이 진실한 사랑을 할 수 있다

사랑은 사람하고 똑같아서 변하기도 하고 늙기도 하고 병들기도 하며 또한 죽기도 한다. 그러기에 사랑이 항상 젊고 영원하다고 믿는 것은 어리석은 인간의 착각에 불과하다. 사랑도 게으르면 녹이 슬기 마련이며 녹이 슨 사랑은 아무리 벗겨내도 원상으로 돌아오기는 어려운 것이다.

흔히 사랑과 외로움을 정반대로 생각하는 사람들이 있으나 외로움은 육체적인 외로움과 정신적인 외로움이 있다. 육체적인 외로움은 온몸이 병들어 움직이지 못하고 혼자 있거나 경제적인 빈곤과 노령으로 인하여 찾아오는 사람 없이 집안에만 눌러앉아서 혼자 쓸쓸히 지낼 때 절실히 느끼는 외로움이다. 인간은 본래 혼자 왔다 혼자 가는 원초적인 외로운 동물이다. 정신적인 외로움은 하는 일이 많아서 혼자 있는 기회가 없거나 가족이 득실거려 다른 잡념이 끼어들 틈이 없을 때 또는 너무 행복하고 즐거워 조용한 시간의 공간이 없을 때는 별로 느끼지 못한다. 때론 군중 속의 고독도 있으나 그건 보편적인 외로움이 아니며 누군가를 진정으로 사랑할 때라도 항상 즐겁고 환상적인 행복만이 지속되는 것은 아니다.

환경적인 요인이 아니라도 몹시 그립고 보고 싶은데도 시간적인 제약이나 거리관계로 얼굴을 대하지 못하는 상태에서 마음 졸이고 있을 때 느끼는 외로움은 사랑을 해보지 않은 사람으로서는 짐작할 수 없는 절실한 감정이다. 그래서 한번 사랑의 아픔을 심하게 앓았던 사람은 다시는 처절한 외로움을 마음속에 맞아들이기 싫어서 이후로는 아무도 사랑하지 않을 수도 있다.

인간관계는 처음 만남이 중요하며 열정적이고 순수한 사랑은 때로는 내면에 뼛속 깊이 아픔이 따르는 외로움을 동반함으로써 오래 지속되며 참된 행복을 내다볼 수 있는 것이다. 만남이라 해서 다 행복하고 즐거운 것만은 아니다. 정신과 육체에 환희가 따르지 않는 접촉은 그냥 마주침이라고 할 수 있지 진정한 만남은 아니다. 즉 살아있는 영혼들끼리 시간과 공간을 함께 함으로써 생명체에 기쁨과 풍요로움을 느끼게 하는 것이 진정한 만남이다 사랑의 목적은 만남에서 종자를 뿌리고 거름을 주어야 싹이 트며 좋은 열매를 맺는 것이다. 사랑하는 사람은 보지 못해서 괴롭고 보기 싫은 사람은 만나서 괴로운 것이다. 사랑은 언제나 변함없이 제자리에 있는 것이 아니고 눈에서 멀어지면 마음에서도 멀어지며 마음이 있는 곳에 물질이 따른다.

진정한 사랑은 고독을 사랑하는 사람만이 제대로 맛볼 수 있다. 홀로 있을 때야말로 벌거벗은 자기 자신을 있는 그대로 성찰할 수 있다. 그러기에 고독은 외로움이 아니라 자기 자신을 투명하게 만드는 귀중한 기회이기 때문에 혼자 있는 것을 잘 소화하는 사람만이 진실한 사랑을 할 수 있는 것이다.

외로운 사람에게는 빵보다 함께 울어줄 따뜻한 눈물

싱글로 사는 사람의 사랑은 배우자나 자식들에게 의무적으로 주어야 하는 정이 없기 때문에 잡티 없이 순박하고 양질의 감정이 축적되어 응고된 결정체인데도 불구하고 이들에게 사랑을 모르는 냉혈동물이라는 말은 절대로 동의할 수 없는 편협한 말장난이라 아니할 수 없다.

〈외로운 사람에게 가장 필요한 것은 한 개의 빵이 아니라 함께 울어줄 그 누군가의 따뜻한 눈물〉이라고 어느 시인이 말했듯이 뜨거운 눈물을 흘려본 사람은 뜨거운 사랑의 진원지를 만들 수 있다. 그리고 눈물 젖은 빵을 먹어보지 않은 사람은 인생을 논할 자격이 없다 듯이 가난의 서러움을 겪지 않은 사람은 참된 사랑의 감성을 가슴속에 품을 수 있는 온화함의 여유가 없는 것이다. 이에 가난과 사랑에 대한 좋은 시 한 구절이 떠오른다.

나는 가난한 사람입니다.
그러나 당신에게 줄 것
하나가 남아 있습니다.
그것은 당신을 향한
나의 간절한 사랑입니다.
당신을 향한 이 사랑 하나로
나는 모든 것을 가진 부자가
되어가고 있습니다.

칼릴지브란의 '마음 깊은 곳 중에서'

그렇다. 참된 사랑은 물질이 아니라 정신이 우선 되어야 한다. 물질은 있다가도 없어지고 없다가도 있을 수 있는 변화무상한 변덕쟁이지만 인간이 살아가는데 필수불가결한 요건이다. 사랑도 단시일 내에 물질에 현혹되어 아무런 노력도 인내도 없이 이루어진 것보다 오랜 동안 눈물도 흘리고 배도 고픈 어려움 속에 간신히 이루어진 사랑이 더 가치가 있고 오래 지속된다.

어느 시인은 '풀잎이 아름다운 것은 바람의 향기를 사랑하고도 그 바람에 꺾이지 않기 때문이다. 약한 바람에 무시로 떨고 흔들리면서도 항상 그 자리에 머물러 내 곁에 남아있는 당신의 모습이 정말 아름답다.' 고 말했다.

피터톱킨스와 크리스토퍼가 같이 쓴 〈식물의 신비생활〉에서 식물도 인간처럼 생각하고 슬퍼한다. 예쁘다는 말을 거듭 들은 난초는 더욱 아름답게 자라고 볼품없다는 말을 들은 장미는 자학 끝에 시들어버린다 라는 실험결과를 발표했다.

이 시대의 롤 모델 비혼非婚주의자

중앙지 신문 1면에 공개된 화려한 얼굴사진

나, 비혼주의자 라는 커다란 활자와 함께 2012년 마지막 날 한겨레신문 1면 하단에 4단의 3분의 1을 차지한 〈나들, 2013년 1월호〉 광고에 70대 주름진 여성 노인의 사진이 잡지 표지 전면을 차지하다시피 화려하게 장식했다.

얼핏 보면 개인이 쓴 책 광고로서 착각할 정도로 신문을 들춰본 사람은 누구나 한번 들여다볼 수 있도록 특별한 지면이었다. 내지에는 8페이지에 걸쳐 몇 장의 사진과 함께 인터뷰 기사로서 완전히 비혼주의자로 명명해놓고 내 인생의 단면을 그려 냈다. 기사 중간에 실린 나의 상반신 독사진이 실물보다 젊고 예쁘게 나와 욕심을 냈더니 액자까지 만들어 선물로 준 한겨레 신문사 사진기자의 성의에 감격하기까지 했다. 우리 집 벽엔 본래 아무것도 걸려있지 않기 때문에 텅 빈 벽에 길이놓있너니 안쪽 벽이 환하게 빛이 났다. 죽을 때까지 큰 사진은 찍지 않을 것이니까 저세상으로 가기 전 이 승과의 이별을 하는 장례식장에 영정사진으로 사용할 것이며 축소해서 수목장의 나무 위에도 걸려질 것이다.

처음 한겨레신문사에서 〈나-들〉잡지에 인터뷰 기사와함께 표지인물로 선정되었다는 담당기자의 전화에 인터뷰에는 응하되 표지에는 반대의사를 분명히 전했다. 표지인물로 나갈 자격도 없을뿐더러 "잡지 망칠일 있느냐"고 말이다.

하지만 이미 결정된 사항을 바꿀 수는 없는 일이고 비혼자들에게 조금이라도 도움이 될 수 있는 것이라면 끝까지 내 주장을 앞세우는 것은 나이 먹은 사람의 옹고집으로 보일까봐서 못 이긴 체 수락을 했다.

12월 31일 아침 9시경 고향에 계신 80대 중반의 노신사 오빠에게서 전화가 왔다. "애순이 동생이냐? 한겨레신문에 나온 책의 표지에 왜? 네 얼굴이 이렇게 크게 나왔냐? 너를 직접 대한 듯 정말 기쁘고 반갑구나." 하는데 몹시 흥분된 어조였다. "글쎄요! 잡지 표지에 나오는 것은 알고 있으나 신문 1면에 광고로 실릴 것은 전혀 모르고 있었는데요." 하고서 즉시 그 내용이 궁금해서 한겨레신문 보급소를 찾아 신문을 구입해서 보고서야 상세한 것을 알았다.

새해 벽두에 전국에 알려진 70대 처녀의 모습

교직 출신인 오빠는 중앙지 하나와 지방지 하나 2개의 신문을 아침마다 선을 그으면서까지 꼼꼼히 보면서 스크랩까지 하기 때문에 나와 만나면 시사에 대한 대화가 우리 가족이나 친척 중에서는 가장 잘 통하고 있는 사이다. 작년까지 J신문을 구독하다가 제자의 권유로 2013년 1월부터 한겨레신문으로 바꾸었는데 하루 전에 서비스로 12월 31일자 신문을 처음 받았는데 세상에서 가장 아끼고 걱정하는 노처녀 여동생의 사진이 대문짝만하게 실렸으니 사전에 아무런 정보가 없었다가 너무 놀랐던 것 같았다.

신문사 스튜디오에서 〈나-들〉잡지의 표지사진을 몇 번씩이나 찍었기에 어떤 사진이 어떻게 나올 줄도 모르고 더구나 신문에 이토록 크게 광고가 될 줄은 사전에 정보가 전혀 없었기에 나 자신도 얼떨떨할 수밖에 없었다.

'나! 비혼주의자'로 온 세상에 떠벌렸으니 속마음에 멋진 황혼의 노신사 한 분을 찾으려고 계획했더라면 어떠했을까? 다행히 그런 생각은 하지 않았기에 나들 잡지덕분에 이제부터는 아예 비혼주의자의 표본적인 인물로 낙인이 찍혀버린 셈이다. 더구나 하루도 아니고 똑같은 광고가 한겨레에서는 1면 하단에 10여 일, 경향신문에도 서너 차례에 걸쳐 지면을 크게 차지했고 광고를 보는 사람들 중에서 싱글에 대해 비판적인 측에서는 시집 안 간 것이 무슨 큰 벼슬이라도 되나? 하고 빈축을 보내기도 하고 오죽 못났으면 평생 짝 하나 못 찾고 이렇게 늙었을까! 할 것이지만 시비를 하는 것은 모두가 자유이니까 내가 신경 쓸 문제는 아니다.

사상 처음 비혼 여성으로 대통령에 당선된 당시 박근혜 당선자와 비교해서 실린 한겨레신문사 발행 시사주간지 〈한겨레 21〉(2013년 1월 14일자 90페이지)기사를 그대로 옮겨본다.

비혼 여성대통령 탄생 예견?

비혼/여성. 여성/노동자의 정체성을 가진 세 여인에 주목한 사람 매거진 〈나-들〉 1월호 여성이자 비혼이다. 이만하면 사회적 약자로서 요건을 두루 갖춘 셈이다. 앞으로 대한민국의 5년을 이끌어갈 대통령 당선자이시다. 그런데도 삶의 벼랑길에 몰린 노동계의 약자들은 그녀가 당선되자마자 하릴없이 제 목숨을 끊고 있다. 그녀를 약자라고 인식하는 이들은 "근혜야 울지마라 오빠가 있다"를 외치는 노익장의 남성 마초들의 오빠주의들 정도인데 이런 표상을 대타자로 내면화 한 부류는 분명 소수다. 그러나 그들도 결국 소수자는 아니다. 약자와 소수자는 이렇듯 육체적 힘이나 수의 우열만으로 가늠할 수 없는 복잡한 인식들이다.

당선인의 삶과 대비되는 표지인물

새해 시작과 함께 발행된 사람 매거진 〈나―들〉 1월호가 어느 70대 비혼주의자를 표지인물로 내세웠다. 잡지 표지에 주름 깊은 노인 얼굴이 클로즈업 되어 등장하는 일은 극히 드물다. 60대 비혼 여성 대통령 탄생을 예견이라도 한 걸까! 결과는 공교로웠지만, 기획 의도는 딴판이다.

비혼 남녀들에게 세밑과 새해 들머리는 왜? 결혼하지 않느냐는 압박이 정점을 찍는 시기다. 그들에게 위로도 주고 환심도 사기 위한 "캘린더성 기획" 성격이 짙었다한다. 그런데도 표지인물로 등장한 비혼 여성의 일대기는 여러모로 당선인의 그것과 대비된다.

당선인은 국가 가부장 노릇을 했던 아버지를 흠모하는데 비해 표지인물에게는 아버지란 비혼을 선택하게 된 부정과 극복의 대상이었다.

당선인이 대학생 때 영애로서 외교사절 노릇을 했다면 표지인물은 1961년 남북학생회담을 추진했던 전국학생연맹의 여학생부장을 하다 당선인의 아버지가 일으킨 5·16쿠데타 직후 철장 신세를 져야 했다.

당선인은 선거의 여왕으로서 일개 정당을 이끌었다. 표지인물은 비혼 여성 모임을 조직해 권익 신장에 나섰다. 참! 당선인의 연애사는 베일에 가려져 있지만 표지인물에게 로맨스는 바닷가로 밀려드는 파도와 같았다.

백마 탄 황혼의 기사가 나타나도 거절할 수밖에

〈나-들〉잡지 광고는 신문뿐 아니라 전국 120여 개 아이쿱 생활협동조합매장 입구와 일부 지하철 잡화매점에 포스터까지 붙어있어 몇 달까지 내 얼굴을 아는 사람에게서 심심찮게 연락이 왔다 30여 년간 아주 잘 알고 있는 사회 후배들은 아침저녁 출퇴근 시간에 서울의 어느 전철역 매점에 5개월, 7개월이나 붙어있는 포스터의 내 얼굴을 보면서 제발 떨어지지 말고 오래 붙어있기를 기도하면서 다닌다고 했다.

안양에 살고 있는 한 50대 가정주부는 첫 만남에 혼자 살림하기에 편리한 고급 후라이팬을 선물로 주어 주방에서 요리를 할 때마다 생각을 하게 되어 남에게 선물을 줄 때 잊지 않도록 하는 방법이 따로 있다는 것을 새삼스럽게 깨달았다.

이제는 아무리 훌륭한 백마 탄 황혼의 기사가 나타나서 애걸복걸하며 매일 쫓아다니는 영광이 주어진다 해도 "나는 다시 태어나도 이 길을" 하고 외칠 수밖에 없다.

그리고 많은 후배 싱글들에게 정신적인 선배로서 모범을 보여야 한다는 중압감이 머리와 가슴속을 꽉 메우고 있다.

바보처럼 살아온 내 인생

8삭 동이 미숙아로 태어나 3주 만에야 사람 구실

　지구상에 존재하는 동물 중에 모태 속에서 가장 오랫동안 숙성의 기간을 요하고 있는 것이 바로 인간의 생명이다. 정자와 난자가 결합하여 10개월이란 긴 세월 동안 두 사람의 분신을 탄생시키기 위한 모성은 온갖 고통을 기꺼이 감수하면서 대부분이 그 길을 선택한다.

　생명의 탄생은 부모가 간절히 원한 결과에 의한 것도 있으나 원하지 않은 경우도 있다. 미혼모의 사생아나 모태의 선천적인 질병으로 인한 장애아는 물론 아들을 원했는데 딸이라면 원치 않는 생명인데도 조물주가 마음대로 제작해놓으면 그 작품을 울며 겨자 먹기로 세상에 내놓을 수밖에 없는 것이다. 그러나 귀한 자식이라고 해서 다 잘되는 것은 아니며 천한 자식이라도 의외로 좋은 수확을 거두는 것이 인간이란 상품이다.

나는 위로 언니가 셋이나 되기 때문에 아들이 오빠 한명 뿐인 부모님은 아들을 원했는데 낳아놓고 보니 불행히도 원치 않았던 딸이었다. 반갑지도 않았던 생명이 무엇이 그리 급했는지 비정상적으로 2개월을 앞당겨 8개월 만에 튀어나와 울지도 못하고 식물인간처럼 숨만 쉬고 있었다. 어머니는 그래도 갓 태어난 생명이 불쌍해서 숨이라도 멎으면 땅에 묻으려고 보자기에 싸서 침침한 뒷골방에 던져놓고서 밖에 나가 밭일을 하셨다. 아침에 어린아이를 낳고 방에 누워있을 산모가 괭이를 넣은 광주리를 머리에 이고 밭에서 돌아오는 모습을 보고 동네사람들은 달도 차지 않아서 나온 아이가 죽어서 벌써 저승으로 보낸 모양이라고 혀를 차며 위로를 했다.

　　비록 쓸모없는 생명이지만 숨은 멈추지 않고 깔딱 깔딱 쉬고 있기에 하루에 몇 번씩 보자기를 들춰보고는 젖을 빨리면서도 가망 없는 생명이기에 아예 포기하였다. 그런데 3주가 지나니까 갓난애가 내는 고고의 성도 아닌 여우 울음처럼 케-엑 케-캑하는 소리에 죽지는 않겠다는 희망을 가지고 적극적으로 보호하니까 차차 완전한 생명으로 돌아왔다.

　　미숙아로 태어났어도 자주 울거나 아프지도 않고 너무도 순하게 크면서 그 어떤 자식들보다 어머니의 몸과 마음을 편하게 해주었기에 이름을 사랑 애愛. 순할 순順으로 명명했다. 아버지는 그때도 외도를 하다가 6개월 만에 집에 돌아와 계집애라 섭섭해서 부하 직원을 시켜 김길자吉子로 입적시켜 나는 그 해가 다 저물어갈 무렵에야 정식으로 법적인 자식이 되었으며 호적과 실제 부르는 이름이 틀린 것도 고등학교 입학 때에서야 확실히 알았다.

이토록 처음 세상에 나올 때는 부모님께 천대를 받았으나 남의 집에 호적을 옮기지 않고 독신을 고집하였기에 내 나름대로 어머니에게 효도하고 형제간들과 우애를 하는 데 공을 세운 것에 대해서 집안 친척들 중에서 아무도 부정할 사람은 없다.

오빠의 짝꿍 올케언니는 두 딸들을 출가시키면서 "너희는 고모가 할머니에게 한 만큼의 10분지 1이라도 부모에게 효도하라"고 했던 것을 보면 나 자신은 어머님 생전에 못다 해드린 것이 너무 많아서 지금까지도 후회스러움이 남아있는데 그런 말을 듣는 것이 부끄럽기 짝이 없다.

아버지의 외도로 남성들에 대한 부정적인 심리가 비혼을 동경

지금 생각하면 내 위의 셋째 언니는 9개월, 나는 8개월 밖에 안되었는데도 속타는 어머니 태중이 너무 뜨거워 일찍 튕겨져 나와 버린 것이다. 18세에 결혼한 다음해부터 40대 중반까지도 외도를 하는 아버지로 인해 어머니는 가슴에 화병을 안고 살았기에 그 불덩이가 우리 자매에게 옮겨 붙어 뱃속에 그대로 머물러있기 싫었던 것이다. 그로 인해 나는 이미지에 대한 부성적인 심리가 어쩜 태중에서부터 싹이 터서 그 영향으로 미숙아로 태어났기에 평생을 혼자 살면서도 내 생활에 결코 후회 한번 해보지 않았다.

어머니는 세 자녀를 출산할 때까지는 오장육부가 썩어 문드러지는 세월을 인고忍苦로 살았으나 넷째인 내 바로 위의 언니를 잉태하였을 때는 가끔 심한 가슴앓이(요즘의 병명으로는 위경련)로 고통을 당했다. 순간적이나마 통증을 진정시키느라고 시골에서 흔한 대마초를 먹은 이유로 두 딸을 조산했다는 것인데 성장하면서 나는 그 사실을 알았을 때 자신도 모르게 결혼에 대한 거부감이 싹텄던 것이다.

나는 아버지가 호적에 올린 이름이 싫고 어머니가 한자 실력으로 지어주신 이름이 좋아 집에서나 학교 들어가서도 호적 이름과 실제 이름을 다르게 사용했다. 후에 사회에 나와서 확인한 것인데 중학교까지는 학적부에도 실제 사용하는 이름으로 되어있으나 고등학교나 대학교 명단에는 나의 실제 이름이 없고 호적 이름이 있어서 공무원 시절 법원 호적계장을 알아서 개명신청서를 제출한 1개월 만에 정정된 호적등본(지금의 가족기록부)이 도착했을 때 너무도 감개무량했다.

내 것 없으면 당장 굶어 죽을 천하의 배냇병신

사회에 나와서 한때 같은 직장에서 근무하였던 친구가 나를 잘 알고 있으므로 "얘! 너와 나는 배냇병신이다"라는 말을 불쑥 내뱉기에 나 역시 맞장구를 쳤다. 그 후로 세상을 살아오며 가끔 병신 바보 같은 행동을 하고 나서는 집에 와서 거울을 보면서 "야! 이 바보 천치! 죽어라 죽어! 이 험한 세상에 너처럼 바보같이 살면 도대체 무얼 하겠다는 거냐?" 하면서 거울에 나타난 내 얼굴을 주먹을 불끈 쥐고서 마구 쥐어박는다. 남에게 터무니없이 억울하고 분한 모략을 받고서도 그 자리에서 마구 따지고 달라들어 시쳇말로 묵사발을 만들어버리면 다시는 그러지 못할 것이다. 그런데도 당장 무식하고 험하게 굴지를 못하고 참으니까 상대가 더 짓밟고 날뛰는 것인 줄 알면서도 같이 대항하지 못하고 집에 와서는 잠 못 이루고 가슴앓이를 하는 내 자신이 너무 미워서 실컷 패주고 싶은 충동을 느낀다.

　남의 집에 방문할 때도 식사시간 훨씬 전에 다녀오더니 아니면 식사시간이 지난 후에야 간다. 어쩌다 시간이 맞지 않아서 형제간 집을 들르는 일이 있을 때에도 식사 시간 조금 지나서 도착하면 배에서는 시냇물 흐르는 소리가 들려도 밥 먹었다고 거짓말을 하여 한 끼는 고스란히 굶어버린다. 아무리 급한 일로 돈 쓸 일이 있어도 주위의 누구에게도 돈 한 푼 빌리지 못하는 주제에 남이 어렵다면 두말 않고 이유도 묻지 않고 선뜻 빌려준다. 돈 주면서도 반환 일자도 확인 못하고서 상대방의 처분만 기다리다 재촉 한 번 하려면 수없이 생각하고서 조심스럽게 말을 꺼내는 비위 없는 성격을 고치려 해도 마음대로 되지 않는다.

화려하고 이익이 많이 남는 백화점에서는 정찰제이기에 아무 소리 못하고 몇 십, 몇 백만 원어치 물품을 사는 사람들이 자가용 타고 시장이나 노점에서는 약삭빠르게 한 푼이라도 덜 주려고 실랑이를 하는 것을 보면 내 속이 매스꺼워 그들의 뒤통수에 매서운 눈총을 쏘아댄다.

'공짜라면 양잿물도 먹는다.'는 속담처럼 뭐든지 공짜라면 한없이 줄서서 기다렸다가 만면에 웃음꽃을 피우며 욕심껏 들고 가는데 나는 코앞에 진상을 해주어도 선뜻 받지를 못하고 다른 사람 주라고 양보한다. 반값 처리한다고 하면 밥도 굶으면서 새벽부터 긴 대열 속에 샌드위치처럼 끼어서 몇 개씩 좋은 것만 추려서 가는데 내 귀한 다리를 괴롭히는 일은 돈을 준다고 해도 못 하는 바보로 정말 내 수중에 돈 없으면 꼭 굶어 죽기 안성맞춤이다.

혼자서는 외식도 하지 못하는 바보 칠푼이

소녀시절 어쩌다 혼자 집에 있을 때 식사시간이 되어도 식구들이 들어와야만 같이 밥을 먹는 것으로만 알고 배가 고파서 기진맥진할 정도까지 기다렸다가 "뽀짝이는 살아도 삐쭉이는 못산다 듯이 너무 넉살이 없어 큰일이다"고 가끔 어머님께 핀잔을 듣기도 했다.

초등학교 다닐 때 점심시간이 되어 친구들이 같이 밥을 먹자고 내 자리로 몰려드는 것도 부끄러워 활발하게 밥 먹는 것이 습관이 되지 않았다. 어쩌다 한 번씩 가지고 가는 도시락 반찬을 어머님이 신경 써서 해주어 반 친구들 것보다 더 맛이 있어 내 것을 친구들이 먹어 없어지면 다른 친구 반찬에 젓가락을 댈 용기가 없어 맨밥만 먹어야만 했다. 그래서 6학년 내내 도시락을 가지고 가는 것이 가뭄에 콩 나듯 한 달이면 불과 두세 번에 지나지 않았다.

사회에 나와서 직장에서는 점심시간에 여럿이 어울려서 먹지만 출장 중에는 음식점에 들어가서 혼자 밥 먹으려면 남들에게 남편하고 싸워서 집 나온 여자처럼 인식될까 싶어 배를 쫄쫄 굶겼다가 집에 돌아가서야 먹는다. 지금도 밥맛이 없거나 몸이 아플 때 외식을 하고 싶어도 누구하고 같이 가지 않으면 혼자서는 음식점 문을 열고 들어갈 용기가 없어 집에서 억지로 먹으며 한 끼를 때운다. 마땅히 같이 먹을 사람을 부르려 해도 미리 약속이 되어있지 않는 한 갑자기 물건처럼 빌려올 수도 없으니 돈을 손에 쥐고도 먹고 싶은 것을 마음대로 취하지를 못하는 바보 칠푼이 같은 자신을 덜떨어진 계집애라고 자신에게 원망도 해본다.

혼자서도 큰 식탁 하나 차지하고 앉아서 큰소리치며 뻔뻔스럽게 맛있는 것은 더 주문하며 잘 먹는 여성을 볼 때는 '나는 왜? 내 돈 내고 저토록 활발하게 먹고 싶은 것 마음대로 먹지 못할까? 마치 무슨 죄나 지어서 아는 사람 만날까 두려운 사람처럼 병신 짓 혼자 하며 살아가는 못난 여자'라고 남모르게 속으로 뇌까린다.

부지런하고 리드미컬한 여가생활을

아침형이 건강하고 목표를 이룬다.

어렸을 때 어머님은 가끔 "하는 일 없이 쉬니까 몸이 찌 굿찌굿 아프다" 는 말씀을 하신다. 그때마다 나는 "어머님! 쉬면 편하고 좋은데 왜? 몸이 아프다고 하세요." 하고 의아 한 듯 되묻곤 했다.

실제로 아무런 일도 하지 않고 빈둥거리며 한가하게 시 간을 보내면 육체적으로는 편할지 모르지만 사실은 그렇지가 않다. 직장인들에게 월요병이 있는 것은 주말에 집에서 편히 쉬면서 몸과 정신을 풀어 놓았기 때문에 긴장이 풀렸다가 다 시 시작하려니까 육신이 피로한 것이다.

일이 없는 휴일에는 늦게까지 잠을 자고 자리에서 머뭇 거리다 보면 아침밥도 거르고 10시나 11시경에 잠시 몸을 움직여 간단히 브런치(아침 겸 점심)로 때우기라도 하면 다행 이다. 그렇지 않고 오후 3~4시에나 일어나 잠에 취하여 멀

뚱히 앉아있다 보면 온몸에 기氣가 다 빠지고 영혼은 어데 가고 신체의 껍데기만 남아있는 듯한 노곤함을 느낀다. 한자의 〈氣〉 글자는 따뜻한 밥그릇에서 김이 모락거리는 것을 상형한 것이다. 한 그릇의 밥은 우리 앞에 내일을 여는 길이자 다음 생으로 이어지는 눈물겹고 뜨거운 통로이다. 그런데 기가 빠진 상태로 밤을 맞이하면 낮에 흐드러지게 낮잠을 잤으니 제대로 잠이 올 리 만무하여 잠자리에서 뒤치락거리다가 잠을 설치기 마련이다. 다음날 일찍부터 일터를 향하면 몸이 제대로 말을 들어주지 않는 경험을 하고서도 왜 월요병이 생기는지 그 당시에는 잘 모르고 살았지만 나중에 나이 들어서야 비로소 그 이유를 절실히 깨닫게 되었다.

　우리 형제들은 부모 슬하에 있을 때 아침에 일찍 일어나 식구들과 다 같이 식탁에 앉으라는 어머님의 호통에 절대로 늦잠을 자지 않았다. 〈아침에 일찍 일어나는 부지런한 새가 모이 한 개라도 더 주어먹는다〉는 공자의 말씀을 이행하라는 것이다. 옛날부터 어른들께서 '밥이 보약이다' 라고 했듯이 〈밥 잘 먹고, 잠 잘 자고 뒷일만 잘 보면 건강은 걱정 없다〉는 말을 수없이 듣고 살았다. 그렇다. 건강하기 위해서는 우선 아침에 일찍 일어나 육체를 움직여 집 안 청소를 하거나 운동을 하면 밥맛도 좋고 몸에 활기가 돌아 식탁 앞에 앉아 밥맛없다는 타령은 하지 않을 것이다. 주부들이야 누가 일어나지 말라 해도 가족들 식사준비와 아이들 유치원이나 학교 보내고 남편 출근하도록 하려면 새벽 4시에 일어나 동동거리며 일을 해도 시간이 부족하여 쩔쩔맨다. 하지만 가족이 없는 싱글들은 저녁 늦게까지 술자리를 하고 귀가하여 아침에 밥 먹기 싫어 굶거나 우유나 빵 한 조각 먹으면 해결된다고 마냥 늦잠자고 느림 피우다가 단골로 지각을 한다. 그러다 보면 영양실조에 걸려 일에 의욕도 상실하고 늘 피로에 젖어 비실대는 모습을 우리 주위에서 흔히 보고 산다.

95세 할머니의 리듬 있는 봉사활동은 모든 사람들의 귀감

해외 단체여행 가서 아침 버스 출발시각에 가장 늦게 나타나는 부류는 대부분이 처녀나 총각들이다. 특히 처녀들은 늦게 일어나서도 얼굴에 포장공사는 필수이므로 시간에 쫓겨 허둥지둥 하게 마련이다. 그러다 보면 어떤 땐 꼴불견스런 부실공사가 되어 단정하고 아름다워야 할 젊음에 추한 모습을 보이는 것은 바로 게으른 사람들의 표본이다.

생활의 여유나 휴식도 바쁜 시간 사이에서만이 값지게 존재하는 것이다. 아무 할 일 없이 빈둥거리며 허송세월을 보내는 사람에게는 매일 휴일의 연속인데 따로 휴식이라는 말을 붙일 수가 없기 때문이다.

부모가 자기 자녀들에게 산꼭대기에 혼자 떼어놓아도 제 앞은 가릴 수 있는 놈이라는 말을 들을 수 있을 정도로 적어도 내 부모 내 형제에게 만이라도 인정을 받는 부지런하고 강한 의지의 소유자이어야 한다.

95세나 되는 할머니가 매일 새벽에는 동네 거리를 나 쓸고도 모자라 등교시간에는 초등학교 앞에서 손자손녀들의 교통정리를 하면서 조금도 지칠 줄 모르는 봉사를 하고 있다. 뿐만 아니라 내 한 몸 건사하기도 힘든 나이에 하루도 쉬지 않고 자신보다 나이가 훨씬 아래인 요양원 노인이나 이웃 할머니들을 돌보아주면서 "내게 할 일이 있어서 감사하고, 일을 함으로써 활력이 솟아 생에 기쁨을 찾으며 젊게 살 수 있어 행복하다"고 외치는 모습에서 참으로 아름답고 황홀한 저녁노을을 보는 것 같다.

늙을수록 할 일이 있어야만 삶의 의욕과 건강을 지킨다.

지금은 젊고 경제력이 있어서 아쉬움 없이 인생을 마음껏 구가할 수 있어서 먼 훗날을 생각한다는 것은 사치스러운 얘기로 들릴지 모른다.

나는 철없던 젊은 시절에 생각하기로는 늙으면 밥만 먹고 살면 다른 돈은 별로 필요 없을 것 같았다. 그러나 그런 생각은 완전히 오산이며 한낱 철없는 계집애의 어리석은 판단이었다는 것을 늦게야 깨달았을 때 인생에 대하여 그렇게도 몰랐었다는 것에 너무도 부끄러웠다.

요즈음 여성 노인세대들에게 회자되는 말 〈늙으면 첫째

돈, 둘째 딸, 셋째 친구〉라는 유행어는 절실히 옳고 타당한 말이다. 여기에서 남자 노인들은 딸 대신에 아내로 바꾸어진다.

자녀가 있는 노인세대라면 직장생활을 하고 있는 며느리나 딸 대신에 손자손녀를 돌보아주는 것도 인생의 낙으로 삼을 것이지만 그럴 대상이 없는 독신들은 젊어서부터 은퇴 후에 활용할 수 있는 기술이나 취미활동을 서서히 준비해 두는 것도 노후생활을 리듬 있고 알차게 할 수 있는 좋은 비결이다.

사람이라면 늙으나 젊으나 삶의 목표가 없고 할 일이 없는 것처럼 비참하고 안타까운 일은 없다. 나이 들어서 일을 하면 어쩐지 자존심 상하고 자식 잘 못 두어 내가 벌어야만 목구멍에 풀칠을 하나 하고 남들이 얕본다는 생각을 하는 노인들이 있다. 그러나 그것은 한참 잘 못된 생각이다. 늙을수록 일이 있어야만 삶의 의욕을 잃지 않고 신이 나며 절제 있는 생활을 할 수 있다.

나의 옆 동에 살고 있는 70대 여성노인은 평소에 깨끗하고 기품 있는 모습으로 한 동네 사람들에게도 부러움의 대상으로 인식되었다. 그런데 작년부터 처음엔 얼굴을 가리고 쓰레기 재활용 작업을 하더니 지금은 아예 얼굴을 공개하고 새벽부터 골목마다 다니며 본격적으로 하다가 자식들에게 들켜서 난리를 치른 것을 보았다. 그러나 건강 지키며 생활의 리듬을 유지하고 용돈 벌어 쓰니까 일거삼득인데 자식들은 저희들 체면 구긴다고 못하게 한다. 하지만 장기적으로 보면 그 얼마나 잘하는 일인지 나는 그분을 볼 때마다 공손히 인사하며 격려를 해준다.

　자식이 부자건, 본인이 돈이 많긴, 상관하지 않고 주위 사람들이나 자식들 신세 안지며 건강하고 싱싱하게 살아주는 것이 모두를 위해서 잘하는 일이다. 특히 독신들은 병들어도 돌봐줄 직계가 없으니까 평소에 스스로가 철저하게 대비를 하고 살아야 한다.

리드미컬한 여가생활로 풍요로운 삶을

　혼자 사는 사람들은 사생활이 단조로워 가족들과 어울려 사는 사람들보다 비교적 권태와 싫증을 빨리 느끼는 편이다.

　퇴근 시간이 되면 동료직원 중에 가족이 없는 사람에게 "아무도 없는 빈집에 들어가 벽이나 천장 바라보며 무슨 얘기하려나? 기분도 그런데 한잔 짝! 어때?" 하고 유혹을 하면 좋지! 하고 동조하거나, 거절을 하게 되면 쩨쩨하고 융통성 없는 숙맥이라는 낙인이 찍히지 않으려고 마지못해 동행하기도 한다. 이렇게 시작하여 매일 술집으로 노래방으로 돌아다니는 것이 습관화되면 퇴근 후 곧장 집으로 들어간다는 것이 오히려 이상하게 느낄 정도로 되어버린다.

　혼자 살수록 풍요로운 삶을 누리는 것이 자신에 대한 의무로 생각하여 여가시간을 리드미컬하고 효율적으로 보내기 위해서 1수일간의 계획표를 작성해놓고 실천해보는 것도 중요하다. 즉 7일 중의 2일 정도는 자격증이나 면허증 취득에 활용하고 2~3일은 독서나 건강에 필요한 운동, 취미생활에 주력하고 주말에는 등산이나 영화 연극 관람, 즐겨보는 TV시청 등으로 요리사들이 식사메뉴를 짜듯이 주마다 약간씩 다르게 스케줄을 빽빽히 짜놓는다. 또한 가끔 휴일이나 주말을 이용하여 친구들과 여행을 하거나 부모형제 등 친척과 지인들을 만나면서 찌들었던 몸과 마음에 생기를 불어넣어 주는 기회를 갖는 것이 자기발전과 외로움을 벗어나는 최선의 방법이다.

칭찬에 인색하고 험담을 즐기는 세상인심

선동은 한 문장으로 족하나 해명에는 많은 자료를 요한다.

어느 봄날 운전을 하면서 라디오방송에 채널을 맞추니까 '우리나라 사람들은 세 사람만 모이면 화장실을 갈 엄두를 못 낸다. 볼 일이 급한데 자신이 자리를 뜬 사이 두 사람이 자기에 대한 험담을 늘어놓을 것이 뻔해서 차마 일어나지 못하고 쩔쩔매는 경우를 자주 볼 수 있다.'는 것이다.

사람마다 다 그런 것은 아니지만 인간의 속성이 남을 칭찬하고 추켜세우는 데는 인색한 반면 깎아내리고 헐뜯는 데는 흥미를 느끼는 것을 많이 보아왔다.

자신이 억울한 일을 당하면 세상이 떠나갈 듯이 난리를 치고 요란하지만 똑같은 일을 남이 당했을 때는 비록 친한 사이라도 내 알 바 아니라고 강 건너 불 보듯 냉담한 것이 세상인심이다.

한 사람 망신을 주고 병신 만들기란 참으로 간단한 일이다. 두 사람이 작당하여 거짓말 공장을 만들고 거기에서 모함을 원재료로 하여 생산된 불량 상품을 서로 나누어서 이곳 저곳에 팔고 다닌다. 듣는 사람들의 입장에서는 "응! 정말 그래? 그 사람 다시 봐야겠구만" 하고 맞장구를 치면 그 말이 사실인 것처럼 속도를 내고 전파된다.

600만 이스라엘 국민을 학살한 나치독일의 〈아돌프 히틀러〉 밑에서 선전부 장관이었던 〈궤벨스〉는 '선동은 한 문장만 있으면 된다. 하지만 해명하기 위해서는 많은 자료가 필요하다. 해명을 마칠 즈음 사람들은 선동한 내용만 기억한다.'는 유명한 말을 남겼다.

– 어느 시골 마을에 존경받고 덕망이 있는 분이 살았다. 어느 날 한 동네에 사는 처녀가 어린아이를 낳아 그 집에 찾아와서 "이 아이가 댁의 아들이니까 받아 달라"고 하니까 아무 말 없이 "그런가!" 하고 아이를 받아서 잘 키웠다. 2년 후에 그 처녀가 동네 푸줏간 총각과 함께 나타나서 "2년 전에 맡긴 그 아이가 이 사람 아들이니까 내어달라"고 하니까 그때도 "그런가" 하고 말없이 2년 동안 정성을 다해 키운 아이를 돌려주었다 –

이 글을 읽고서 온 동네 사람들에게 그동안 말로는 다 못할 욕설과 지탄을 받으면서도 감정이 있는 인간으로서 얼마나 도통했기에 그렇게 세상을 초월한 처세를 할 수 있을까! 나는 가끔 어려운 일이 있을 때마다 이 사실을 뇌리에 떠올린다.

집단이 되면 편견이나 집단 무의식에 빠져 부화뇌동한다.

결혼을 한 사람은 다른 남자나 여자와 같이 불륜데이트를 해도 으레 남편이나 부인이겠지 하고 의심을 하지 않는다. 하지만 비혼인 경우에는 이성하고 동행하면 무조건 저 여자가 저 남자가 언제 결혼했지? 아니면 결혼할 대상인가! 불륜 아닌가! 하고 의심부터 하기 쉽고 이목의 중심에 서게 된다.

사람들은 대개 혼자 있을 때는 얌전해도 집단이 되면 편견과 집단 무의식에 사로잡혀 부화뇌동하는 것이 보통이므로 여성의 위치에서는 남자들의 거친 입줄에 오를 우려가 있는 모임은 처음부터 피하는 것이 좋다.

평균적으로 여자들이 남자보다 훨씬 말이 많으며 좋은 소문보다 나쁜 소문을 퍼트리는 기술도 능숙하다지만 남의 험담을 할 때는 여자들보다 남자들이 더 심한 욕설까지 하면서 비난한다. 귀에 듣기 힘한 말이나 음담패설도 노골적으로 표현하는 것은 습관적으로 남자들이 여자들보다 더 자연스럽게 표현하기 때문이다. 나이 40이 넘으면 보통의 여자들도 술자리에 앉으면 남녀평등이라고 부끄럼이나 어색한 것도 없이 진한 농담도 잘 받아넘기며 활달하게 즐긴다. 이럴 때에 남자들은 얌전피우는 여성에게는 내숭 떤다며 비웃기도 하면서 같이 스스럼없이 잘 놀아주는 여성에게는 엄지손가락을 들추면서 최고라고 추켜세우며 앞에서는 입이 마르게 칭찬을 한다. 그러면 기분이 상승된 여자들도 술의 힘을 빌려 언어를 함부로 구사하면서도 이 정도는 별로 흠 잡히지 않으리라는 생각에서 화끈하게 놀아버린다. 그러나 뒤돌아서면 남자들은 같이 놀았던 여자들을 대상으로 상상도 못 할 추한 욕설과 비난을 늘어놓고 함부로 해도 된다는 여자로 치부해 버리고 갖은 비열한 행동과 말로서 인격을 비하하는 경우가 많다.

옳고 그름을 떠나 우선 강자의 편에 기울여지는 것이 세상인심

2013년 하반기 30년 동안 해결 못 했던 전두환 전 대통령의 비자금 환수가 국민의 가슴을 시원하게 해주었고, 국가기관인 국정원의 선거개입사건을 기소하여 국민들은 모처럼 검찰에게 신뢰를 보냈다. 그런데 9월 어느 날 갑자기 검찰의 최고 수장인 검찰총장이 고소나 진정도 없고 근거도 확실하지 않은 혼외자식에 대한 것이 일부 언론에 보도되어 온 나라가 들끓었다. 이로 인하여 친한 친구나 심지어 가족 간에도 둘 이상이 만나면 진실공방으로 말다툼을 하게 되는 기현상이 벌어져 '혼외자식은 모함이고 거짓이다' 고 부정하는 사람은 야당이고, '일부 신문과 방송의 보도가 사실이다' 고 주장하는 사람은 여당이라는 정치적인 편 가르기 현상도 일어났다. 엉뚱한 여론몰이에 의해 검찰총장 자리를 물러나는 그는 퇴임식에서 '진실은 짓밟혀도 따르는 사람이 있고 정의는 기필코 이긴다.' 라는 말을 남기고 부하들이 보내는 눈물의 환송을 뒤로하고 퇴장하는 모습에서 언젠가는 오늘의 설욕을 반드시 되찾겠다는 당당함을 엿볼 수 있었다.

동병상린同病相隣이란 말처럼 같은 병을 앓는 사람들은 서로 가까워지듯이 강자들의 찍어내기 작전에 희생된 전 검찰 수장의 처지에 깊은 동정심이 들어 정의사회구현을 바라는 국민의 한 사람으로서 나는 몹시 가슴이 쓰리고 아팠다. 혹자는 내가 비혼이기 때문에 혼외자식을 둔 남편에 대한 배신감을 느끼지 못한다고 비난을 할지도 모른다.

모함을 하는 사람의 위치가 권력이 있다거나 돈이 있는 강자라면 정당하지 못해도 비굴하게 모두 그쪽으로 쏠리는 반면 모함을 받는 사람이 아무리 정당하고 죄가 없어도 약자를 따르는 것은 극히 소수에 불과하기 때문에 약자는 억울하게 누명을 쓰고 매장당하게 된다. 속으로는 약자 쪽이 옳다고 생각하면서도 어떤 이익을 얻기 위해서 강자 편에 서는 쪽이 다수이기에 그쪽이 정의이고 죄가 없는 것처럼 되어버리고 약자는 부정하고 못된 존재로 낙인이 찍혀버린다.

그런데 악인들은 어떤 이익과 목적이 있어 모함과 거짓을 조작하지만 선인들은 죄가 없으니까 곧 밝혀지겠지 하는

안이한 생각으로 철저한 대비를 하지 않는다. 그러기 때문에 우선은 낭패를 보게 되어 잃어버린 명예나 손해를 되찾으려면 많은 시간과 정신적인 고통을 감내하는 인내가 요구된다. 그러므로 무조건 참는 것만이 능사가 아니다, 사건이 발생할 경우 죄 없이 당하는 것도 병신취급을 하니까 가급적이면 건전한 방법으로 적당한 시기에 행동을 개시하여 완벽한 대비로 경제적 정신적인 피해를 미연에 방지하는 것도 현대를 살아가는 지혜라 하겠다.

Ⅱ * 외로워도 여유롭게

싱글들의 주말 휴식처는 임시가족의 둥지

독신 자매들의 단란한 둥지, 산속의 컨테이너 하우스

직업은 인생살이의 주춧돌이며 생활의 수단이다. 아침 일찍 집을 나와 하루 종일 밖에서 일과 씨름하다 밤늦게 돌아와 불 꺼진 창문을 밝히는 전깃불은 나의 존재를 알리는 신호이다.

식구가 있는 직장인은 밤에 퇴근할 때 창틈으로 새어나오는 불빛을 보면서 가정의 안온함을 느끼며 집을 들어설 수 있으나 홀로 사는 사람은 손으로 더듬어 키 구멍을 찾아 문을 열고 들어가 직접 내 손으로 전기 스위치를 켜야만 집안에 빛을 밝힐 수가 있다. 직장인들의 애환은 빛의 명암과 같이 하루 사이에도 몇 번씩이나 마음에 희비가 교차되어 늘 스트레스에 파묻히게 된다. 그래서 주말이면 몸과 마음을 자유롭게 쉬고 싶은 욕망에 사로잡히게 되지만 마땅한 장소가 없어 〈방콕〉신세를 면하지 못하는 경우도 허다하다.

80년대 당시 내가 주축이 되어 사회 각계에서 한몫을 단단히 하면서 자존심 강하고 주관이 뚜렷한 싱글 맹렬 여성 6명(공무원 및 공기업, 유명회사, 사회단체 간부)이 모인 클럽(육친회)기금으로 경기도 남양주군 산골에 10여 평의 컨테이너로 싱글 휴식처를 만들었다. 주말이 되면 육친회 공동집에서 가장 가까운 곳에 직장이 있는 내가 먼저 가서 청소를 다 해놓고 저녁준비까지 하면서 마치 정다운 가족을 만나는 듯한 마음으로 자매 같은 친구들을 기다리는 것은 진정 설레는 행복의 시간이다.

해가 뒷산 중턱에 걸리는 저녁때가 되어 아랫집 커다란 나무 밑에 살고 있는 두 마리의 개들이 산골이 요란하게 짖어대면 승용차들이 갈색 흙길에 부옇게 먼지를 일으키며 한 대씩 스르르 굴러와 환한 웃음을 가득 띠고 하나둘씩 모여들어 반가운 스킨십을 한다.

걱정해야 할 가족이 없기 때문에 모든 것 다 잊고 1주일 동안 쌓였던 스트레스를 숲 속에 다 날려버려 거뜬한 몸에 생기를 되찾는 기쁨은 싱글들만의 공동생활 속에서 맛볼 수 있는 에너지 재충전의 보금자리였다.

클럽 중에 4명은 오리지널 비혼자였고 2명은 남편과 사별한 돌싱이며 사회에서 만난 선 후배들이어서 마치 친근한 자매들과 같아 주말 휴식처는 임시 구성된 가족의 둥지였다.

공기 좋은 컨테이너 별장에 모이면 음식메뉴는 으레 상추쌈에 삼겹살 파티였다. 맴버 중에 특별히 고기를 잘 굽는 친구에게 '고굽녀'라는 닉네임을 붙여주어 더욱 고기를 잘 굽도록 격려와 칭찬을 던져주면 고기도 잘 먹지 않고 굽는 데에만 신나게 열성을 쏟는 모습이 꼭 어른 아이 같았다. 술과 곁들인 생고기 파티에 1주일동안에 직장에서 있었던 갖가지 사연을 풀어놓으면서 마음껏 웃고 떠들며 즐기는 시간은 인적 없는 적막한 산속의 어둠을 요란한 도심 속의 삼겹살 음식점처럼 착각하게 될 정도다.

고기 파티에 오디오에서 흘러나오는 클래식이나 시대 따라 유행하는 대중가요는 임시가족들의 흥을 돋구어주지만 각자의 소질을 뽐내는 생음악은 더 신나고 재미있었다.

그 당시 6명의 클럽회원 중에 1명은 암 투병 끝에 벌써 하늘나라로 가 버렸다. 또 한 친구는 강원도에서 전원생활을 하고 있으며 지금은 비록 뿔뿔이 헤어져 있으나 4명의 비혼들은 현재까지 영원한 싱글 생활을 하면서 당당하게 살고 있다.

싱글 휴식처의 생고기 파티에 단골 곁다리 식구

주말 산골 휴식처의 고기파티에 우리 6명의 주인공 외에 빠짐없이 끼어드는 족속이 아랫집 곁다리 식구 두 마리의 멍멍이들이다. 몸집이 큰 놈 〈멍순〉이와 체격이 적어 찌질하게 못난 〈깜보〉놈이다. 고기 굽는 냄새를 귀신처럼 맡고서 100

미터나 떨어진 저희 집은 비워놓고서 우리 집 앞문 턱에 고개를 빼고 앉아서 중얼거린다.

"당신들만 먹기요? 우리도 한 점씩 던져주오." 하면서 처음엔 새카만 눈망울만 굴리며 애걸하다가 계속 우리들만 냄새를 피우며 맛있게 먹고 떠들어대고 있으면 드디어 참을 수 없다는 듯이 두 놈이 합창으로 컹컹거리며 졸라댄다. 그래도 반응이 없으면 고기 요리가 가까이 있는 뒷문으로 자리를 옮겨 바로 앞까지 와서 끙끙거리며 갖은 애교를 다 부린다. 짐승이라도 그 모습이 너무 귀엽고 웃음이 나와 "엣다 한 점씩 먹어라" 하고 뼈다귀와 살점을 몽땅 던져주면 턱을 굴리고 꼬리를 흔들며 한참동안 신나게 먹어댄다. 그러고도 큰놈은 위가 커서 계속 배가 허기진 것인지 머리를 조아리고 눈망울을 굴리며 우리들 눈치만 살피고 앉아 있다.

사람 중에도 덩치 큰 사람이 많이 먹고 욕심이 많듯이 짐승도 사람 못지않게 덩치 큰 놈이 욕심이나 질투심도 강하다. 어쩌다 내가 작은놈 〈깜보〉이름을 부르면 다리가 긴 멍순이가 먼저 달려오지만 얄미워서 못 본 체하고 깜보만 쓰다듬어주면 그 꼴을 못 봐서 큰 덩치로 세차게 내 팔과 깜보를 덮쳐버린다. 산에 올라갈 때도 멍순이가 저만치 앞장서 가는 틈을 이용하여 작은 목소리로 "깜보야! 이리와" 하고 손길을 내밀면 어느새 뒤돌아보고 눈을 부릅뜨며 쫓아와 깜보를 물어서 쫓아버린다. 마치 강짜 심한 첩이 본처를 대상으로 느끼는 질투 이상으로 노골적인 표출을 하는 데는 몽둥이로 한

대 때려주고 싶다.

한번은 얄미운 멍순이를 골탕 먹이고 싶어서 깜보를 순식간에 방 안에 들여놓고서 방문을 닫고 멍순이만 밖에 남겨놓았다. 그랬더니 온 산골짜기가 쩌렁쩌렁 울리도록 큰 소리로 짖어대면서 쇠로 된 방문을 마구 발로차고 머리를 찧으면서 죽기 아니면 살기로 반항하는데 은근히 겁이 나서 살그머니 뒷문을 열고 깜보를 밖으로 내 보내며 장난을 치기도 했다.

1주일 동안 각자 직장에서 열심히 일하고 주말이면 자연 속의 휴식처에 모여 대화를 하면서 쌓였던 스트레스를 해소하는 것은 그 어느 유명 명승지나 호화로운 레저시설보다 훨씬 정서적이고 멋진 낭만을 즐길 수 있어 산골의 컨테이너 별장은 싱글들의 주말 공유휴식처로 그야말로 몇 년간 조용한 웰빙생활의 최적지로 애용되었다.

아무 때나 마음대로 떠날 수 있는 여행

사회 친구들과의 처음 여행에서 배꼽 잡은 추억

나는 꿈 많은 소녀 시절부터 여행을 무척 좋아해서 방학 때에는 가까운 곳에 있는 사찰에 가서 스님과 역사나 자연에 대해서 대화를 나누는 것에 흥미를 가졌다. 대학교 때에는 시간과 경제가 허용되지 않아서 친구들과 어울려서 장거리에 장시간의 여행은 별로 기억에 없다. 다만 학교신문사 기자로 일했기에 취재를 하는 것 자체가 단거리 여행이었으며 서울에서 고향집에 오고 가는 것이 장거리 여행길이었다.

교통사정과 시간이 자유롭지 못했던 청소년 시절 야간열차를 타고 다닐 때에는 칠흑같이 어두운 밤의 정적을 깨뜨리는 기적 소리와 함께 밤을 새우며 다니면서도 지겨운 줄을 몰랐다. 기찻길 옆이나 멀리 떨어져 있는 평화롭고 한적한 시골 오두막집 창틈으로 새어나오는 희미한 불빛을 보며 '저 집 안에서는 어느 한 가족이 다 모여 단란한 저녁의 행복을 나누겠구나!' 하는 생각과 함께 혼자서 낭만을 즐기기도 했다.

사회에 나와 처음 일터였던 공무원 시절에는 봄, 가을 주
말을 이용하여 같은 직장의 싱글 여직원과 함께 주로 명승지를
찾아 자연과 함께 어울리면서 젊음을 만끽했다. 20대 중반 직
장 초년시절에 친구들과 함께 일반버스를 이용하여 정읍의 백
양사를 목적지로 가는 길이었다. 목적지 입구에서 내릴 때 나
는 안내양과 버스 승차비를 계산하는데 여념이 없었기에 준비
해간 물품들은 당연히 동행한 친구들이 챙겨서 내릴 것으로 알
고 신경을 쓰지 않았다.

아뿔싸! 차에서 내려 인원점검을 하는데 각자가 제 몸만
내렸을 뿐 음식과 간식으로 준비해간 보따리는 주인을 잃은 채
버스에 실려서 이미 떠나버렸다. 아무리 발버둥 치고 큰소리로
외쳐 봐도 버스 기사의 눈이 뒤에 붙은 것은 아니기에 무정한
버스는 뒤꽁무니만 보이며 시야에서 멀어져만 갈 뿐 속수무책
이었다. 지금처럼 핸드폰이 있는 것도 아니고 다음 정차하는
정류소의 이름이나 전화번호도 모를 뿐 너무 기가 찼다. 인솔
자로서 막중한 책임감이 앞서 아무 말도 나오지 않고 그 자리
에 펄썩 주저앉아 울고만 싶었다.

일행이 다 같은 허탈감에서 말을 잃고 서로 멍하니 쳐다보
고만 있을 때 한 친구가 먼저 나를 위로한다고 "미스 김 괜찮
아! 우리 절에 가서 간장 한 종지 얻어서 손가락으로 찍어 먹으
면서 밤새우면 돼!" 하는 바람에 침체되었던 분위기가 금방 웃

음바다로 바뀌어졌다. 그 당시는 시골이라서 아무것도 살 수가 없어 막연했는데 다행히 일행 중에 집에서부터 가지고 온 삶은 밤 주머니는 손에 가지고 내렸으니 밤이라도 먹으면서 하룻밤 지내기로 하고 서로 위로를 하며 목적지에 도착했다. 추가로 조금씩 돈을 거두어 부처님 앞에 불전을 놓고 절에 사정을 해서 밥 한 공기씩은 얻어먹었다. 간식거리라곤 한 사람당 십여 개씩 돌아갈 수 있는 밤밖에 없어 찬물을 몇 사발 떠다놓고 간식으로 대용했다. 그래도 마음대로 지꺼릴 수 있는 13개의 쏠로 입이 있어서 대중가요 동요 민요 등 누구라도 선창하면 다 함께 일어서서 온몸을 흔들며 목청이 터지도록 노래를 부르며 분위기를 살렸다. 배꼽 빠지게 웃으며 재미있게 노는 우리 방이 부러워서 다른 방의 남자들이 합석을 제의했다. 대부분 20대 초중반의 순진한 처녀들이라서 보기 좋게 거절을 하고 행여 힘으로 방문을 열고 침입할까 두려워서 방문 고리를 이중삼중으로 동여매고 힘센 친구들을 문 앞에 앉혀 불침번을 세웠다. 일행 중 누구도 눈꺼풀 한번 감아보지 않고 너무 신나게 놀았던 기억이 몇십 년이 지난 지금까지 나의 뇌리에서 지워지지 않고 많은 여행 중에 제일 재미있었던 추억으로 남아있다.

싱글들의 단체여행은 진실한 친구를 발견하는 좋은 기회

여행은 생활에 지치고 정신적인 황폐에서 오는 허탈감을

해소해주는 활력소이며 특효약의 역할도 해준다. 혼자 사는 사람들에게는 아무 때나 마음 내키는 대로 훌쩍 떠나서 콧바람을 넣고 돌아오면 온몸에 엔돌핀이 돌아 책도 잘 읽어지고 답답했던 가슴이 시원하게 뻥 뚫려 며칠 동안 상쾌함 속에 신나게 일을 할 수 있다.

옛날에는 교통이 불편해서 내가 원하는 날짜와 시간에 맞추어 떠나기 힘들었으나 오늘날에는 새벽이나 한밤중에라도 아무 때나 거치적거리는 것 없이 마음대로 떠날 수 있는 것이 바로 싱글들에게 주어진 특권이다. 마이카 시대에 마음에 맞는 친구 몇이서 누가 운전을 하던 누구의 차를 타고 가던 모든 걸 떨쳐버리고 홀가분하게 집을 떠난다는 자체가 행복한 것이다. 더구나 정다운 사람들과 달라진 환경 속에서 맛좋은 음식을 실컷 먹으면서 자연과 문명의 현황을 직접 보고 즐기는 시간을 갖는 것은 삶에 기쁨과 자양분을 얻는 절호의 기회가 된다.

취향과 생활패턴이 비슷한 독신끼리의 여행은 목적지 선정이나 숙박 레저시설 음식 등에서 큰 의견차이가 없을 뿐 아니라 하루 전이나 떠나기 몇 시간 전이라도 연락만 하면 삽시간에 모여 출발할 수 있어 좋다.

90년대에 독신여성단체를 조직하여 이끌었던 때는 경제적인 여건과 시간은 물론 동행자들이 있어 주말이나 명절에 단체로 장거리 등산을 하거나 명승지를 다니면서 싱글의 자유를 마음껏 누리는 즐거움은 그 누구에게도 양보할 수 없는 특권이었다. 명절에는 여행지에서 각자의 특기와 음식솜씨를 발휘하여 근사하게 상을 차려놓고 먹기 전에 고향의 부모님을 향해 기도와 절을 올리고 나서 싱글 대식구들의 잔치가 벌어진다. 고향에 가서 받을 스트레스를 거부하면서 입장이 같은 사람들끼리의 모임에서 양주나 소주 막걸리 등 각자의 입에 맞는 것을 자유롭게 선택하고 술을 못 먹는 사람은 다른 음료수를 술잔에 채워 건배를 한다. 한두 잔씩 먹은 술 기분에 각자의 소질을 의무적으로 발표하는 동안 한 사람 한 사람의 개성이나 내면의 감성을 엿보면서 진실한 우정을 찾는 것도 여행의 효과를 배가시킨다.

동창들과의 여행에서 홍일점도 청일점도 아닌 독일점의 존재

내가 젊었을 때에는 혼자 산다는 것은 사회에서 거의 금기시되었는데도 나는 용기가 있어서 초·중·고등학교의 남녀 동창들을 통틀어서 비혼은 내가 유일한 존재다. 그래서 동창들의 모임에서는 물론 친구들의 가족 사이에서도 남편과 자녀들에게 나를 지칭하여 독신녀로 통하기 때문에 나의 존재는 홍일점도 청일점도 아닌 '독일점' 이라 하는 것이 가장 적당한 닉네임이라 하겠다.

결혼한 동창들과의 여행에서도 그 나름대로 다른 즐거움이 있다. 특히 남자 동창들이 있는 초등학교와 중학교 친구들과의 여행은 동성 친구들과의 여행보다 더 다양하고 신이난다. 재력이 있는 남자 친구들이 찬조금도 두둑이 내면 색다른 음식을 포식하기도 하고 그들이 소유하고 있는 별장이나 시설을 공짜로 이용하여 경제적인 부담도 안하면서 시각적으로나 정서적으로 색다른 면이 있어 좋다. 특히 고향의 죽마고우들은 혼자서 끝까지 비혼으로 살고 있는 내게 젊어서는 젊잖게 대했으나 나이 들어서는 스스럼없는 농담도 주고받으면서 또 나를 놀리는 재미로 한껏 여행분위기를 돋군다. 그럴세라 나도 같은 농담을 해도 차원 있는 유머로 배꼽 빼는 분위기를 조성하는데 한몫하면서 이색적인 삶을 이어온 나의 존재를 더욱 각인시켜준다. 나이 들어서는 호적이나 실생활에서도 검은 점 하나 찍히지 않은 오리지널 처녀의 입에서 나오기 어려운 내용의 농담도 스스럼없이 하는 것은 여행 분위기를 살리려는 독일점獨一点의 역할을 충분히 소화하기 위한 것이다. 그러나 다른 사회인과의 모임이나 여행에서는 고고한 노처녀의 입장을 고수해야 하기 때문에 꼭 할 말 외에는 농담일랑은 입도 떼지 않는다.

여행은 돈과 시간, 동행자가 있어야만 즐겁게 출발 할 수 있다. 여행 한번 가려면 남편과 자녀들에게 양해를 받아야만 하는 기혼자들에 비해 싱글들은 3가지 요건을 쉽게 구성할 수 있다. 뿐만 아니라 승낙을 받아야할 절차가 필요 없으니 처음부터 여행의 자유를 부여 받은 것이다.

생명력이 넘치는 육체와 정신세계의 휴식처

산은 위대한 자연과 인간의 영혼이 만나는 곳

자연은 10년이나 100년이란 긴 세월이 흘러도 항상 그 자리에 변함없이 앉아서 온갖 세파를 다 견디면서도 언제나 순수하고 아름다운 빛을 발하고 있다.

'한비야' 씨가 '인생의 3대 보배는 산·일·책이며 그 중에서 산山은 위대한 자연과 자신의 영혼이 만나는 공간이며 산에 있는 동안은 마음의 독을 깨끗이 씻어내는 시간이다' 라고 말한 것은 산을 모르는 사람은 실감하지 못한다.

내가 산을 좋아하게 된 것은 30대 초반에 가장 친한 친구의 권유로 '친구 따라 강남 간다' 고 처음엔 억지로 도봉산에 끌려가다시피 하였다가 다음날은 꼼짝도 못하여 출근까지 포기했었다. 그때까지만 해도 구 소련의 게스타포의 신발처럼 무거운 군대용 등산화에다 등에는 식사 도구 때문에 빵빵한 배낭을 메고 한여름에 비지땀을 흘리며 고행을 하는 등산객들에게 심한 거부감을 느꼈기 때문에 산행의 즐거움을 전혀 느끼지 못했다. 하지만 나를 아끼는 친구가 내게 해로운 것을 권할 리는 없을 것이라는 믿음에서 몇 번 다녀보니까 스스로 산에 대한 매력과 멋을 알게 되자 전에 등산하는 사람들에게 고생을 사서 한다고 비웃었던 자신이 무척 부끄럽게 느껴졌다. 그 당시만 해도 여자들은 등산을 어렵게 생각하고 남자들과 어울려 다니는 것도 쉽지 않았기에 보통 3~4명의 여자들이나 남자들끼리만 몰려다녔으며 때로는 직장동료들끼리 단체로 오르기도 했다

요즈음은 등산이 국민건강운동처럼 보편화되어서 아빠 엄마를 따라 산을 오르는 어린애들을 보면 너무 귀여워 몇 번이나 바라보며 칭찬을 아끼지 않는다.

10년여 동안 일요일이면 도봉산이나 북한산 등성이에 앉아서 게딱지같은 서울 시내 주택가를 바라보면서 우리 늙어서도 같이 산동무 하며 영원한 우정을 나누자고 먼저 맹세를 했던 그 친구가 갑자기 결혼을 하고 머나먼 타국으로 이민을 떠난 후 10여 년간 산과의 만남을 중지했었다.

40대 초반인데도 오후가 되면 근육이 축 늘어져 수시로 직장 지하 주차장의 승용차 안에서 남몰래 30여 분 동안 도둑잠을 자야만 남은 근무시간을 제대로 버틸 수가 있었다. 뿐만 아니라 퇴근해서 집에 돌아오면 온몸이 파 뿌리가 되어서 어떤 때 밥도 거르고 씻지도 못한 채 그대로 자리에 쓰러질 정도로 몸이 쇠약해져서 40대 후반부터 다시 등산을 시작

했다.

　1년쯤 되니까 건강을 회복하여 당시 독신클럽 회장 시절에 회원들과 산에 오르면 토끼처럼 사뿐사뿐 날아다니듯 하여 2~30대 젊은이들에게 선망의 대상이 되었으며 건강하고 씩씩하게 살아가는 골드미스의 표본이 되기도 했었다.

자연은 건강한 세포를 생성하여 육체에 활기를 준다.

　등산전문가의 말을 빌리면 전 세계 어느 나라 수도에도 우리나라 서울 근교에 있는 북한산이나 도봉산, 관악산처럼 등산하기 좋은 산이 없다고 한다. 그래서 서울시민은 건강관리에 특허권을 가진 아주 행복한 국민이라는 것이다.

　일본의 한 중소기업 오너는 해마다 200여명의 직원들을 인솔하고 북한산을 등반하여 산행성적이 우수한 직원에게는 후한 상금을 내리기도 한다는데 진작 수도권에 살고 있는 우리 국민들 중에는 이 좋은 자연을 외면하고 있는 것이 안타까운 일이 아닐 수 없다.

　세상만사는 자신이 몸소 체험한 후에야 터득하듯이 '인자요산仁者樂山 즉, 어진사람은 산을 좋아 한다' 는 말의 진정한 의미를 산과 가깝게 지내면서 자연에 매료된 때에야 비로소 알게 되었다. 감기와 몸살 기운으로 온몸이 지끈거리고 미열이 있을 때에도 자리를 차지하고 눕게 되면 그대로 병마가 쳐들어온다. 자리를 훌훌 털고 일어나 산에 오르면 몸속의 오염된 수분을 땀을 통해서 다 빼내 버릴 수 있으며 생수와 함께 맑은 공기를 들이마시면 새로운 세포가 생성되고 기관지나 허파에 신진대사가 활발해진다. 그렇게 되면 감기바이러스가 맥을 못 추고 도망가기 때문에 열도 내리고 정신과 육체가 가뿐해지는 것을 내가 실지로 체험을 통해서 얻은 결론이다,

모든 육체의 병은 80%가 정신에서 오기 때문에 마음이 지치고 힘들 때 방 안에만 틀어박혀 있거나 PC방 등 밀폐된 공간만을 전전하면서 황금 같은 시간을 좀먹는다면 몸과 마음이 쇠약해질 수밖에 없다.

등산할 때 점심을 편안히 먹고 휴식을 취하려면 식당 자리를 잘 잡아야 된다. 우리는 아주 좋은 곳은 오성(五星 : 무궁화 5개)호텔로 명명하고 식사 후에 3~40분정도 낮잠을 즐기고 나면 코와 뇌 속으로 신선한 공기가 가득 들어가 그야말로 단꿈의 행복감을 만끽한다.

산불 때문에 취사를 금한 것도 몇 십 년이 되어 김밥이나 라면이 점심식사로 인기를 받고 있으나 그래도 보온밥통에서 김이 무럭무럭 나는 따뜻한 잡곡밥을 꺼내먹는 맛은 집에서보다 훨씬 많은 양을 먹게 된다. 식사 전의 술 한 잔은 몸에 보약이 되기에 와인이나 소주 한 잔을 약으로 먹으며, 특히 삼복더위에 시원하게 얼린 막걸리는 명품주로서 인기짱이다. 점심 후에 가장 큰 기대는 자연의 숨결과 함께 마시

는 막대 커피 한잔은 온 산에 커피 향을 흩날리며 이 세상에서 그 어느 것에도 비교할 수 없는 가장 맛있는 음료로 한 잔을 마시는 그 순간은 그야말로 무아지경에 빠지게 해준다. 만에 하나 산에서 커피를 먹을 수 없다면 그것은 상상할 수도 없는 불행이 될 것이다.

산은 언제 보아도 사람의 마음에 차분하게 안정감을 주며 육체적인 활력을 불어넣어 준다. 봄이면 새 생명들이 다시 싹을 피우고 개나리 진달래 철쭉꽃 순으로 생활에 찌든 군상들에게 화사한 웃음을 던져주며 여름에는 무성한 숲이 싱그러운 공기를 안겨주어 입속에서 공기를 질근질근 씹어서 허파에 몽땅 쑤셔 넣는다. 가을에는 오색찬란한 단풍이 온 세상을 환상 속으로 유인하여 완전히 도취되어버리면 세파에 되돌아가고 싶은 생각을 망각해버린다.

나이 들어서도 규칙적으로 운동을 하고 등산을 좋아하는 사람은 뒤에서 보면 청년 같아 나이를 가늠할 수 없을 정도로 건강하여 나이는 숫자에 불과 한 것이다. 그래서 산은 어려움을 피하지 않고 부딪쳐 이겨낼 수 있는 지혜를 주기 때문에 두 다리로 걸을 수 있는 날까지 가장 좋은 자연의 친구가 되어준다.

자연을 경시하거나 주의를 게을리 하면 재앙을 맞는다.

자연은 인간에게 언제나 관대한 것만은 아니다. 자연을 이용하는 인간들이 자만해서 경시하거나 주의를 게을리 하면 때로는 노해서 큰 불행을 가져다줄 수도 있다는 진리를 알고서 언제나 조심스럽게 대해야 한다.

몇 년 전 겨울 등산길에서 거의 다 내려왔기에 주의를 게을리 하고 앞만 보며 신나게 대화를 나누면서 걷다가 바로 발밑의 조그만 나무뿌리에 걸려 순식간에 앞으로 넘어져 낮은 바위 위에 얼굴을 부딪쳤다. 순간 이마가 너무 아프고 정신이 핑 돌아 아무것도 안 보였으나 동행인들에게 걱정을 끼쳐주지 않기 위해 속히 정신을 가다듬고서 훌훌 털고 일어나 씩씩한 체 걸어 내려왔다. 그러나 약만 좀 바르면 괜찮을 줄 알았던 오른쪽 이마와 눈두덩이가 점점 부어오르기 시작하더니 밥을 먹느라고 앉아서 한 시간이 지나니까 시야가 불편해서 발길이 자유스럽지 못했다. 일행 중에 경험이 있는 사람이 절대 가볍게 생각해서는 안 된다면서 내가 여자이기 때문에 그날따라 등산에 참여하지 못하여 집에 있는 부인까지 일부러 나오라 해서 종합병원 응급실을 찾았다. 난생처음으로 육체에 메스를 가하여 우측 이마에 다섯 바늘이나 꿰매는 상처를 입었다.

시술 후 아무도 없는 불 꺼진 집의 현관에 발을 들여놓으니 이름 모를 외로움이 온 몸에 밀려왔다. 시간이 지날수록 통증이 심하더니 오른쪽 눈은 아예 딱 붙어버리고 한밤을 자고 일어나니 왼쪽 눈까지 다 붙어버린 데다 얼굴 전체가 시퍼렇고 일부는 붉은 색깔까지 나타나 아주 흉하게 변해버린 내 모습에 와락 눈물이 쏟아졌다. 3일 동안 두 눈을 거의 못 뜨고 일시 장애인으로 생활하면서 당하는 불편으로 인하여 비로소 맹인들이 겪고 있는 어려움의 척도를 직접 체험할 수 있었다.

최근에도 1주일 한 번씩 동행하는 후배친구가 15년 등산하는 동안 두 번 팔과 다리를 다쳤는데 2주 전에 또 왼팔을 다쳐 깁스를 했다. 그 아들이 엄마에게 하는 말이 "엄마는 이제 한 발만 더 다치면 사지가 한 번씩 다 수난을 당한 꼴이 되어 그 다음부터는 다칠 부위가 없으니 마음 놓고 등산을 다녀도 되겠다."면서 놀려댔다. 사실은 전에 두 번은 산에서 다친 것이 아니라 다른 곳이었는데도 등산을 즐기는 죄로 무조건 산을 지목하게 된 것이다.

인생살이에서는 자기가 걸어온 길을 되돌아볼 수 없으나 산에서는 자기가 걸어온 길을 환히 되돌아볼 수 있어 산의 진리는 인간들에게 많은 것을 가르쳐 주는 거울과도 같다.

산보다 더 좋은 남자는 못 만났다.

일본의 〈와타나베다나에〉 처녀는 신장 159센치의 단신으로 64세에 8,860미터의 에베레스트산 4개 봉을 정복하고 나서 산보다 더 좋은 남자는 못 만났다. 자연에는 4계절이 완연하다. '산은 인간에게 어려움을 피하지 않고 부딪쳐 이겨낼 수 있는 지혜를 준다. 산에서 게으름을 피우면 실패만이 따르지만 반대로 부지런하며 조심하면 인간이 노력한 만큼 받아 준다'고 했다.

내가 대학교 3학년 때 잘 아는 분(독립 운동가 김규식 박사 비서를 지냈음)이 정치하느라고 늦게야 결혼을 하는데 자연을 너무 사랑하였기에 서울 도봉구 수유리 숲 속에서 결혼식을 한다며 하객들의 축의금 접수를 내게 부탁했다. 처음 자연속의 결혼식을 참관하면서 자연에 한 가지씩을 역할 분담시킨다고 한다면……

접수 – 은행나무

사회 – 주목나무

경비 – 엄나무

경호 – 화살나무

폐백 – 다람쥐, 청솔모

식수담당 – 물에 대한 아픔이 있는 고로쇠나무

술 담당 – 절대 자작나무에게 시키지 말고 소태나무에 일임

바텐더 – 잔대가 맡는다.

음악 – 국악으로 가서 꽹과리 치자나무

피리 — 버드나무

스피커 — 꽝꽝나무

노래 — 오소리가 제격

북 — 북나무

식권담당 — 이팥나무

화촉 — 산초나무

화장실안내 — 뽕나무 쥐똥나무 다 사양하고 싸리나무

신부화장 — 분 나무

조명 — 반딧불

박수 — 손바닥 붉을 때까지 단풍나무

주례? — ??

삶의 보금자리는 분수와 편리함이 우선

사람은 누구나 다 부모의 슬하를 두 번 이상 벗어난다. 처음엔 미완성으로 10개월 동안 아주 작은 엄마의 뱃속에서 태아 상태로 웅크리고 있다가 세상으로 나올 때 요란한 울음을 터트리며 탄생이란 명분을 내걸고 어머니 몸에서 분리되어 완전한 생명의 모습을 드러낸다.

유년기와 소년기 청년기를 지나 성년이 되면 배움이나 직장을 따라 혹은 배우자를 만나 결혼을 하면서 2차적으로 부모 슬하를 떠나게 되면 모든 것이 낯설고 어설프게만 느껴져 정신적으로 불안한 상태에서 가장 먼저 필요한 것은 육체를 담고 살아야 할 보금자리다.

주택은 개개인의 일상생활이 이루어지는 원초적인 공간이기에 적절한 경제적 부담으로 쾌적하고 편리한 생활을 꾸려갈 수 있는 안정된 곳이어야 한다. 또한 위생적으로도 제대로 갖추어야 하는데 현재 화장실이 없는 주택이 유럽의 덴마크, 스페인, 네덜란드 등 사회복지제도가 잘되어있는 나라들은 0%인데 비하여 우리는 4.5%나 된다고 통계청 자료에 나타나 있다.

옛날 우리 조상들에게 집의 개념은 한 지붕 밑에 넓은 마당이 있고 방이 여러 개씩 달린 ㄱ자, ㄴ자, ㄷ자 형식의 커다란 거처 속에 3~4대가 어울려 사는 곳을 의미했다. 인구가 많아지고 땅이 좁은 현대에는 아파트 문화가 발달하여 주로 1~2대만 사는 핵가족화로 되면서 하우스가 아닌 홈 개념으로 차차 바뀌어가고 있다.

독신가구를 선호하는 집주인들

사람은 성년이 되어 독립생활을 하기 전엔 단독 가구의 한 지붕 안에서 혹은 성냥갑같이 우뚝 솟은 빌딩 숲 속에 일정한 면적의 콘크리트 공간을 차지한 안정된 집에서 부모와 같이 산다. 이때까지는 부모가 의식생활까지 다 해결해주었던 무풍지대에서 근심 걱정 없이 편히 살다가 어느 날 독립이란 이름으로 혼자의 생활을 시작할 때 집은 새로운 나의 보금자리로 정해진다. 그런데 내게 주어진 집이 무엇보다도 나의 모든 수준에 알맞아야 하는 데 불편하거나 분수에 넘치면 편안한 쉼터가 아니라 공중에 뜬 누각처럼 불안하고 짐스러운 근심 덩어리가 된다.

자신의 육체와 정신의 안식처인 보금자리는 경제능력과

실생활에 맞는 것이어야 한다. 오래만 살 수 있다면 처음에 우선 전세가 좋지만 요즈음 집 주인들은 은행 이자율이 낮으니까 월세를 선호하여 전세 구하기가 쉽지 않으나 집을 깨끗이 쓸 수 있는 독신들에게는 집구하기가 조금 유리한 실정이다. 모처럼 전셋집을 구했어도 1~2년마다 전세금 올려 달라, 집 비워 달라 하지 않는 장기적인 전셋집을 구하기는 하늘의 별을 따는 것처럼 어렵다. 그러므로 적은 액수의 월세로 시작하여 차츰 전세로 하는 것이 좋다. 전세보증금이 웬만한 집 사는 것과 맞먹는 경우에는 우선 경제능력에 맞는 은행 융자금을 얻어 구입하고 차츰 갚아나가면 매월 일정금액이 지출이 되어도 내 집에 대한 희망이 있어 즐겁게 살 수 있다. 이때 분수에 넘친 집을 구하여 경제생활에 쪼들리며 일상생활도 엉망이 되면 솔로 생활에 실증과 사기저하를 초래한다.

자신의 자유만 누리고 싶어 독립해서도 부모 집 가까이 살면서 밥 먹기 싫다, 입맛이 없다는 핑계로 수시로 드나들면서 동가식東家食 서가숙西家宿의 좋지 않은 습관을 들이면 주식생활에 리듬이 깨어져 오히려 반쪽 삶이 다시 시작 되어 혼자만의 안정된 생활을 이어갈 수가 없다.

싱글들에 그룹홈이나 하우스메이트, 셰어하우스 등의 주거 형태

혼자 사는 사람은 앞집이나 옆집에 누가 사는 줄도 모르게 단절된 아파트보다는 외부나 도씨들의 위험이 문제지만 아래층에 주인이나 다른 가족세대가 살고 있는 단독주택이 더 좋다. 대문을 같이 쓴다든가 일부 마당 같은 공간을 공유할 수 있는 구조라면 휴일이나 일찍 귀가하는 날엔 음식이나 대화를 나누면서 한결 부드러운 인간미를 나눌 수 있어 정서생활에 유익하다.

또한 위 아래층에 빌라형식의 개인주택이나 다세대 원·투 룸 주택도 이웃과의 소통이나 인간관계를 돈독히 할 수 있고, 노부부나 식구가 한 둘 정도의 소가족이 살고 있는 아파트의 비어있는 방 하나 정도를 이용하는 공유주택도 주거비 덜 들고 생활비 부담이 적어 가난한 싱글들의 독립생활에 청신호가 되고 있다.

친한 친구들이나 취미가 같은 사람끼리 공동으로 돈을 투자하여 방이 여러 개 있는 단독주택이나 아파트를 구입하여 방 1개씩을 차지하고 식사는 공동 또는 개인으로 해결하면서 사는 하우스메이트와 셰어하우스가 싱글들에게 인기를 얻고 있다. 집값이 싸서 좋지만 보다 더 나은 것은 한 지붕 안에서 서로 어울려 살면서 외로움도 쉽게 해결하고, 몸이 아플 때는 간병이나 병원도 같이 갈 수 있는 가족이 있다는 개념에서 사는 것은 행복한 주거생활 해결에 하나의 방법이 되고 있다. 근래에는 장애인들이나 노인 또는 독신자들에게 그룹홈이란 제도가 있어 지방자치단체에서 관리인을 파견하여 지도하기도 한다.

도보 출퇴근과 근린시설이 있는 주거지를 선택

집을 얻을 때 가급적이면 직장 근방의 도보로 출퇴근할 수 있는 거리라면 운동과 교통비 절약의 이중 효과를 얻을 수 있다. 특히 여성일 경우 밤늦게 귀가하는 경우를 생각하여 전철이나 버스 타는 곳은 10~20분이 넘는 우범지대나 인적이 드문 긴 거리를 걷지 않는 곳을 택해야 하고 옥탑방이나 비탈진 곳, 어둡고 좁은 골목길은 가급적 피하고, 슈퍼나 시장이 가까이 있는 곳을 선택해야 한다.

내가 혼자 살집은 공간이 너무 넓으면 허전해서 안정감이 없고 너무 좁으면 답답해서 정신적으로 위축감이 들게 되므로 생활에 불편이 없으면 가급적 작은 공간이 포근하고 안정감이 있다. 남의 집 아무리 호화롭고 으리으리해도 일시적일 뿐 작고 초라해도 내 집이 최고인 것은 누구나 다 공통적인 심리이다.

건강을 위해서 집 근처에 운동하기 편리한 근린공원, 마을 운동시설, 학교운동장 등을 확인하여 아침저녁이나 휴일에 간단한 운동을 할 수 있는 주거의 위치가 아주 중요하며 주변에 30분이나 1시간 정도 걸어서 갈 수 있는 산이 있다면 금상첨화의 조건이다.

이웃사촌이 멀리 있는 부모 형제보다 더 가까운 사이가 될 수 있으며 운동이나 산행을 할 때는 반드시 이웃에 사는 사람과 동행을 하는 것이 안전하므로 평소에 이웃의 한 두 사람 정도와 잘 사귀어 자주 교류 하는 것이 지혜롭게 사는 방법이다.

나는 젊어서부터 내 소유의 집에 대한 애착이 별로 없었다. 매년 두세 번씩 내는 세금이나 집수리하는데 수시로 돈 들어가는 내 집에 대한 개념에 집착하지 않았기에 전셋집을 전전하였다. 그런데 나이 드니까 자주 이사 다녀야 하는 불편함과 자존심이 상해서 서울을 벗어난 경기도에 내 분수에 맞는 원룸을 50대 초반에서야 분양받았다.

늦게야 굴러온 내 소유의 조그만 원룸이지만 현관문을 열면 나 아닌 다른 사람의 체취가 전혀 섞이지 않은 순수한 공기에다 소지품도 온통 내 것으로만 가득 차 있는 보금자리에서 지긋지긋한 천국보다 심심한 천국을 선택한 비혼자의 행복이 따로 있다는 것을 만끽한다. 그리고 집값이 올라가든 내려가든 나와는 전혀 관계없는 피안의 문제이므로 죽는 날까지 집 걱정 하지 않아도 된다는 현실에 그렇게도 마음이 든든하고 편안할 수가 없다.

거울에 비친 꽃은 가질 수가 없듯이 분수에 넘치는 것보다 혼자 있으면서 전기료가 아까워 에어컨은 가동을 하지 않는다는 큰 집소유자들에게 비해 한여름 삼복더위에 에어컨을 켠다거나 한겨울 맹추위에 보일러의 온도를 높이고 오래 켜 놓아도 면적이 좁으니까 전기료나 가스비가 크게 부담이 되지 않아서 좋다.

요즈음 3대 바보 중에 늙어서 집 늘려 이사 가는 것이 첫째 바보라고 하는데 이제는 집이 재산을 늘리는 수단으로가 아니고 생명이 존재하는 동안 안락한 주거의 개념으로만 생각하면 부동산의 출렁임에 희비의 감정이 오락가락하는 것은 겪지 않아도 된다.

독신녀 원룸에 영광 굴비 사태

독신 단체에서 만난 20여 년의 인연

25년 전 최초로 싱글 여성단체를 조직하여 회장을 맡았던 관계로 사회 각계에서 활동하고 있던 400여 명 중에 세무사사무소 사무장으로 있던 한 회원은 내게 각별한 관심과 호의를 베풀어주었다.

단체가 해체된 후에도 10여 년간 계속해서 돈독한 인간관계를 유지하고 있었는데 어느 해 갑자기 반쪽 짝을 찾고 나서 미국으로 훌쩍 떠나버렸다.

처음 몇 년간은 가끔 뇌리에서 떠오르더니 10여 년간 무정하게도 소식 한번 없었기에 아쉽지만 아예 내 기억 속에서 지워버리려고 했다. 그런데 5년 전 4월 화창한 봄날에 모처럼 집에서 휴식을 취하며 낮에 잠시 단꿈을 즐기고 있었다. 평소와 달리 요란한 전화벨 소리에 그대로 재미있는 꿈속을 이어가려다 좋은 예감이 들어 화들짝 일어나 수화기를 귀에 대는 순간 "회장님!" 하고 귓전을 두드리는 목소리가 귀에 익숙한 정감이 흐르는 음성이었다. 이내 내 이름을 다시 한 번 명확히 확인한 후 상대의 신분을 밝히는 순간 죽었던 사람이 살아온 것처럼 너무 반갑고 감격스러웠다. 그 순간의 기쁨은 메마른 사막에서 먹을 물을 발견한 것처럼 벅찬 감격에 처음엔 꿈을 꾸고 있는 것처럼 착각을 하여 제대로 감정 표현도 못하고 얼버무릴 수밖에 없었다.

그녀가 미국에 있는 동안 시카고의 도서관에 들렀을 때 첫 번째 나의 작품 〈독신! 그 무한한 자유〉가 2권이나 꽂혀 있는 것을 발견했을 때 마치 고국의 부모를 만난 것처럼 반가워서 즉시 연락을 하고 싶었으나 소식을 전할 길이 없어서 안타까운 마음만 안고 살았다는 것이다.

전화를 끊고 나서 10여 년 만의 아름다운 해후를 상상하며 가슴 출렁이는 설레임과 함께 목말랐던 옛 샘을 찾을 수 있다는 기대감에서 한없이 벅찬 행복감에 젖었다.

그녀는 나보다 15년이나 연하인 까마득한 사회 후배였지만 1994년 2월에 당시 우리나라 최대의 출판사였던 고려원에서 출판된 나의 첫 작품 출판기념회에 소요될 경비를 본인이 부담하겠다고 200만 원을 선뜻 내놓는 배짱 있는 여성이었다. 사전에 축하객들에게 일체 접수를 받지 않겠다는 나의 고집에 그 어느 누구도 선뜻이 할 수 없는 성의를 보내주었다.

그러나 당시 그녀가 내게 보내준 성의만 마음속으로 받고 출판기념회가 끝난 후 그의 통장 속에 고스란히 되돌려주었다. 그때부터 그녀는 비록 물질적인 은혜의 구속은 없었지만 정신적인 은혜는 내 인생에서 결코 지울 수가 없는 존재로 남아있었다.

서울의 명물 청계천을 바라보며 종로에 있는 31층 스카이라운지 하이마트에서 10여 년 만에 이루어진 해후의 감격이 의외로 잔잔한 것은 너무 격한 슬픔에 부딪혔을 때는 오히려 담담하게 냉정을 유지할 수 있는 것과 같은 맥락일 것이다. 두 사람 다 평소에 호들갑스럽게 떠드는 성격이 아니기 때문이었기도 하다. 다시 만날 수 없을 것이라고 아예 포기했던 그녀가 꿈처럼 내 앞에 나타나 이번에는 꼭 자기 부탁을 받아주라고 두 손을 잡고 애원한다.

인간관계에서 너무 상대의 성의를 거절한다면 인간미 없는 매정한 사람으로 인정받을까 싶어 마지못해 수락을 했더니 같은 독신단체 회원이었던 친구 의상 가게에 가서 고급옷 한 벌을 맞추어 주었다. 남에게 분수에 넘치는 선물을 난생처음으로 받고 나니 부끄럽고 어색함이란 말로 표현할 수 없어 행동이 부자유스러웠고 그날부터 어떤 방법으로 은혜를 갚을까! 하는 마음의 부담부터 앞섰다.

독신녀 원룸에 영광굴비 사태

내 평생 처음으로 분수에 넘친 옷(니트) 선물을 받았는데도 그것으로 부족했던지 "회장님! 굴비 좋아하느냐?"고 묻기에 무심코 좋아한다고 대답했다.

남편과 함께 운영하고 있는 일터에서 만나기로 하여 그녀의 회사로 방문했을 때 내 얼굴을 보자마자 첫 인사가 "생선 받았느냐?"는 물음에 "아직!"이라고 했더니 깜짝 놀라면서 즉시 주문처에 전화를 해서 확인하자 4일 전에 보냈는데 배달사고가 나서 택배회사와 생산자, 받을 사람 사이에 사건이 벌어진 것이다.

그런데 다음날 오후 2시경에 굴비를 가져온 택배 기사의 말인즉 전화연락이 제대로 되지 않아 두 번이나 왔다 갔다 하는 동안에 생선이라서 상한 것 같다는 것이다. 초여름이라서 생선 상자를 개봉해보니 예상대로 삽시간에 상한 냄새가 온 집안에 퍼지고 생선 놈들의 상태는 엉망이었다. 저희들끼리 죽지 않으려고 상자 속에서 몸부림을 쳐서 어떤 놈은 혓바닥을 길게 내밀고, 어떤 놈은 머리가 떨어져 달랑달랑 걸려있고, 어떤 놈은 창자가 밖으로 튀어나와 흩어져 있는 모습들이 보기에도 처참한 지경이었다. 택배 기사는 자기의 잘못이니 자신이 변상해야 한다면서 어두운 표정을 지었다.

며칠 전 건당 30원씩 택배 배달비를 인상해주겠다는 업주의 약속이 지켜지지 않아 이에 비관한 택배 기사의 자살사건의 뉴스를 접했을 때 몹시 마음 아팠던 나로서는 차라리 내가 손해 보고 말기로 했다. 그래서 보낸 사람에게 생선 잘 받았다고 전할 것이니 염려하지 말라면서 우리 둘이서 약속하자는 제의를 했다. 씁쓸한 표정을 지으며 "그럼 보내 주신 분의 마음만 받으셔야겠네요" 하면서도 내심 걱정이 되었던지 힘없이 돌아가는 택배 기사의 뒷모습이 자꾸 눈앞에 어른거렸다. 뒷일을 걱정하는 것 같아 내가 서둘러 대책을 세워야겠기에 영광굴비 회사에 전화를 했다. 택배기사에게 손해배상을 시키지 못하게 부탁을 한 것이다. 그러나 그쪽에서 "어제 다시 한 축을 보냈다"는 말에 "그럼 내가 굴비값을 송금해준다"고 사정을 했다. 하지만 의외로 굴비회사 책임자 왈 "택배기사에게 책임지우지 않고 주문한 고객과의 오랜 인연이 있어 자기네가 손해보고 다시 보냈다"는 것이다.

먼저 도착한 것은 비록 상했지만 너무 아까워서 바로 옥상의 햇볕에 널어놓았더니 5시간쯤 지나니까 습기가 많이 빠져 꼬들꼬들하게 말랐기에 상한대로 먹으려고 했는데 저녁 8시경에 다시 굴비 한 축이 도착했다. 그래서 평생 처음으로 한꺼번에 굴비 40마리가 들이닥쳐 그야말로 비좁은 독신녀 원룸에 굴비사태가 일어난 것이다.

내 사랑 새벽 손님

새벽마다 아파트 현관문을 노크하는 내 사랑

내가 30대 초반 국회의원비서관 시절에 몇 년간 셋째 언니 집에서 하숙을 하던 때였다. 보통사람들의 관념으로 생각하면 친언니 집에 같이 살면서 하숙이란 말은 통용될 수도 없을 뿐 아니라 듣기도 아주 거북한 말이다. 그러나 나의 입장으로서는 결혼해서 시부모와 4명의 시형제자매도 한 동네에 존재하고 조카들도 셋이나 되기 때문에 시집 안 간 친정동생을 데리고 있다는 언니의 입장을 생각해서 남들이 하숙을 할 때 주는 만큼의 밥값을 매월 꼬박꼬박 내놓고 살았다. 처음 언니에게 밥값이라고 하면서 봉투를 내놓으니까 정색을 하며 "언니, 형부를 어떻게 생각하느냐"고 핀잔을 주었으나 나는 "내 마음이 편하고 떳떳하게 살게 해 주는 것이 나를 도와주는 것"이라 설득했다.

사실은 언니도 하루 이틀이 아닌 몇 달 몇 년을 내가 엄치없이 자기 집에 빌붙어서 공짜 밥을 먹게 되면 소위 말하는 골드 미스인 동생이 부담스럽기도 할 것이다. 그래서 내가 부담만 주는 동생이라면 시집식구들이나 형부 조카들에게 떳떳하지 못할 것이기 때문에 거절하면서도 속으론 반가웠는지도 모른다.

어느 날 아침 "이모야! 애인 왔다" 하고 큰소리로 내 방문을 두드리는 언니의 목소리에 놀라 '혹시 짝사랑하는 칠푼이 남자가 출근 전에 나를 만나러 왔나' 하고 화들짝 방문을 열고 나갔더니 빙그레 웃으며 조간신문을 들고 있다가 내 손에 넘겨주는 것이었다. 매일 아침이면 눈을 뜨자마자 먼저 신문을 찾는 것이 습관화되어있고 아침에 신문을 못 읽고 출근하는 날은 귀가해서도 먼저 아침 신문을 찾기 때문에 언니는 동생이 가장 애지중지한 대상이 바로 신문이라는 것을 알았기 때문이다.

내게 감정과 이성을 가진 진짜 사람 애인이 있었다면 언니가 신문을 애인이라고 표현하지는 않았을 것이다. 그때부터 오늘 현재까지 내가 가장 아끼고 소중하게 여기는 대상은 하루의 새로운 지식과 소식을 날라다 주는 신문 외에 무엇이 또 있을까! 단 하루라도 아침에 못 보면 종일 무엇을 잃은 것처럼 마음이 허전하고 궁금해서 못 견디는 내 사랑은 바로 신문이라는 것을 식구들이나 내 자신도 100% 인정한다.

몇 년 후 언니 집을 나와 혼자 살면서부터 집 떠나 하루나 이틀 또는 그 이상의 날을 외지에서 보내는 때는 나의 애인이 집 현관 앞에서 아무렇게나 굴러다니고 있을까 걱정스러워 마음이 놓이질 않는다. 옆집에 미리 부탁을 해 놓으려다가도 그것 자체가 남에게 부담을 주는 것 같아서 그러지도 못한다.

그런데 신문도 신문 나름이다. 제작자들이 너무 편파적으로 국민 여론을 오도하고 독자들의 판단을 흐리게 하는 안티신문들은 마음속에서부터 거부반응이 일어나기 때문에 길거리에서 7만원, 10만원을 들고 서서 구독을 사정해도 도저히 억지사랑을 줄 수가 없다.

작년 4월 캄캄한 바닷속에 300여 명을 수장시킨 세월호 사건 때에 사실을 제대로 보도하지 못한 언론 때문에 기자에게 기레기(기자쓰레기)라는 오명을 붙여주기도 했던 것은 독자들의 알 권리를 제대로 채워주지 못한 어용 언론매체에 대하여 국민들의 불만이 표출된 것이다.

1등 인생들이 사랑하는 올바른 뉴스메이커는?

몇 년 전만해도 사람의 지적 수준을 평가하는 기준을 TV 시청자는 3등 인생, 라디오 청취자는 2등 인생, 신문 보는 사람은 1등 인생이라는 말이 통했으나 요즈음은 버스나 기차 심지어 애인을 만나는 중에도 모두가 스마트폰을 들어나보고 있으니까 구분하기도 어렵다지만 그래도 신문은 종합

지식정보지다.

우리나라 언론은 똑같은 사안이라 해도 소위 보수신문이나 진보신문이라 불리는 매체들의 기사 내용은 물론, 논설 칼럼 등을 비교해보면 어찌 한 나라 안에서 발행되는 매스컴이 이토록 현격한 차이가 나는지? 어떤 것을 기준해서 제대로 판단을 해야 할까? 도무지 가늠하기가 어려울 때가 많다. 요즈음은 친구들이나 지인을 만나 시사 문제가 나오면 어떤 신문이나 방송을 듣고 보느냐에 따라 의견이 대립되기 때문에 민감한 문제에 대해서는 대화를 하지 않는 것이 정신세계를 편하게 하고 우정에도 금이 가는 것을 예방한다.

검사생활 20여 년을 마감하고 변호사를 하고 있는 조카가 보수신문 애독자인 줄 알았는데 진보신문도 구독하고 있는 것이 의아해서 물었더니 한쪽 신문만 보고서는 세태를 제대로 알 수 없다면서 한 나라에서 발간되는 두 신문의 내용이 비교도 할 수 없이 너무 차이가 있는 것이 이해가 안 된다는 말에 무엇이라 의견을 개진할 여유를 찾지 못했던 일이 있었다.

육체적인 스킨십은 못하나 정신적인 감성에 만족

오늘날 각종 매스미디어가 홍수처럼 쏟아져 나와 지식의 습득이나 여가시간을 활용하는 방법이 다양하지만 가장 대중적이고 저렴한 것은 텔레비전이나 라디오 신문 이상 더 좋은 대상은 없는 것이다.

그런데도 요즈음 젊은 세대들이 신문구독료가 아깝고 읽을 내용도 빈약할뿐더러 시간을 절약하기 위해서 인터넷에서 자신들이 필요한 내용만 클릭해서 보고 전철 안에서나 버스 등 아무 데서도 스마트폰으로 얼마든지 뉴스를 볼 수 있는 편리함 때문에 점점 신문 산업이 자리를 잃어가고 있다. 하지만 나는 새벽에 일어나면서 가장 먼저 현관문을 열고 애인을 맞아들여 1시간이나 1시간 반 동안 손과 눈으로 구석구석 스킨십을 하고 나서 다른 일과를 시작하는 것이 습관화되었다. 어쩌다 늦게 일어나거나 새벽부터 외출을 하거나 몸이 아파서 부득이 신문과의 스킨십을 하지 못할 때에는 생활 리듬이 깨져서 하루 종일 머릿속에 무엇이 걸려있는 기분에 마음이 개운치가 않다. 그래서 아침마다 육체적인 감각은 없으나 정신적인 감성을 느낄 수 있는 신문과의 스킨십을 가장 큰 낙으로 하루 일과를 시작하게 된다.

요즈음은 25년 전 국민들이 주주가 되어 만들기 시작한 진보신문을 읽으면서 한 가지 걱정이 생겼다. 애인이 속해 있는 회사의 수입에 관심이 쏠려 돈이 많은 전면 상품광고가 실려 있을 때는 기분이 좋고, 수입이 적은 책 광고나 자체광고만 있는 날은 애인이 배가 고플까 싶어 기분이 다운되어 아침마다 정신세계에 작은 희비가 엇갈린다.

새벽에 일찍 일어났을 때는 시멘트 바닥을 미끄럼타고

굴러오는 애인 발자국 소리를 들으면 재빨리 잠자리를 박차고 일어나 아파트 현관문을 열고 덥석 안아서 집 안으로 맞이한다. 어쩌다 늦게 일어나는 날에는 눈 뜨면 가장 먼저 맞이하는 감정 없는 애인이지만 습관이 되어서 그가 오지 않는 일요일에도 무심코 현관에 나갔다가 허탈하게 빈손으로 들어올 때는 아침부터 외로움이 스쳐 간다.

지금은 저 세상으로 가고 없지만, 사랑하는 셋째 언니가 점지해준 "나의 애인! 내 사랑 신문아, 화이팅!"을 큰소리로 외치면서 이 생명 다하는 날까지 영원히 변함없이 아끼고 사랑하련다.

다 읽은 신문은 차곡차곡 쌓아두었다가 옆 동棟의 박스나 신문 등 재활용 물품을 모아서 용돈에 보태쓰는 부지런한 70대 중반 조손가정의 노인에게 갖다 주는 것 또한 일거양득의 효과를 거둘 수 있어 잔잔한 보람을 느끼기도 한다.

맏이와 막내 싱글들의 명암明暗

장남 장녀들은 재료가 싱싱해서 튼튼한 생명체로 탄생

내 친한 친구들 중에도 2명이나 형제자매가 10명도 넘어 장녀로 태어난 그녀들의 고충을 눈으로 직접 보고 들어서 그 실상을 너무도 잘 안다.

대가족제도 하에서의 주부들은 보통 3~4개의 밥상을 차려서 어른들, 남자들, 아이들과 여자들 등 상·하와 성별은 물론 앉는 자리까지 구분해서 아주 복잡한 식사 풍습에 힘겨운 식생활을 해야 했다. 형제자매가 여럿이 되는 집안은 서로 시샘을 하면서 경쟁적으로 생활을 하는 중에서 제일 늦게 태어난 막내둥이는 위의 형제들에게 사랑을 받기도 하지만 때로는 손해 보는 것이 헤아릴 수없이 많다.

어렸을 때는 위의 형이나 언니가 입었던 옷이나 신발은 물론 교과서까지 내리받아서 사용해야 했고 각종 잔심부름은 나 시기면서 먹을 것을 나누어줄 때는 나이노 어리고 제누가 작으니까 배속의 양도 적다고 감질나게 배분되는가 하면 잠자리까지 큰 이불이나 요를 차지하지 못하고 여유가 있는 쪽에 끼어 자야 하는 불편을 겪으며 살기도 한다.

조물주가 생명을 만들 때도 먼저 만드는 목숨은 부모의 피가 젊고 싱싱할 때이므로 재료가 좋아서 작품도 양호하지만 맨 끝에는 그동안 몇 번 사용한 데다 기계나 재료도 낡아서 부실하고 함량이 부족한 작품이 될 확률이 커서 건강 전선에 이상을 가지고 태어날 수도 있다는 말도 일리가 있다.

나의 경우만 해도 선천적으로 심장이 약하기 때문에 젊었을 때는 늘 부정맥이라서 어린애 맥박처럼 힘이 없어 혈액순환 부족으로 날씨가 추우면 손과 발은 항상 차고 저리다. 기관지는 백지장처럼 얇아서 기온이 25도 이상 오르내리는 한여름이라 해도 찬 마룻바닥에 단 5분만 등을 대고 누워있어도 기침이 몰려와 주의를 하지 않으면 금방 감기에 걸린다. 이토록 근본적으로 기초가 튼튼하지 못하지만 다행히 혼자 살고 있기 때문에 정력을 분산시키지 않고 가정 내에서 스트레스를 받지 않고 살아왔다. 음식섭취나 운동도 내 본위와 의지대로 하면서 건강관리를 잘하고 있기 때문에 아직까지는 큰 질병으로 병원 신세를 지는 일은 없었다는 것은 후천적으로 생활환경이 좋은 것 덕분이다.

모든 생명체는 사랑을 먹고 산다고 한다. 특히 만물의 영장이라는 인간은 부모, 배우자 형제자매 등 사랑하는 혈육과 한 가정을 이루고 살면서 진정한 행복을 누릴 수 있다지만 그것도 어렸을 때에나 해당되지 성장해서 부모 품속을 떠나 각자의 인격체로서 살아가게 되면 환경의 지배를 받지 않을 수가 없다.

어렸을 때는 형제지간이라 하면 누가 손끝 하나 못 건드리게 서로 사랑하고 아껴주면서 자랐지마는 결혼해서 자신의 가족이 형성되었을 때는 오직 자신의 가족 중심으로만 생활을 하고 있는 것이 요즈음 가정 풍조다. 3대가 한지붕 아래에서 살던 대가족제도에서 직계가족으로만 이루어진 핵가족 사회로 변하게 되자 가족 이기주의가 팽배하여 이웃이나 친척들의 불행이나 슬픔에 아랑곳하지 않는 요즈음의 신세대들이 살아가는 냉혹한 현실이 때론 무섭게까지 느껴진다.

부모 형제 병실의 불침번

골프장에서 젊은 3형제가 죽기 살기로 이를 악물고 시합을 하는 것을 보고 걱정이 되는 중년 세대가 "여보 젊은이들! 왜 그렇게 목숨을 내놓은 것처럼 무섭게 시합을 하느냐"고 물었더니 "우리 중에서 꼴찌 하는 사람이 부모님을 모시기로 했어요"라고 서슴없이 대답을 하더라는 것이다. 그들 3형제가 모두 결혼을 했기 때문에 사생결단으로 승부 골프를 했겠지만 만일 그중에 한 사람이 미혼이라면 다른 형제들은 갖은 이유를 다 들이대고 싱글에게 부모 모시는 것을 떼어 맡겼을 것이다.

실제로 내 주위에는 위에 오빠나 남자형제가 있어도 싱글 딸들이 자진해서 부모님을 모시는 경우가 많다. 이들 중 4,50대는 고급공무원, 대기업 및 은행 간부, 중 고등학교 교사. 중소기업 사장, 간호사 등 오리지널 여성 비혼들이다. 이에 비하여 남자 싱글들은 부모를 모시는 것이 아니라 부모에게 빌붙어 살면서 엄마에게 온갖 심부름을 다 시키고 있어 그 집 주부는 남편까지 합해서 아들 숫자를 말하면서 남편을 큰아들이라 칭하기도 한다.

부모가 병원에 입원할 때에도 밤이면 가족이 없는 싱글 자녀가 병실의 불침번이 되기 십상이고, 형제 중에 누가 입원해도 마찬가지다. 어떤 사람은 부모형제의 간병인은 자기가 단골이 되어 '혼자 사는 사람이 만만한가!'라고 푸념을 하면서도 병간호에 서투른 남자들보다 여자 싱글의 경우 대개는 자신의 임무라며 그것을 당연시하며 긍정적으로 받아들인다.

나는 최근 10여 년 이내에 오빠와 두 언니의 간병에 스스로 봉사를 자청하기도 했다. 2005년에는 당시 76세의 오빠가 위암으로 경기도 일산의 암 병원에서 수술을 받았을 때 낮에는 여자 조카가 맡았고 밤에는 보조 의자에서 새우잠을 자면서도 아무런 불평이 없었다. 간병인에게 맡기자는 가족들의 의사를 묵살하고 혈육에게 가장 어려울 때 봉사할 수 있는 기회가 된 것을 기쁜 마음으로 받아들여 10일 내내 쉬지 않고 밤 근무를 했다. 그리고 나서도 퇴원하는 날 지방의 고향집까지 오빠 자식들은 저희 가족이 한 차가 되니까 내 차에 혼자 편히 모시기 위해 4시간 동안 자동차를 운전하고 가서는 피곤해서 쓰러질 줄 알았으나 의외로 아무렇지도 않았다.

어머니 배 속에서 9개월 만에 세상에 선을 보였던 바로 내 위의 언니가 결혼10여 년 후부터 결핵과 신경쇠약, 불면증, 변비, 위장병, 고혈압 등 평생을 간헐적으로 병원을 드나들면서도 3남매 자녀들을 성공시켰다. 하지만 자신의 몸은 만신창이가 되어 집에는 약봉지나 약병이 수두룩하여 종합병원이란 별명을 들으며 끝내는 루게릭병(Lou Gehrig's Disease: 운동신경세포의 퇴화로 온몸의 근육이 마비되고 언어장애와 호흡곤란을 겪다가 죽음에 이르는 병)이란 희귀병에 걸려 71년을 살고 떠났다.

언니가 병마에 시달릴 때 형부나 조카들, 나 역시도 각자의 생활에 얽매이다 보니 혈육의 고통을 늘 함께 나눌 수가 없어 마음만 안타깝고 초조하여 공적인 것 외에는 개인 시간은 다 희생하다시피 하면서 언니 곁으로 달려가지 않으면 다른 일은 손에 잡히지 않았다. 그때마다 내 건강이 허락되는 것에 대하여 하나님께 깊은 감사를 드렸다. 또한, 가족이 없어 홀가분한 마음으로 나 아닌 타인을 위해 봉사할 수 있다는 것에 진정 참된 보람을 느끼고 싱글 생활에 남다른 보람을 느꼈다.

형제들이 먼저 간 노후엔 혼자 외로움을

인간은 아픈 만큼 성숙한다 듯이 2009년도 초부터는 83세 되는 둘째 언니까지 병원과 요양원에 드나드는 고통을 당하는 것을 보고 있자니 참으로 인생 무상함을 실감하지 않을 수가 없었다. 친자녀들보다 동생의 정과 간호를 더 그리워하며 옆에 있어주기를 바라는 혈육의 외로운 황혼을 진정으로 달래주고 싶었다. 생전에 못다 해준 소홀함이 있으면 언니가 떠난 후에 내 자신의 후회와 애통함의 도를 줄이기 위해 건강과 시간이 허용되는 한 최선을 다해야 한다는 의무감에서 막내로 태어난 싱글 동생의 역할에 대한 중요성을 새롭게 인식하게 되었다.

사랑하는 사람을 잃는 것은 가슴에 커다란 구멍이 뚫린다. 세월의 흐름과 더불어 살아가면서 뚫린 구멍 속으로 바람이 술술 들어올 때 수시로 엄습해오는 외로움이 마음을 심히 공허하게 한다. 그때마다 막내로 태어난 비애를 느끼게 되며 다들 먼저 떠난 후에 마지막으로 내가 갈 때에는 누가 나의 저승길에 "아듀"를 고해줄까!

독신자 중에서 막내로 태어난 것이 가장 유리한 것은 맏이로 태어난 사람에 비해 아래 동생들이 애인이 생겨 빨리 결혼을 하고 싶어 앞의 똥차 치우라는 재촉의 부담에서의 자유스러움이다. 동생들 치다꺼리 하느라고 40이 넘도록 결혼을 미루었던 내 친구는 아래로 11명이 순서를 기다리며 줄지어 서서 재촉하는 성화가 너무 야속하여 혼자 많이 속을 끓이고 살았다. 그러면서 반 부모 역할 하면서 남동생 여동생다 짝 맞추어주고는 40대 중반에 캐나다 이민을 앞두고 번개불에 콩 튀어 먹듯이 마도로스 출신의 이혼 남자에게 결혼을 했으나 고물둥지에 회의를 느끼는 것 같다.

명절과 생일은 달갑지 않은 날

노처녀 노총각 스트레스 받는 설 명절

나는 2,30대 젊은 나이일 때는 교통지옥을 뚫고 고향 가는 길이 너무 지겨워 어머님은 평소 한가할 때 찾아뵙고 서울에 언니들이 둘이나 살고 있기 때문에 친구들과 여행을 안 가면 언니 집에 가서 명절을 보내기도 했다. 그때 어린 언니의 손자손녀들에게 할머니에게 세배하라고 하면 "할머니도 아닌데 어떻게 세배해요?" 라고 하면서 병풍 뒤로 숨어서 나오지 않아 초하룻날 아침에 한바탕 폭소가 터지곤 했다. 그래도 세뱃돈은 준비했으니까 세배하지 않아도 돈 준다고 하며는 잽싸게 뛰어나와서 돈만 받아들고 다른 방으로 가 버린다. 그도 그럴 것이 저희 친할머니가 따로 있는데 새파랗게 젊은 처녀에게 할머니라고 세배를 하라고 하니까 촌수도 모르는 어린놈들이 무릎 꿇고 불편한 행사를 하기 싫었을 것이다. 다음부터는 아예 처녀할머니라는 칭호를 붙여 설 명절

때면 자연스럽게 세배를 하고 날름 세뱃돈을 받는 모습이 너무 사랑스럽고 귀여워서 평소에도 아무 때나 만나면 스킨십을 해 주면서 사랑을 주니까 저희 친할머니보다 더 나를 따르고 좋아했다.

어느 때나 설 명절이나 연말 연초가 되면 가장 스트레스 받는 층은 음식준비에 육체가 고통을 당하는 주부들은 물론 육체와 정신적인 스트레스를 받는 며느리들 다음으로 시집 장가 안가는 노처녀 노총각이다.

집안에 과년한 자녀를 둔 부모들은 자신들은 둘째 치고 집안 어른들이나 동네 사람들의 질책과 시비에 시달림을 받는다. 명절이 되어서 객지에 있다가도 부모 형제들 만나겠다고 고향 찾아 얼굴을 내미는 미혼 자식들을 만나면 반가움에 울먹이기까지 하면서도 한 편으로는 나이 들어가는 과년한 아들딸들의 얼굴을 마주하면 남몰래 속을 끓이는 것이다. 그래서 자유스럽고 편해서 혼자 사는 당사자들은 명절에 고향에 가는 것을 망설이게 될 뿐만 아니라 명절 자체를 싫어하게 될 수밖에 없어 명절 며칠 전부터 고향길 오를까? 말까? 갈등을 일으키게 되니 마음 설레며 즐거웠던 어렸을 때의 추억이 그리워질 수밖에……

그런가 하면 직장에서도 연말이 되면 올해도 국수 안주고 그냥 넘기느냐? 너무 고르지 말고 웬만하면 눈 딱 감고 한 사람 붙들지! 무엇이 부족해서 혼자 사느냐? 여초가 되면 올해에는 좋은 짝 만나서 행복한 가정 이루어야지! 하면서 앞뒤로 압력과 권유를 하는 것에 처음엔 말대꾸를 꼬박꼬박 하다가도 나중에 면역이 되면 그냥 씨-익 웃어넘기고 마는 것이 상책이다.

남들이 내 인생 대신 살아줄 것도 아니면서 내 인생 내 맘대로 사는데 웬 간섭들인지! 때론 은근히 짜증이 났다가 '다 나를 위한답시고 그러는데 뭘?' 하고 고마운 마음으로 받아주면서도 '결혼생활이 뭐 그리 깨가 쏟아지는지' 하고 자문자답하기를 수없이 반복하면서 행복은 주관적이니까 남들이 내게 뭐라 하든지 내가 행복하면 되는 것이 아니겠는가!?

노처녀 노총각들에게 8월 한가위 추석 명절은 햇곡식과 햇과일에 조상들을 모시고 감사의 예를 지내기 때문에 한 살을 더 먹는 설 명절보다는 스트레스를 덜 받지만 어찌하던 부모님에게 걱정을 끼쳐드리는 후손으로 조상들에게도 죄책감이 드는 것은 마찬가지다.

부모 떠나 객지에서 살면 자신의 생일날도 잊는 싱글족들

아기는 울면서 태어나도 많은 사람들을 기쁘게 하기 때문에 사람이라면 누구나 자신이 세상에 나온 날을 가장 중요시하며 잘 기억하게 된다. 그런데 나는 아버지의 바람기 때문에 화병 난 어머니의 뱃속이 너무 뜨거워 화상 입을까 2개월이나 빨리 나왔다가 3주가 지난 후에야 인간으로서 소리를 냈으니 나의 생일은 울기 시작한 그날이 진짜가 아닐까 한다. 비록 원치 않은 생명이었지만 부모 슬하에 있던 때는 매년 어머님의 정성스러운 생일 음식을 맛있게 먹었었다. 하지만 고등학교 때부터 부모 곁을 떠나 객지에서 살았기에 자신의 생일을 주위에게 외치는 비위 살도 없어서 혼자 생각만 하다가 그냥 넘기기도 하고 어떤 땐 까마득히 잊어버리기도 했다. 친한 친구들이 혼자 사는 친구를 누가 생일 차려주겠느냐고 생일을 물어도 남들에게 신세 지는 일이 싫어서 제대로 가르쳐주지 않았다.

한때 10여 년 동안은 중학교 동기동창 남자친구가 어떻게 알았는지 음력생일을 정확히 알고 다른 친구들까지 불러 저녁 식사자리를 만들어주어서 마음속으로 무한한 감동을 느끼면서도 충분한 감사의 인사를 표현하지 못하는 바보스런 가시내였다.

40대 중반 때의 어느 해에는 직장 지하 커피숍에서 걸려온 후배의 전화를 받고 내려가니 예쁘게 포장된 양장 한 벌을 건네주며 "오늘 아침에 미역국이라도 끓여 먹었느냐?"는 물음에 그때에서야 오늘이 내 생일이라는 것을 기억해냈다. 선물을 받는 순간부터 어떻게 보답해야 할지 그 생각부터 머릿속을 꽉 매웠는데 회사에 돌아와 보니 내 책상 위에 장미꽃 한 바구니가 아름다운 자태를 하고 차분히 자리를 차지하고 있는 게 아닌가.

선물 보따리를 들고 들어온 내게 "생일이면 미리 말을 해 줄 것이지 다른 사람들에게는 알려주고 가까이 있는 회사 사람들에게 그런 법이 어디 있느냐"는 동료와 부하 직원들의 애교 있는 핀잔의 화살을 집중적으로 받았으나 기분이 나쁘지는 않았다. 같은 직장에 있는 동료직원 중에는 자신의 생일이 들어있는 달에는 음력으로, 양력으로, 만으로, 세는 나이로, 갖은 구실을 다 붙여 친구나 주위 사람들에게 전화를 해서 여러 번이나 밥을 얻어먹기도 하는데 나는 그와 반대로 누가 생일을 알고 선물을 주면 어색해서 몸 둘 바를 모르거나 생일을 알고 물으면 양력으로 아예 다 끝난 일이라고 거짓말을 하기도 한다.

최근에는 아버지와 어머님 제사를 합쳐서 모시니까 부모님 영혼 모시고 하루 건너서 생일이니 다음날 성묘 다녀오고서 서울로 올라오다 고속도로 위에서 생각이 나기도 하며는 혼자 쓸쓸한 마음에 허공을 향해서 한번 길게 숨을 내쉬고 만다. 이제는 아예 생일을 잊고 사는 인생이 된 것 같아 비위 살도 너무 없는 내 성격을 탓할 수밖에 없다.

생일은 배우자, 부모, 자녀 등 주로 직계들이 챙겨주어야 하는데 싱글들에게는 부모 슬하에 있을 때를 제외하고는 인적인 연관이 없는 혼자이기 때문에 누구나 철저히 생일상을 받아먹는다는 것은 생각할 수 없는 일이므로 스스로 자신이 챙기는 것도 현명한 방법이다.

나는 어머님이 60살부터 생존 시의 생신일은 20여 년간

한 해도 빠짐없이 우리 형제들과 어머님 형제들을 다 초대하여 교통비까지 대주며 잔치를 해 드렸기에 내 생일쯤은 잊어도 아무런 유감이 없었다. 어떤 땐 언니들이나 친구들이 생일 밥을 먹자고 쌍립이 될 때는 친구들과 같이하지만 신세를 진 것 같아 그 친구들 생일에 갚으려고 하면 저희 가족들이 있어 나까지는 기회가 주어지지 않는다. 그래서 독신들에게는 친구들이 차려주는 자신의 생일모임은 빚이 되기 때문에 별로 달갑지 않기도 한다. 언니들과는 가족모임에 같이 끼일 수가 있기 때문에 마음 가볍지만 그들도 다 가버린 지금에는 서울 하늘 아래 생일날을 기념해 주는 직계나 방계도 없어서 더욱 망각의 세계로 갈 수밖에 없는 것 같다.

그러나 이제부터라도 살아있는 동안 가까스로 태어난 소중한 내 생명이기에 1년에 단 하루밖에 안 되는 그 날을 혼자서라도 자축해야 한다는 의무감이 솟구쳐서 새로운 결심을 했다. 가까운 친구 몇 명이라도 불러내어 아무 말 하지 않고 맛있는 음식을 같이 하면서 내 몸 내 스스로가 존중하고 아껴야 한다는 의무감에서 이제부터는 반드시 그렇게 실천할 것이다.

돈 빌려주지 말고 빚보증 서지 마라

친한 사이에 돈거래 했다가 돈 잃고 사람 잃는 이중의 상처

내가 자랄 때 세상을 많이 살아온 어머님께서 귀가 닳도록 자녀들에게 하시던 말씀은 '남에게 돈 빌려 주지 말라. 부득이해서 빌려줄 때는 아예 받을 생각하지 말고 그냥 주어라.' 그때는 무슨 뜻인지 이해를 못했으나 이제는 내 자신이 스스로 체험해서 얻은 결론이다.

금전거래는 특별한 경우를 제외하고는 전혀 모르는 사람이나 사이가 먼 사람과는 이루어지질 않는다. 인간은 사악한 동물이라서 환경에 따라 평소의 모습과는 전혀 다른 물질의 포로가 되어 완전히 〈야누스의 얼굴〉로 변하기도 한다.

야누스(Janus)란 문지기 신은 앞뒤에 얼굴이 있어서 과거와 미래를 볼 줄 아는 지혜를 상징하고 있는데 무슨 일을 시작할 때 치밀하게 과거의 사례를 살펴보고 미래를 예측한다는 것이 본래의 의미인데 보통 우리 사회에서는 동전의 양면처럼 두 개의 다른 얼굴을 가지고 있는 이중적인 인간을 말할 때 통용되고 있다.

'돈은 앉아서 빌려주고 서서 받는다.'는 말이 있다. 보통 혈육이나 친척 친구 선후배 등 친한 사이에 돈을 빌려주고 빌려 쓸 때 빌려주는 사람의 입장에서는 상대가 신용과 약속을 지킬 줄 믿고 빌려주는데 돌려받으려면 그만큼 힘이 든다는 것을 의미한다.

그래서 옛날부터 친한 사이에는 돈거래를 하지 않는 것이 상책인데도 사람 사는 사회에서 이를 전혀 도외시하고 살기는 어려운 일이다. 처음엔 좋은 사이로 거래가 이루어졌다가 결과가 좋지 않을 때에는 빌려준 사람은 돈 잃고 사람까지 잃게 되어 물질적 정신적 양면으로 큰 상처를 받게 된다.

부모나 독신들의 돈은 내 돈이라는 파렴치한 관념

흔히 자녀들이나 사위가 사업자금을 빌려 달라 하면 부모 되는 입장에서는 자식 잘되면 따라서 자신도 잘 될 것이라는 기대로 의심 없이 기꺼이 내어준다. 그러나 대부분의 자식과 사위들은 부모 돈은 내 돈이라는 관념으로 생각하기 때문에 잘되어도 못 되어도 되돌려 받기는 쉽지 않은 잘못된 여수관계與受關係로 변질되기 마련이다.

또한 싱글들에게 접촉하여 돈을 빌려가도 거의 비슷한

결과를 초래하는 사례가 많다. 비혼자들은 기혼자에 비해 세상풍파를 많이 겪지 않았기 때문에 비교적 순진하고 남을 잘 믿기 때문이기도 하려니와 돈에 대해 철저하지 못하여 쉽게 돈을 빌려주기도 할뿐더러 억척스럽게 상대를 압박하여 받지도 못한다. 채무자의 입장에서는 똑같이 돈을 갚아야 할 사람이 여럿이 있을 때 가장 억세고 귀찮게 하는 사람의 것은 무섭고 시끄러워서 먼저 갚는다. 하지만 좋게 인격적으로 대하면서 참는 사람의 것은 맨 나중으로 제쳐 놓고 아예 떼어먹을 대상의 1순위로 정한다. 바로 그 1순위의 낚싯대에 걸려든 대상이 비혼자이며 특히 여성이다.

가족이 없는 비혼 여성들은 남성 비혼자들의 술이나 이성 교제 또는 규모 없는 경제생활에 비해 생활에 조금 여유가 있는 편이라서 채무자를 자주 쪼지 않고 기다려주는 약점을 이용한다. 뿐만 아니라 함께 빚 독촉을 해줄 남편이나 자식들도 없기 때문에 얕잡아보고서 처음 빌려 갈 때부터 내 돈이라는 흑심을 품는 경우도 많다.

비혼자들은 비교적 마음이 약하고 의외에도 인정이 많아서 남의 어려움에 그냥 눈을 감고 못 본체를 하지 못한다. 이에 비하여 기혼자들은 우선 내 가족 내 자식이 먼저이기에 남의 불행에 마음을 돌릴 여유가 없기 때문에 인색할 수밖에 없다. 나의 경우에도 상대를 내 맘처럼 믿고 또 지나치게 인정을 베풀었다가 보은은커녕 오히려 치유할 수 없는 경제적 손해와 마음의 상처를 받았다. 그것도 남도 아닌 방계혈육이었으니 창피스러워서 터놓고 말할 수도 없는 위치에서 혼자 감내해야 하는 심적 고통은 말로서는 표현할 수 없는 엄청난 충격이었다.

돈은 돌고 돌기 때문에 돈이라는 말이 생겼다고도 한다. 돈은 말로는 어떻게 표현할 수 없이 세상에서 가장 좋은 것으로서 뱃속에 있는 어린 아기도 돈 보이면서 빨리 나오라고 하면 선뜻 나온다는 말이 있다. 그런데 귀하고 좋은 것일수록 그것을 잘 보호하고 유효하게 다루면 그 가치가 올라가지만 잘 못 다루면 한없이 추하고 볼품없게 된다. 돈 앞에서는 인격이나 지성은 물론 도덕도 자존심도 팽개치고 오직 그 앞에서 굴종하는 한낱 동물에 지나지 않는다면 누가 그 사람을 이성이 있는 만물의 영장이라고 하겠는가!

가까운 사람에게 당하는 배신의 상처는 저승직전까지

돈을 빌려달라고 하는 측에서 입발림으로 숨넘어가는 말을 하면서 내일 모래 갚는다고 하는 것은 새빨간 거짓말이다. 내일 돈이 나올 수 있다면 당장 숨이 넘어갈 정도로 급하지 않은 일이라면 내일 쓰면 될 일인데도 왜? 남에게 아쉬운 말 하면서 연극을 하느냐? 그리고 하루 이틀, 사흘 정도로 약속을 계속 미루는 방법은 대부분이 고단수의 지연작전이지 약속을 지키려는 사람의 태도가 아니다. '열 길 물속은 알아도 한 길 사람 속은 모른다.' 는 것은 인간관계에서 일찍이 수없이 느끼고 당해본 사실이다.

독신으로 50평생 살면서 자신은 은행 돈 1만 원 한 장 쓰지 않고 살던 가까운 후배는 그녀가 거주하는 지역에 부동산을 구입하는 데 외지인은 300평 이상은 구입 할 수 없어 명의를 빌려 달라는 조카의 부탁을 받고 당시 부동산실명제법을 위반한 것을 알지 못하고 기꺼이 명의신탁을 받아주었다는 것이다. 몇 년 후 부동산을 담보로 은행대출을 요구하여 아는 은행지점장을 통하여 조금도 의심하지 않고 선뜻 십여 억 원의 대출을 받아줄 때조차 그 돈의 사고에 대한 것은 전혀 의심하지 않았다. 그러니까 내용적으로는 빚보증을 했으나 실제 문서상으로는 자신이 대출하여 쓴 것으로 되어 있었다. 조카들이 이자를 내지 못하자 부동산을 매각해서 갚으면 문제가 없을 것으로 믿고 있었다. 그러나 부동산경기가 좋지 않아 매매가 없어 결국 경매까지 가서도 대출금을 갚지 못하자 살고 있는 집까지 압류당했다. 조카들은 은행과 직접적인 관련이 없기 때문에 저희들 할 것은 다 하면서도 오히려 적반하장의 비열한 행동을 하는 데는 미칠 지경이라고 한다. 차라리 남남이라면 법적으로라도 할 수 있지만 그렇지 못할 것이라는 약점을 이용하는 인척이 더 무섭고 매정스러운 세상이다.

돈을 빌려줄 때 무서운 상대로 인식시켜야

내 주위에 병역 기피자이자 무능한 남자와 결혼한 여성이 자녀 셋의 생계와 교육을 위해 남편이 국토건설단에서 병역 의무를 받는 동안 구멍가게를 하면서 싼 빚을 얻어서 주위의 구멍가게를 대상으로 일수놀이를 했다. 가풍 있는 시골에서 순수하게 처녀 시절을 보낸 그녀가 자기와 비슷한 처지의 영세한 서민을 상대로 하는 일수놀이가 순탄할 수는 없었다. 남편 없이 20대 중반의 젊은 여자가 세파를 이기는 데 힘에 겨웠으나 그것을 헤치고 나가려면 생활력을 길러 내공이 강해지는 반면 성질이 거칠어지지 않을 수가 없었다.

그녀는 몇 년간 일수쟁이 아줌마로서 쌓은 노하우를 경험으로 돈 늘리는 수법을 배워 동네의 아주머니 몇 명을 모아 소규모 계를 조직하여 계주 아줌마로 한층 승격되었다. 경제에 무능한 남편을 탓할 수는 없고 우선 세 자녀를 양육하는데 생활의 방편으로 계속 사설 계를 조직하여 잘 유지시키려면 계 왕주로서 돈놀이를 잘해야 한다. 계주로서 중간에 계원들 중 한 사람도 사고 없이 끝까지 성공적으로 끝내야 하려면 보통 성격으로는 그걸 유지하기가 힘들다.

그러기에 평소에 순하고 물처럼 보이면 계를 운영할 수 없다. 그녀를 한마디로 말하면 남들에게 무섭고 억척스럽게 보여 다른 사람 돈은 다 떼어먹어도 그녀의 돈은 떼어먹지 못한다는 이미지가 꽉 박혀버렸다. 그러기에 학력도 배경도 없는 시골 촌뜨기가 험한 세파를 이기고 자녀 셋을 최고학부까지 다 마치게 했다. 이같은 것을 교훈 삼아 돈을 빌려주고 억척스럽게 받을 능력이 없다면 아예 빌려주어서는 안 된다.

신변을 정리할 단계에서는 가까운 친척이나 친구에게 재산 관리 위임

자신의 재산에 대해서는 부부 간이나 부모 자식, 형제자매 사이에도 서로 공개하지 않고 비밀에 부쳐지고 있는 것이 대부분이다. 매일 한 지붕 같은 방에서 살을 맞대고 사는 부부간에도 서로 모르는 비자금이 있는 반면에 부부별산제를 주장하는 경우에는 개인적으로 필요한 때에는 한 방에서도 빌리고 돌려준다. 그런가 하면 부부간에 전혀 비밀이 없고 다 공개를 하고 사는 경우에는 남편이나 부인 중 한 사람이 가정 경제권을 다 쥐고 관리하는 때에는 한쪽은 돈 쓰는데 자유스럽다. 하지만 다른 한쪽은 불편하고 빠듯한 생활 속에서 때로는 쩨쩨한 사람으로 취급을 받겠으나 따로 돈주머니를 관리하는 가정보다 부부간의 불화는 덜하다.

독신의 경우에는 한 집에 가족이 없기 때문에 부동산 문서나 주식, 금융자산이나 거래내용을 보는 사람이 없기 때문에 본인이 친한 친구나 부모 형제자매에게 솔직하게 공개하기 전에는 아무도 모른다. 그래서 혼자서 남에게 돈을 빌려주고 돌연사를 하는 경우에는 재산을 받을 친권자가 없으므로 채무자는 그 누구라도 혼자의 비밀을 공개하지 않고 회심의 미소와 함께 횡재를 하게 된다. 그러므로 갑자기 돌연사하는 것 외에 신변을 정리할 단계에서 사회에 기부하거나 친족에게 재산을 물려줄 경우에는 가까운 친구나 친척에게 재산관리를 위임하는 것도 현명한 방법이다.

돈이라는 종잇장은 사람의 환심을 받는 것은 당연하지만 때로는 요물로서 인간 사이에 흉기로 변하기도 한다. 실지로 가족 간에도 돈으로 인하여 예기치 않는 불행한 사건이 일어나는 사례는 비일비재하여 부모 사망 후 삼우제를 지내고 나서 유산문제로 형제간에 시비가 붙어 살인까지 일어나기도 한다.

독신자로서는 유산 물려줄 자녀가 없기에 재산이 공개될 경우에는 예상치 못한 부작용이 발생할 수가 있다. 남에게 돈을 빌려주고 받지 못해 혼자 전전긍긍해도 그 고통을 공감하고 합세해서 돈 받는데 앞장설 친족은 흔치 않다. 어쩜 피안의 불처럼 바라보면서 내 돈이 아닌데 발 벗고 희생하며 받아주어도 법적으로나 인간적으로 내 돈이 될 수 없다는 이기적인 생각 때문에 소극적인 태도일 수밖에 없다. 그러나 부부간이나 직계 자녀일 경우엔 어쩜 내게도 직접적인 이점이 있다는 생각에서 돈 받는데 적극적으로 움직일 확률은 방계인 형제자매보다는 훨씬 더 높다.

이 같은 분위기를 갈파한 채무자는 어떻게 해서든지 돌

려주지 않으려는 책략을 꾸미기 때문에 평소에 유연하게 대하지 말고 혼자라도 아주 강하게 무섭게 대처하지 않으면 받지 못하는 경우가 허다하다.

젊어 재테크 잘 해야 행복한 노후 보장

수입보다는 가족 모두가 계획적이고 규모 있는 씀씀이를

사람은 항상 젊고 능력이 있는 것은 아니다. 세월 따라 흘러가는 젊음의 뒤안길에 어느새 늙음이 자리 잡고 있는 것은 자명한 이치이므로 연약한 인간은 누구나 노후의 건강과 경제생활에 불안을 느끼게 된다. 갈수록 수명은 연장되어 정년퇴직 후에도 30~40년 동안의 긴 세월에 이어갈 생계를 생각하면 아찔하기만 하다.

한참 젊고 패기 발랄할 때는 평생 그 생활이 지속될 것으로 착각하여 돈을 잘 벌 때 돈의 개념도 모르고 소비생활에 흥청망청 세월 가는 줄 모르고 살다가 어느 날 깜짝 놀라 제정신으로 돌아오면 그때는 돌아올 수 없는 강 건너에 서있게 된다. 돈이 잘 들어오는 때라 해서 한 집안에 돈 버는 사람 따로 있고, 돈 쓰는 사람 따로 있으면 그 집안의 경제는 머지않아 구멍이 뚫리기 마련이다.

남자 95%가 46세에 인생의 정점을 이루는 우리의 현실에서 젊고 건강할 때 재테크에 대한 정보를 다방면으로 수집하여 노후에 대한 준비를 철저히 해야 한다. 그렇다고 돈의 노예가 되어서 매사에 돈 돈 돈에 얽혀 돈만 사랑하게 되는 생활태도는 올바르지 못하다. 사랑도 너무 집착하게 되면 상대방이 질려서 도망가듯이 만물의 영장인 인간이 물질의 노예가 되어버리면 돈이 들어오려다 정이 떨어져 도망가는 것이라는 세상 이치도 잊어서는 아니 된다.

유명한 원로 탤런트 엄앵란 씨나 사미자 씨가 젊어서부터 70대에 이르러서도 인기 절정을 유지하고 있는 것은 그들의 꾸준한 인기관리에 대한 노력의 결과이다. 엄앵란 씨 딸의 말에 의하면 어머니가 자신은 구멍 난 양말을 신고 다닐 정도의 검소한 생활을 하면서도 아빠(신성일)에게는 외제나 실크 등의 최고급 의류를 사서 준다는 소비생활에는 한편은 잘한다고 하는 반면에 가족 모두가 같이 절약해야 한다는 경제 운영방식과는 맞지 않는 것 같다.

여성 싱글보다 남성 싱글의 규모 없는 경제생활

내가 30대 초반에 잡지사 기자로 근무할 때 남자 기자 중에 월급 타고 2,3일도 못되어 돈 빌려달라고 하는 상습적인 적자인생이 있었다. 다른 여기자들도 있었으나 그녀들은 결혼을 했거나 연인이 있기 때문에 여유가 없을 것으로 생각해서인지 유난히 내게만 돈을 빌려 달라고 한다. 심지어는 버스정류장에 서 있을 때도 미안한 표정으로 버스표를 부탁하면 내미는 손이 불쌍해서 가벼운 웃음으로 선뜻 두어 장 주고는 그에게 값싼 동정심이나 힐난의 눈치는 보이질 않았다. 다만 나 혼자 그의 뒤통수에 대고 "어떤 여자가 저런 주모 없는 남자의 낚싯대에 걸려들려는지!" 하고 한심한 인생에 대한 걱정만 날릴 뿐 그래도 동료이기 때문에 전혀 겉으로 표현은 하지 않았다.

10년 후 내가 근무하는 직장에 찾아왔을 때는 30대의 잘 생긴 민완 기자로 팽팽했던 모습은 전혀 찾아볼 수 없고 초라한 지체 불구자로서 도서 외판원이었다. 40세면 불혹의 나이로 절약해서 재산 관리 잘했으면 조그만 집을 샀거나 전셋집이라도 장만했을 터인데도 허구한 날 술병과 허황한 생활로 인해 경제력이 없어 결혼도 못하고 일정한 거처도 없이 동가식서가숙東家食 西家宿 하면서 인생을 형편없이 살고 있었다.

우리 속담에 '홀어머니는 깨가 세 말 인데 홀아비는 이가 세 말'이라는 말이 있듯이 같은 위치에서 똑같은 봉급생활자로 일하는 싱글이라 해도 건전한 생활로 규모 있는 여성에 비하여 술과 여자와 낭비를 일삼는 주책없는 남성 싱글의 삶은 하늘과 땅 차이일 수도 있다

유명 방송인 이금희 씨는 전 국민이 다 아는 공개된 비

혼 여성이다. 그는 공개방송에서 돈은 가족을 위해 번다고 했다. 그렇다고 가족이 없는 사람은 돈 벌 필요가 없다는 말은 아니다. 가족이 없는 싱글들은 욕심부리지 않고 젊어서 정당한 방법으로 열심히 재테크를 하여 청춘을 구가하며 자신의 일상생활을 멋지고 여유롭게 하면서도 낭비하는 가족이 없기 때문에 노후 준비를 잘해놓을 수 있다. 나이 들어 그간 쌓아놓은 고고한 인품으로 젊은 후배들 앞에서 입은 닫고 지갑은 열며 넉넉한 삶을 유지하는 모습으로 품위 있는 선배로 부러움과 존경의 대상이 될 것이다.

매월 똑같은 수입이 있는 가정이라 해도 그 집 가장의 경제관념이나 주부의 소비생활스타일에 따라 가정경제생활의 양태가 전혀 다르게 나타난다. 부부는 서로가 잘 만나야 가정의 안정을 이룩할 수 있다. 둘 중에 한 사람이 엉뚱한 사고방식으로 낭비생활을 하게 되면 새는 독에 물 붓기로 그 가정은 계속 생활에 허덕이고 불화의 연속이다. 그러다 보면 노후생활을 위한 저축은커녕 항상 빚에 쪼들리는 마이너스생활에 끝내는 파경에 이르는 사례를 우리 주위에서 많이 보면서 산다.

물질이 풍부하지 못한 속에서도 느끼는 만족감

돈을 마음대로 쓸 수 있는 자유가 주어진다면 행복할 수 있다고 생각하는 것은 일시적인 착각이다. 내 스스로 노력해서 모은 재산은 그 가치를 인정할 수 있으나 부잣집 백수가 부족한 것 없이 마구 쓰는 소비에서 돈 쓰는 만큼 행복이 비례하는 것은 아니다. 세계에서 행복지수가 가장 높은 나라의 국민은 선진국이며 부자나라가 아니라 후진국이며 먹을 것이 부족하여 굶기를 밥 먹듯이 하는 방글라데시 국민들이다. 그들은 입지도 먹지도 못하는 상황에서도 어쩌다 먹을 것과 입을 것이 생기면 비록 조그마한 것에라도 만족감에 젖기 때문이다.

나는 평소 남의 집을 방문할 때 부잣집에는 오히려 빈손으로 간다. 그들의 생활수준에 맞지 않은 선물을 가지고 가면 거들떠보지도 않고 바로 내방 처 버리거나 자기네들 보다 못한 사람에게 적선하듯이 주기 때문에 내 지갑이 울기 때문이다. 하지만 가난한 집에는 빈손으로 가지 못한다. 그들에게는 굳이 명품이나 값비싼 것이 아니라도 내 성의껏 가지고 가면 무엇이든지 귀하고 소중하게 활용하여 선물의 가치를 배가시키기 때문에 지갑이 입을 벌리며 웃기 때문이다.

인간이 돈의 노예가 될 수는 없으며 또한 되어서도 아니 되겠지만, 젊으나 늙으나 기본생활은 유지하면서 살아야 하므로 가족이 있는 사람이나 혼자 사는 사람도 다 같이 물질은 절대적인 가치일 수밖에 없다. 가난이 앞문으로 들어오면 행복은 뒷문으로 빠져나간다고 일이 안될 때는 뒤로 넘어지더라도 코가 깨지듯이 하는 것 마다 실패의 연속으로 불행의 늪에 빠지게 되는 때가 있다. 이런 때는 처음부터 원인을 잘 분석하여 어디서부터 실타래가 꼬이기 시작했는지를 찾아서 차분한 마음으로 푼 후에 다시 일을 시작해야 한다. '나는 할 수 없어! 나는 아무래도 안돼!' 하고 자포자기해서는 아니 된다.

내가 젊었을 때 생각하기로는 늙으면 하루 세끼 밥만 먹으면 되는 것으로 생각하고 재테크에 대해서 전혀 신경을 쓰지 않았던 철없었던 때를 돌이켜보면 얼마나 어리석고 미련했던가! 남이 내게 정당한 대가를 지불해도 사양만 하고 고고하게 사는 것만이 옳은 삶인 줄 알았다. 그러기에 돈을 모르는 바보취급도 당했으며 때로는 당당히 받아야 할 권리도 빼앗기기도 했었다. 나중에 늦게 철이 들었을 때는 마땅히 누려야 할 권리를 포기하거나 빼앗기는 것은 천하에 못난 바보 중에 가장 큰 바보라는 것을 깨달았다. 그것도 50대가 다 되어서였으니 달도 차지 않아서 세상에 나온 8푼이 인생이라 생각도 8푼이 밖에 못된 덜 떨어진 인생이라는 것을 자각했으면서도 하루아침에 생각이 360도 바뀌는 것은 아니다.

재테크 잘 했어도 도둑 안 맞고 잘 관리해야

재테크 아무리 잘해놓았어도 순간적인 잘못으로 재산을 날리거나 손실을 볼 수 있으므로 주위 사람들을 조심하는 것이 재산을 잘 유지하는 길이다.

친한 친구가 돈을 빌려달라고 할 때는 빌려주어도, 안 빌려주어도 우정은 끝이 나는 경우가 있으니 가급적이면 친한 사이에 돈거래는 하지 않는 것이 좋다.

목돈이 생겼을 때 주위에서 사업에 투자하라는 유혹에 넘어가 사업전망이나 경험도 없이 뛰어들었다가는 큰 낭패를 보기 쉬우니 주의해야 한다. 특히 사업은 자금이 적어도 단독으로 해야지 친한 친구도 동업했다가는 거의가 실패하는 확률이 많다. 예로부터 어른들의 말에 의하면 가족 중에도 부부간이나 형제지간보다는 부자지간에 동업하는 것은 가장 안전하며 불화가 적어 본전 다 날리는 위험이 적다고 한다.

싱글들은 돈 관리 해주는 배우자가 없기 때문에 자본 들여서 사업하는 것보다는 가족이 없어 목돈이나 생활비가 많이 들지 않기 때문에 서투른 사업보다는 봉급 받는 위치가 훨씬 안정적이며, 적은 액수라도 정기적금이나 보험 등 장기적인 상품을 선택하여 차근차근 재테크를 하는 것이 이상적이다.

제2금융권이 예금이자가 조금 높다고 해서 쉽게 이용하는데 은행이 부도나도 예금자보호법에 의해 1인당 5천만 원까지는 국가에서 보장 해 주니까 분산해서 적립하는 것이 안전하다. 약간의 여윳돈이 생겼을 때는 언제 쓸 일이 예정되어있지 않아 정기예금 하기는 부적절할 때 몇 개월 넣어두어도 이자가 없는 보통 예금보다 아무 때나 입출금이 가능하나

단 며칠 몇 개월을 저금해도 이자가 붙는 우체국 환매채권이나 은행의 MS저금을 이용하는 것이다. 단 우체국 환매채권은 시중은행보다 이자가 높으나 자동이체는 안 되고 직접 창구를 이용해야만 하는 불편이 있다.

각종 연금보험은 보험회사 상품이 종류가 많지만, 일반 은행이나 우체국 상품도 유리한 것이 있고 국가나 지방자치단체에서 발행하는 채권도 정확한 정보를 얻어 단기간의 이익보다 장기간의 이익을 보고 해볼 만하다. 은행에서 하는 회사채 펀드는 회사 재무제표를 잘 분석하여 구입하되 가격이 올랐을 때 빨리 팔고 싼 가격의 펀드를 새로 구입하는 것이 유익하다. 수시로 은행에 들리거나 경제뉴스를 통해 펀드 동태를 파악하여 적시에 사고파는 요령도 필요하다. 돈을 불리려 가만히 앉아있으면 누가 정보를 갖다 주는 것이 아니므로 본인이 부지런히 뛰어다니면서 얻는 정보가 빠르고 정확하다.

위험한 사설 계契는 독신자에게 더욱 불리

예로부터 서민들에게는 목돈이 필요할 때 금융기관대출은 은행 문턱이 높고 담보가 없어 너무 어렵기에 우선 손쉬운 사설 계契를 선호하는데 계주에게 잘 부탁하면 앞번호를 받아 목돈을 먼저 타서 필요한 자금을 쓰고 난 후 매월 정해진 계금을 붓거나 일찍 계금을 탈 필요가 없는 사람은 불입금이 많은 앞번호 보다는 뒷번호를 받아 불입금을 적게 내고 정해진 목돈을 탈 수 있는 이익이 있다. 그러나 계금을 타기 전 도중에 계가 파탄이 나면 그동안 불입한 돈 전액을 손해 볼 위험이 있기 때문에 믿을 것은 못되지만 대개 앞번호와 뒷 번호를 끼워서 계를 드는 것이 좋다. 사설 계는 계주의 사생활이 허황되거나 너무 경제력이 취약하거나 또한 겉으로 사치스러운 사람은 계를 파탄 낼 위험의 요소가 많으니 주의해야 한다. 계주가 독신에게는 목돈 쓸 일이 없다고 희생 번호(대개 중간번호 1목)를 주기도 하며 계금 탄 후 이자 놀려 준다고 빌려달라고 한다. 계주가 계원에게 이자를 놓아서 나머지 계 불입금 넣어준다는 감언이설에 속지 말고 이자가 적어도 금융기관에 정기적금 넣는 것이 안전하다. 돈 이용하다 계를 파탄 내거나 떼어먹는 경우가 있으니 아주 가까운 친척이나 친구라 해도 절대 빌려주면 아니 된다. 특히 독신일 경우에는 양심이 없는 계주가 계금 탈 직전에 계획적으로 계를 파탄 내는 경우도 왕왕 일어나는 사례가 있었다.

흔히들 "혼자 사는 사람이 무슨 돈이 필요해" 라는 말을 보통으로 하고 있지만 이것은 독신일수록 더 돈이 필요하다는 것을 모르고 하는 말이다. 배우자나 자녀 등 부양할 가족이 있는 사람은 노년에 병이 들거나 경제적인 능력이 없을 때 의무적으로라도 부양을 해주지만 독신은 오직 자신이 해결해야 한다. 그러므로 평소에 비상금이나 여윳돈을 가지고 있어야 한다. 젊었을 때는 건강만 하면 무슨 일을 해서라도 혼자 목숨 이어갈 수 있으나 노년에 건강도 직업도 돈도 없으면 그것처럼 초라하고 비참할 수가 없다.

연금이나 퇴직금 보험 저금이자 등에서 매월 정기적으로 일정액의 수입이 들어온다면 일상생활을 하는 데는 별걱정 없다. 하지만 갑자기 수술을 할 때 드는 병원비같이 목돈이 필요할 때를 예상하여 따로 준비해두는 것이 좋다. 독신일 경우 70대 이후에는 소유하고 있는 돈이 생명줄과 같은 것이므로 누가 옆에서 죽는소리를 해도 냉정하게 못 본 체 하는 것이 현명한 노후의 생활방식이다.

독신일 경우 다행히 기초적인 복지제도가 마련되어있어 금융재산(저금. 연금 보험)이나 일정액의 주택이 안 될 경우에는 부양할 가족이 없으므로 기초생활 수급대상자로 선정되어 밥은 굶지 않을 정도로 국가에서 보장 해주고 각종 공과금(전화 전기 통신요금)의 감액이 있고 겨울에는 최소한의 난방비 보조가 있어 몸만 건강하고 다른 빚이 없을 때는 밥 먹지 못해서 자살을 한다거나 굶지는 않을 정도다.

재테크에 유리한 금융기관의 상품을 선택해야

금융기관은 화폐발행으로 통화의 원천적 공급과 조절기능을 담당하는 통화 금융기관으로 한국은행, 일반시중은행,

지방은행, 외국은행의 국내 지점이 있으며 특수은행으로 중소기업은행, 농·수·축협중앙회가 있다.

채권의 발행과 차입으로 자금을 조달하는 개발기관에 한국산업은행, 수출입은행이 있고 자금중개기능수행과 어음·수익증권을 발행하는 투자기관에 종합금융회사, 투자신탁회사, 증권금융회사가 있다.

일반인으로부터 저축성예금을 수취하여 특수목적에 관련된 대출로 운용되는 상호저축은행, 신용협동조합, 상호금융조합, 새마을 금고, 우체국예금이 있으며 보험기관에는 화재보험, 생명보험과 우체국보험이 있고 기타 기관에는 증권회사, 국민투자기금, 국민주택기금, 신용관리기금, 리스회사, 벤처캐피탈회사, 할부금융이 있고 신용보증기관에는 신용보증기금, 기술신용보증기금, 지역신용보증조합이 있고 여신전문금융기관으로 신용카드회사, 시설대여회사, 할부금융회사, 신기술사업금융회사 등이 있다.

금융기관마다 많은 재테크 상품이 있으며 수시로 바뀌기도 하기 때문에 처음 나올 때 자신에게 유리한 상품을 선택하는 것이 좋다.

우리 일상생활에서 돈이면 남자를 여자로, 여자를 남자로 만드는 것 외에는 다 할 수 있다는 황금만능주의는 하루빨리 탈피해야 한다. 진정 돈으로 살 수 없는 것을 예로 들어본다.

침대는 살 수 있지만, 숙면은 살 수 없다.

책은 살 수 있지만, 지혜는 살 수 없다.

음식은 살 수 있지만, 식욕은 살수 없다.

보석은 살 수 있지만, 아름다움은 살 수 없다.

선물은 살 수 있지만, 마음은 살 수 없다.

집은 살 수 있지만, 가정은 살 수 없다.

약은 살 수 있지만, 건강은 살 수 없다.

사치품은 살 수 있지만, 교양은 살 수 없다.

불상은 살 수 있지만, 부처님은 살 수 없다.

교회는 살 수 있지만, 천국은 살 수 없다.

Ⅲ * 잃어버린 자화상을
찾아서

아름답고 매력 있는 몸매

시대 따라 달라진 여성미의 양상

동서고금을 막론하고 여성에게는 얼굴이 예쁘고 아름다운 몸매를, 남성에게는 잘 생기고 사장같이 신체가 좋은 몸매를 원하였으나 시대 따라 조금씩 다른 양상이 나타나기 시작했다.

과거에는 여성의 아름다움을 주로 얼굴에서 찾았기에 얼굴만 예쁘면 몸집이 있어도 후덕한 부잣집 맏며느리 감으로 잘 봐주었다. 하지만 요즈음에는 몸 전체로 확대되어 아무리 양귀비처럼 얼굴이 예뻐도 뚱뚱보는 멍청하고 무식한 돼지로 인식되고 있다.

남성 역시 과거에는 얼굴만 잘 생기면 몸이 뚱뚱하고 배가 나와도 사장감이고 남자답다고 주가를 높였으나 이제는 아무리 미남이라도 몸집이 비대하고 배가 나오면 멋없이 둔하고 센스 없이 보여 직장에서도 딜집지 않은 존재로 취급받고 여성들에게도 주가가 떨어지는 배우자로 인식된다.

여성의 매력적인 이미지는 얼굴 모형과 머리스타일이 중요하고, 신분이나 체격에 맞는 옷차림새에다 전체적으로 균형 잡힌 몸매는 물론 걸음걸이까지 덧붙여 종합적으로 평가하고 있다. 특히 요즈음에는 미혼여성의 경우에 모래시계처럼 잘록한 허리에 S자형의 몸매를 요구하기도 한다.

여성이 하루아침에라도 가장 두드러지게 달리 보일 수 있는 것은 헤어스타일에 의해서 좌우되기도 한다. 머리가 길면 고전미를 나타내고 중간정도면 지성미가 있으며 짧으면 커리어우먼의 인상을 보여준다.

한편 육체가 아무리 날씬하고 머리 모양이 근사할지라도 윤기 없는 부시시한 머리카락이나 핏기 없는 황달 색깔의 얼굴에 기력이 없이 축 늘어진 몸매야말로 가정에서나 사회에서 환영받지 못한다.

요즈음은 성형수술이 발달해서 당초 조물주가 만들어준 순수 자연산이 드물다는 말도 있지만 오히려 인위적인 아름다움보다는 자연미가 더 좋기 때문에 이제는 신세대들에게도 쌩얼(화장 안 한 쌩 얼굴)이 유행되기도 한다. 더구나 성형수술이 잘못되었다거나 수술 후 부작용으로 인해서 수술 전보다 훨씬 못하는 경우도 많이 발생하고 심지어는 죽음에 이르는 일도 벌어지곤 하기 때문에 젊었을 때부터 자연적인 몸매 가꾸기에 부단한 노력을 기울여야한다.

아름다운 얼굴과 균형 잡힌 몸매, 품위 있는 걸음걸이

흔히 여자는 몸매로서 기혼과 미혼을 구분할 수 있다고 한다. 처녀 때는 야들야들하여 매력이 넘쳤던 허리가 결혼해서 어린애 하나만 낳으면 임자 있는 몸이라고 잘 가꾸지도 않아 허리가 펑퍼짐해지고 탄력 있던 피부도 축 늘어져 가슴인지 복부인지 구분이 제대로 되지 않아 여성으로서 매력을 상실해 버리기가 일쑤이다. 그래서 요즈음 신세대들은 사랑하는 사람과 결혼은 해도 벅찬 교육비 부담까지를 이유로 내세워 자녀의 출산을 기피하거나 아예 한 아이만 낳고 말겠다는 주장을 하다가 남편과의 의견충돌은 물론 시댁 어른들의 눈 밖에 나서 신혼의 단꿈을 깨는 경우도 주위에서 가끔 볼 수 있다.

얼마 전까지만 해도 무조건 살빼기 작전에 열을 올렸던 여성들이 이제는 다이어트 방법이 바뀌어지고 있다. 사회 분위기가 말라깽이 몸매보다는 탄력 있고 균형 잡힌 몸매를 새로운 여성의 미모로 규정하고 있는 추세로 변했기 때문이다.

최근에는 매력의 조건에 하나가 더 늘어나 몸매 못지않게 걸음걸이도 주목하고 있다. 내가 중학교에 다닐 때 오리걸음과 팔자걸음을 걷는 친구들이 있었는데 남자 친구들 중에 짓궂은 행동을 잘하는 애들이 〈짹-짹〉하고 오리 흉내를 내거나 허리를 뒤로 젖히고 배를 앞으로 내밀며 팔자걸음 걸이를 하면서 공개적으로 흉내의 대상이 되어 웃음거리가 되기도 했었다. 그래서 남녀노소를 불문하고 품위 있는 걸음걸이도 매력의 한 요인이 되고 있다.

미국 뉴욕 대학 연구팀에 의해 밝혀진 것을 보면 여성은 엉덩이 둘레에 대한 허리둘레 비율이 낮을 때 매력도가 높았고 엉덩이를 흔들며 걸으면 더 매력적이다. 반대로 남성은 엉덩이에 대한 허리둘레가 높을 때 더 높은 점수를 받았으며 걸을 때는 어깨를 세우며 당당하게 활보하는 사람이 매력적이라는 연구결과를 발표했다는 것을 신문보도를 통해서 보았다.

지성과 교양을 갖춘 내면의 미가 외모와 어울려야

흔히들 균형 잡힌 몸매에 대해 '옷걸이가 좋다'고 한다. 그런데 훤칠한 키에 잘 생긴 미남 미녀라 해도 멋대가리 없이 키만 크고 균형이 잡히지 않은 몸매는 제아무리 명품 고급의상을 걸쳐도 제멋을 낼 수가 없는 것이다. 반대로 옷걸이가 좋으면 시장바닥에서 유행도 철도 지난 싸구려 헌 옷이라도 백화점에서 몇 십, 몇 백 만원씩 주고 사 입은 옷보다 훨씬 멋있고 값지게 보일 수도 있다.

그래서 2,30대 젊은 여성들은 아무것이나 걸쳐도 매끈하게 잘 빠져 보이지만 중년이 되어 배가 나오고 살이 찐 옷걸이에는 최고급 옷으로 치장을 해도 그다지 폼이 없게 보이기 마련이다.

아름다운 몸매를 원하면 신체 부위를 튼튼하게 하는 각종 영양을 골고루 섭취하고 나이에 알맞은 수면과 휴식은 물론 규칙적인 운동이 필수적이다.

운동은 신체적인 조건과 능력에 맞도록 해야 하며 무리하게 해서는 오히려 해가 될 수 있으므로 30대가 넘으면 신체의 유연성이 떨어지기 때문에 강화운동도 중요하지만 유연운동도 겸해야 전체적으로 균형과 조화를 이룰 수 있다.

한때는 얼굴 예쁘고 훤칠한 키에 마른 여성이 미인의 반열에 들었으나 인터넷 등 정보화 지식 산업시대에 접어들면서 점차 지성과 교양을 갖춘 내적인 면으로 방향이 선회되어 미스코리아나 미스유니버스 대회에서 선발 규정도 옛날과는 많이 달라졌다. 40대 이후의 중년여성이 얼굴은 예쁘지만 말라깽이가 되었을 때에는 비천하고 영양실조에 걸린 사람처럼 보이고 60대 이후에는 더 흉해서 마치 마귀할멈처럼 보일 수 있다.

사람은 연령의 높고 낮음을 불문하고 적당한 볼륨의 육체에 탄력이 있어야 하며 외적인 것도 중요하지만 내적인 지성미가 풍겨야 하므로 뱃살을 줄이고 피부 관리를 잘함으로써 여유 있고 고상한 인품을 풍기게 된다.

평소에 모나지 않는 원만한 성격에다 밝고 향긋한 모습이 습관화되어야 만이 언제 어디에서나 좋은 인상을 보여주게 된다. 진정 매화꽃처럼 은은한 향내가 풍기는 모습과, 매실처럼 여러 방면으로 쓰임새 있는 삶을 사는 사람에게는 더욱 진정한 아름다움이 묻어나온다.

얼굴은 그 사람이 살아온 이력서

40대 이후는 자신의 얼굴에 책임을 져야

'얼굴' 이란 말은 얼이 있는 굴(구멍)이라 하는데 7개의 굴이 제 자리에서 각기 맡은 바 역할을 하고 있는데 그 중 한 부분만이라도 비정상이면 장애인의 범주에 속한다. 잘 생겼다 예쁘다 하는 것은 이목구비가 정상적으로 생기고 바탕인 근육과 피부가 이상이 없어야 한다.

흔히 귀 좋은 거지는 있으나 코 좋은 거지는 없다고 하는 것은 코는 후각기능을 하면서도 재물과 관계있는 것으로 여기고 있어 이목구비는 얼굴을 구성하는 중요 요소이며 생리적인 역할 외에 대외적인 이미지에도 가장 큰 영향을 미치고 있다. 뇌가 대통령이라면 귀는 비서실장이라 하듯이 귀도 듣는 것 이외에 전문가들의 말에 의하면 귀를 통하여 우리 몸 오장육부의 기능이 정상적인가 비정상적인가를 다 진단할 수 있다고 한다. 그러므로 겉으로 나타난 얼굴과 신체의 모형에 내면의 지성과 교양 및 양심을 제대로 갖춤으로써 훌륭한 인격을 형성한다.

40대가 되면 인생의 반 이상을 살았기에 그간의 삶에서 내면과 외면이 잘 조화를 이루면서 살았는가, 그렇지 못했느냐에 따라서 그 결과가 얼굴에 나타나기 때문에 책임이 따르는 것이다. 철학자인 안병욱 교수는 그의 인생론에서 내가 살아가는 대로 얼굴이 달라진다고 했다. 건강이 좋지 않다거나 나쁜 마음을 가지고 있으면 안색과 표정이 달라진다. 좋은 마음을 가지면 맑은 얼굴을 만들고, 추하고 악한 마음을 품고 살면 얼굴에 추하고 악하게 나타난다.

미국의 16대 링컨 대통령은 친한 친구의 추천을 받은 각료 후보를 면접하고 나서 그의 얼굴에 나타난 표정에서 즉각 거절했다는 것이다. 대화를 할 때 상대방의 눈을 똑바로 보지 못하고 자주 시선을 돌리거나 얼굴의 모습에서 자주 변화가 바뀌어 진실성이 없을 뿐 아니라 무엇인가 불안하여 책임감이 없으며, 다른 곳에 정신을 쏟는 사람으로 보여 믿음을 주지 못하기 때문이었다는 것이다. 그만큼 사람의 얼굴은 그 자신의 이력서로서 과거를 어떻게 살아왔으며 현재 어떻게 살고 있는가를 능히 가름할 수 있는 잣대가 되기 때문에 '사람은 인상대로 산다.'고 하는 것이 인간 사회에서 하나의 통념으로 되어있다.

삼성재벌의 창업자 이병철 씨가 신입사원 면접 시에 유명한 관상가를 옆에 앉혀놓고 자문을 받아 사원을 선발했다

는 일화는 재계에 널리 알려졌던 사실이다

시계는 가다가 멈추기도 하는데 세월은 고장도 나지 않아 쉬지도 않고 달린다. 인생의 전반전인 40대까지는 생활이 단순하고 철이 덜 들었던 탓인지 세월이 너무 느릿느릿하게 흐느적거리는 것 같아 때론 일요일 오후에는 넓고 푸르른 하늘을 바라보며 하루해가 너무 길고 지루함을 느끼기도 했다.

그런데 40이 되어서는 똑같이 아침이면 동쪽에서 해가 뜨고 저녁이면 서쪽으로 지는 자연의 흐름은 한 치도 변함이 없는데도 세월의 속도는 왜? 그리 빨라지는지 매년 내 자신이 세월을 한 허리씩 잘라먹는 것 같은 느낌이다.

정초가 되어 새해 인사를 하던 때가 엊그제 같은데 어느새 3개월 6개월 1년이 훌쩍 지나가면 세월이 나에게 약을 올리며 달려가는 것을 원망도 해보지만 어리석은 인간의 푸념 따위엔 아랑곳하지 않는 자연의 거대한 힘 앞에 납작 엎드려 굴복할 수밖에 없다.

55세부터의 앙코르 인생으로 꿀맛 삶을 누려야

90년대에 보건복지부 장관을 지냈던 안필준 박사가 지은 〈55세부터 꿀맛 인생이어라〉는 책을 읽고 내 생애에 큰 감명을 받았다. 의사 출신인 그는 중년 이후의 건강관리를 위해서 멋있고 당당한 노인이 되기 위한 방법을 구체적이고 현실성 있게 제시하며 앙코르 인생론을 주창하였다. 그의 실제 생활을 통해서 얻은 진지한 경험론에 공감하여 꿀맛 같은 중노년을 보낼 수 있다는 기대감에서 오히려 인생의 전반기보다 후반기가 더 건강하고 가치 있는 삶을 구가하고 있는 내 자신에게 늘 감사하며 살아가고 있다.

세월 이기는 장사 없다고 중년이 되면 누구나 머리에 흰 서리가 내려앉고 얼굴에는 나이테가 나날이 늘어나면서 허리와 다리에 힘이 없어 걸음걸이도 느슨하게 되면 도저히 달려가는 세월을 따라갈 수 없어 뒤처지게 된다. 공연히 인생이 허무하고 서글프게만 느껴져 모든 것이 시들하고 재미가 없어 삶에 대한 회의를 느끼게 된다.

나이 들어서 가장 부러운 것은 고상하고 깨끗한 모습으로 품위 있게 늙어가는 노인들을 보면 한 번 더 쳐다보며 더도 덜도 말고 저 노인처럼만 보기 좋게 늙었으면 하는 것이 늙어가는 모든 사람들의 첫째 바람이다.

초등학교나 중학교 동창회에 나가보면 오랜만에 만나보는 친구들의 몸 매무새나 얼굴 표정에서 그가 살아온 과정을 읽을 수가 있다. 공직이나 안정된 직장에서 건강하게 비교적 굴곡 없이 평탄하게 걸어온 친구들의 모습은 잘 다듬어진 편안한 모습이다. 그렇지 못하고 사회적으로나 가정적으로 풍파가 많은 친구들의 얼굴은 어딘지 모르게 일그러진 불안한 모습에서 그의 이력이 얼굴에 비추어진다.

결혼해서 살았던 사람은 가정환경이나 경제적 궁핍, 가

148

족 간의 감정싸움 등으로 인생의 쓴맛 단맛 등 산전수전 다 겪어 면역이 되어 맷집이 단단하다. 하지만 결혼을 하지 않은 사람의 얼굴은 비교적 순수하여 가끔 사기의 대상이 된다. 비혼자들은 순진한 자신의 마음처럼 상대도 그럴 것이라 믿고 쉽게 속아 넘어가기 때문에 사기꾼들에게 공략의 대상에서 1순위라는 것이다.

인생의 전반부는 태어난 얼굴로 살고 후반부는 자신이 관리하는 것이다. 즉 어머니 몸속에서 태어날 때 가지고 나온 선천적인 얼굴과 내 자신이 살아가면서 만드는 후천적인 것으로 구분된다. 그렇기 때문에 얼굴에는 그 사람의 정신사와 생활사의 기록이 남겨진다. 도道를 잘 닦은 수도자의 상징인 신부님, 스님. 목사님의 인자하고 고매한 얼굴을 보면서 그분들처럼 살겠다고 마음먹고 부단한 노력을 하면 그렇게 될 수 있다. 하지만 그 마음이 처음부터 변함이 없어야 하며 잘 닦았다 해도 한때 마음이 잘 못 비틀어지면 얼굴도 따라 달라진다.

가끔 주위에서 자기가 열광적으로 믿는 이단 종교 전도사들이 시도 때도 없이 방문하여 얼굴만 보면 전도하려고 하는데 그 사람의 얼굴이나 행동에서 풍겨 나오는 모습이 선량하고 품위가 있어 보이면 면전에서 즉각 거부반응을 보일 수 없다. 그러나 이와 반대로 악독하고 경솔하며 추잡한 인상이라면 냉랭한 반응을 보이는 것은 외모 특히 얼굴이 그마큼 큰 역할을 하게 되기 때문이다.

우산 버섯과 강낭콩 3천원에 걸린 양심

어린 아이들 장남감 같은 우산 버섯

며칠 전 서울에 나갔다 오면서 잡곡류 중심의 큰 슈퍼 앞을 지나오는데 평소에 볼 수 없었던 특별한 상품이 내 눈을 잡아끌었다. 거짓말 같지만 내 손바닥 두 개를 합쳐서 펼쳐놓을 정도로 넓은 표고버섯 몇 개가 큰 상자 속에 버티고 앉아서 "날 좀 보고 가세요" 하는 듯 내 눈길을 붙들었다. 그냥 지나칠 수가 없어서 "세상에 이렇게 큰 버섯이 도대체 어느 나라에서 건너온 것이에요" 했더니 슈퍼 사장인 듯한 중년 남자가 "국산이에요, 얼마나 맛이 좋은지 우리 점원 아가씨도 어제 해 먹어보고 오늘 또 1만 원어치를 미리 사 놓았어요, 오후 되면 다 팔려서 자기 몫이 없을 것이니까요."

정말 3~4세 어린애들이 소꿉장난하면서 버섯 우산이라고 쓰고 다녀도 될 것같이 특별한 상품에 잔뜩 호기심이 쏠려 즉시 구매를 하면서도 너무 크니까 불신감이 들어 우선 2

150

개만 사서 먹어보고 맛있으면 또 사겠다는 생각에서 옆에 있는 강낭콩 3천 원짜리 한 봉지도 같이 샀다. 강낭콩은 무거우니까 비닐봉지 밑에 넣고 위에다 살짝 우산 버섯 2개를 올려놓고 계산대에서 돈을 주고서 받은 거스름돈은 헤어보지도 안고 외투 호주머니에 집어넣었다. 마침 비가 한 방울씩 떨어지기에 버섯을 우산 대신 쓰고 가야겠다고 농담을 하며 슈퍼 점원과 같이 웃기도 했다. 500미터쯤 걸어오다가 가벼운 것 하나를 사려고 호주머니에 손을 넣어보니 생각보다 잔돈이 더 많았다. 좀 전에 우산 버섯을 살 때 강낭콩은 면적이 넓은 버섯에 덥혀서 계산을 하지 않은 것이 분명했다. 바로 슈퍼에 가서 제대로 계산을 해야 하는데 순간 내가 잘못한 것은 아니니까 기회 있을 때 사실을 밝히고 강낭콩 값을 계산해도 될 것 같은 생각으로 찝찔하지만 비도 내리기에 그냥 집으로 돌아왔다.

저녁에 즉시 버섯 요리를 해서 먹어보니까 기대 이상으로 입맛을 돌우었다. 마음에 걸림돌이 있으면 시간을 벌수록 그 도가 감해지는 것이 아니고 더 쌓이는 것이다. 한편 생각하면 내 잘못은 전혀 없고 슈퍼 직원의 잘못이니까 그냥 지나쳐버려도 무관하지만 강낭콩 3천 원 때문에 알고도 모른 체한다는 것은 이제까지 70여 평생 내 하얀 양심에 검은 점 하나라도 찍히는 것은 용납할 수 없다는 양심의 방망이가 자꾸 가슴을 찌었다.

파는 자와 사는 자 사이에 흐르는 따뜻한 믿음

다음날 등산 갔다 오면서 피곤해서 전철역에서 버스를 타고 직접 집으로 가려다 일부러 걸어오면서 우산버섯을 산 슈퍼에 들려 강낭콩 값 3천 원을 주면서 이실직고를 했다. 손수 물품을 정리하고 있던 사장이 벌떡 일어나서 내 얼굴을 직시하며 하는 말이 "비록 험한 세상일지라도 손님 같은 분들이 있으니까 우리가 살맛을 느끼며 용기를 얻어 장사를 하고 삽니다." 하면서 만면에 행복의 미소를 머금었다. 계산대의 점원 아가씨도 "저 역시 손님들이 착각하여 돈을 더 주어도 바로 제대로 내 주곤 합니다." 라며 환히 웃는 얼굴에 서로의 믿음과 따스한 정이 오가며 넘쳐흘렀다.

2,3일 후 그 슈퍼에 들려 물품을 골라 계산대에 다가서니 등산복 차림이 아닌 평상복 차림인데도 쉽게 알아보고서 해맑은 웃음을 던져주기에 "나 이러다가 이 집 단골 되겠네!" 했더니 "손님 잘 알지요, 당연히 단골해 주셔야 해요" 하면서 연신 허리를 굽혀 감사의 인사를 보내는데 세상인심이 삭막한 것만은 아니었다. 비록 단돈 3천 원에 지나지 않지만 하얀 양심에 검은 점 한 점이라도 남기지 않았던 것이 얼마나 잘했는지 자신에게 양심의 박수를 힘껏 쳐주었다.

나의 이 같은 빈틈없는 행위에 주위에서는 융통성 없고 꼬장꼬장해서 인간미가 없다는 평가를 내리는 사람도 있겠지마는 바늘 도둑이 소 도둑 된다는 말이 있듯이 조그만 일에서부터 원칙과 소신을 지켜야 한다는 내 생활철학 때문에 어쩔 수 없다. 하지만 나 아닌 다른 사람의 실수에 대해서는 비교적 관대한 편이며 나의 척도로만 상대방을 재는 일방적인 우는 범하지는 않으며 살아왔다.

내 주위에 인생 전·후반기에 걸쳐 잘 먹고 살았다고 자부하는 선배 언니는 자신은 전직이 교직이어서 비교적 원리 원칙을 지키며 살았기에 별명을 '교과서'라고 붙였는데 내게는 도덕성까지 빈틈없다는 의미로 '명심보감'이라고 칭했다. 그리고서 나와 자신의 주위 사람들과 같이 만날 때마다 수없이 외쳐대기까지 했는데 인생 끝나는 그 날까지 명심보감의 별명을 배신하지 않고 사는 것이 내 인생에 대한 도리라고 생각한다.

70대 몸에 40대의 피가 흐른다

튼튼한 다리와 뇌 분비 호르몬은 건강의 바로미터

프랑스의 실존주의 철학자이며 사상가인 〈장 폴 사르트르〉는 '인간이 걸을 수 있을 때까지만 존재한다. 걸음을 멈추는 순간부터 존재의 의미를 상실 한다' 라고 했듯이 두 다리는 온 육체를 지탱해주는 주춧돌 역할을 해 준다. 사르트르는 1964년 노벨문학상을 거부한 사람으로도 유명하며, 세계적인 작가이며 철학자인 〈시몬느 드 보브와르〉와 계약결혼의 시범을 보여 전 세계에서 처음으로 자유연애를 한 것 또한 잘 알려진 사실이다.

진정한 건강은 몸, 마음, 사회의 세 가지가 조화를 이루어야 한다. 사람마다 개개인의 차이가 있으나 나이가 젊다고 해서 다 건강한 것은 아니고 늙었다고 해서 다 건강치 못한 것은 아니다. 30대가 50대 건강보다 못하기도 하고 60대가 40대 건강 못지않게 왕성한 사람이 있듯이 선천적인 것도 중요하지만 후천적으로 자신의 체력이나 마음의 관리 여하에 따라 좌우되기도 하여 나이는 숫자에 불과하다는 말을 증명하고 있다.

작년 봄에 세월호 트라우마에 걸려 몹시 건강이 좋지 않아 한밤중에 병이 나서 응급실에 실려가 잠깐 입원했다가 건강체크를 한 결과 담당 의사선생님이 환한 미소를 지으며 '내 피가 40대'라는 말에 금방 하늘로 날아갈 듯한 기쁨에 의기양양했다. 한 병실에 있던 환자들이 와! 하고 환호성을 지르며 한 중년 여성 환자가 "이 방에서 제일 젊으니까 이제 처녀 졸업하고 좋은 남자 만나 시집가야겠어요!" 하고 큰 소리로 떠들어 한바탕 우울했던 병실에 웃음보따리가 터졌다. 그도 그럴 것이 70대 초반의 노령자에게 40대의 피가 흐른다니 얼마나 신나는 일이냐 말이다. 나는 15년 전에도 피검사를 했을 때 담당 간호사가 "피가 아주 깨끗해요. 이 나이에 보기 드문 일이에요" 하며 해맑은 웃음을 보여준 일이 있었다.

건강을 지키는 것은 자신의 의무이며 책임

90년대 일본의 작가 〈하루야마 시게오〉가 쓴 '뇌내 혁명'은 전 세계적인 베스트셀러로 작가는 이 책에서 '뇌 분비 오르본이 당신의 인생을 바꾼다'고 주장하면서 보는 것을 긍정적이고 발전적으로 생각하는 플러스 발상이 '몸과 마음에 최고의 약'이라고 했다. 그러므로 항상 미소를 띤 얼굴로 모든 사물을 바라보며 매사를 긍정적으로 생각한다면 뇌 안에서 뇌세포를 활성화시키고 육체를 이롭게 만드는 호르몬이 분비되어 건강과 젊음을 유지할 수 있다는 것이다.

플러스 발상을 구체적으로 말하자면 사랑하는 육친이나 배우자와 사별하더라도 하늘이나 주위 사람들을 원망하지 말고 자신 앞에 닥친 모든 일을 최선의 상황으로 받아들이는 자세로 임해야 한다는 것이다.

통계적으로 스트레스를 가장 많이 받는 것은 기혼자의 경우에는 자녀 사망이며 그 다음으로 배우자 사망이고 부모 사망은 세 번째의 순이 보편적이다. 그러나 자녀와 배우자가 없는 비혼자들에게는 보편적으로는 부모 형제 친구의 순이 되겠으나 경우에 따라서는 가까이 있는 친한 친구가 먼 곳에 있는 부모나 형제보다 우선이 되기도 한다.

현대를 살고 있는 인간은 누구나 왕성한 정력, 생생한 기억력과 젊고 아름다움을 유지하면서 오래도록 살고 싶은 욕망이 강하므로 건강을 지키는 것은 자신의 의무이며 책임이다. 젊으나 늙으나 건강을 지키려면 화학적인 영양제나 약물, 건강보조식품보다는 골고루 영양 있는 음식물을 섭취하며, 정상적으로 잠을 잘 자고, 규칙적인 운동을 지속적으로 하면서 몸에 해로운 음주나 흡연을 절제하면서 마음을 편안하게 가지게 되면 비교적 건강을 잘 유지할 수 있다.

싱글들이 더블보다 건강관리에 훨씬 유리한 조건

혼자 사는 사람들이 가족과 같이 사는 사람들보다 건강을 지키는 데 훨씬 유리한 점이 많다. 그러나 너무 혼자만을 위주로 살다 보면 다른 사람들에 대한 배려가 부족하다는 편견이 있으나 오히려 자신의 가족과 친척에게 베풀 정성을 여러 사람들에게 나누어주기 때문에 의외로 이타利他정신이 강한 사람들도 많다.

공휴일이나 일찍 퇴근해서 시간적인 여유가 있어도 같이 밥 먹어줄 식구가 없기에 혼자 먹겠다고 비용과 시간을 허비하면서 음식을 준비하는 것에 익숙하지 못해 아무거나 되는 대로 한 끼 때운다는 관념이 습관화되면 건강한 식생활은 물 건너가고 만다. 그러나 조금만 생각을 바꾸면 혼자이기 때문에 적은 비용 가지고도 얼마든지 영양가 있는 음식을 자신의 기호에 맞춰 골고루 만들거나 사서 먹을 수 있는 장점이 있다. 때문에 특별한 노력이 아니더라도 소기의 성과를 거두는 데는 가족과 함께 사는 기혼자들보다 싱글들이 훨씬 유리한 환경에 처해있다는 것을 나의 경험에서 얻은 결론이다.

첫째, 재산 물려줄 후손이 없으니까 추하게 욕심 부리지 않아도 부지런만 하면 밥 굶을 염려는 없고 생존하는 동안 내 몸보다 더 소중하게 챙겨주어야 할 가족이 없기 때문에 자신의 건강을 위해서라면 모든 걸 제쳐두고 올인 할 수 있다.

둘째, 집에 들어가면 시간 빼앗겨야 할 가속이 없어 내 마음대로 여가를 활용할 수 있어 정신건강에 훨씬 이롭다. 자기 자신의 본위로 먹고 싶은 것 먹고, 자고 싶으면 자고, 아무 때나 일어나서 독서를 하거나 TV, 라디오를 틀어도 수면 방해한다고 바가지 긁는 배우자나 자녀들이 없으니 마음이 한없이 자유스럽다.

셋째. 퇴근 후나 휴일은 물론 아침 일찍 또는 밤늦게라도 친한 친구들의 호출이 있으면 외출 허락받지 않고 내 맘대로 뛰어 나가 재미있는 대화나 수다도 실컷 떨고 나면 머릿속에 엔돌핀을 가득 채워 유쾌한 기분으로 하고 싶은 일에 정진하면 일의 능률이 배가 된다.

넷째, 아침이나 저녁을 제시간에 식구들과 같이 먹지 않아도 되기 때문에 내 시간에 맞춰 식사나 규칙적인 운동, 취미생활을 하는데 아무런 방해물이 없어 자유자재로 편리하게 시간을 운용할 수 있다.

다섯째, 생활에 새로운 활력소와 기운을 북돋아 주는 여행을 하고 싶을 때 시간과 동행자와 약간의 비용만 있으면 아무 때나 홀가분하게 떠날 수 있으며, 때로는 혼자서도 간단한 준비만으로 현지조달을 하면서 즐길 수 있다.

일상생활에서 할 수 있는 경제적인 운동

사람은 50대 후반부터 60세가 넘게 되면 몸 전체의 기관에 기능이 저하되기 때문에 피로, 수면장애, 현기증, 입 마름, 보행 장애, 시력장애, 어깨 결림 등의 증상이 일어난다. 또한 질병인지 노화현상인지를 구별하기 어려운 갖가지 증상이 일어나기도 하니까 자신의 체력에 적당한 운동을 하되 무리하지는 말아야 한다.

어떤 의학전문가는 성인병을 '관리소홀병'이라고 주장하고 있다. 당뇨, 비만, 고혈압, 골다공증, 관절 등은 평소 생활 속에서 운동부족과 불규칙적인 식생활, 영양 불균형과 마음 다스림 부족 등 건강에 대한 무관심으로 자기 관리에 소홀하였기 때문에 얻어진 결과라는 것이다. 그러므로 일상생활에서 쉬운 운동부터 습관화해야 한다.

나는 새벽에 일어나면 신문부터 읽고 나서 방 안에서도 할 수 있는 요가를 1시간 정도 한다. 그리고도 외출할 때는 가급적이면 30분 정도 걸을 수 있는 기회를 만들고, 몇 개월 전부터는 아침 잠자리에서 일어나기 전과 저녁 잠자리에 들기 전에 발바닥 부딪치는 것을 천 번씩을 하니까 아침 변비도 해소되고 혈액순환에 특효약보다 더 좋은 것을 몸소 확인했다.

유산소 운동으로는 걷기, 맨손체조, 제자리 뛰기, 달리기 등을 매일 30~40분 정도를 하면 좋으나 무리가 되면 1주일에 3~5회 정도만 하는 것과 먹는 만큼 운동하는 것이다.

40대에 들어서면 특히 여성들은 관절 때문에 많은 고통을 당하고 있는데 매일 아침저녁 무릎 맛사지를 계속하면 치유나 예방에 아주 효과적이다.

이 밖에 돈 한 푼 들이지 않고 생활 속에 아무 때나 쉽게 간단한 방법으로 할 수 있는 건강 지키기 운동으로

*머리를 자주 빗어주거나 다섯 손가락으로 가볍게 두들겨주면 두뇌가 자극을 받아 머리가 맑아지고 머리카락도 잘 빠지지 않게 된다.

*얼굴을 자주 두드리고 만지면 혈압이나 동맥경화의 치료에 도움을 받으며,

*목을 좌·우로 자주 돌리면 현기증이나 두통을 치유하고,

*복식호흡을 하며 배를 시계방향으로 자주 만지면 소화가 잘된다.

음식, 수면, 운동이 명의名醫며, 웃음과 사랑은 가장 좋은 보약

어느 시골 마을에 유명한 의사가 살고 있었다. 그는 환자의 걸음과 얼굴만 보아도 어디가 아픈지 알아내어 처방을 하는 명의名醫였다. 그런 그가 나이가 들어 세상을 떠나게 되어 마을 사람들과 교회 목사님이 임종을 지켜보는 앞에서 "나보다 훨씬 훌륭한 의사 3명을 소개하겠습니다. 그 의사의 이름은 바로 음식, 수면, 운동입니다"고 했다. "음식은 위의 75%만 채우고 절대 과식하지 말며, 밤에는 12시 이전에 잠들고 해 뜨면 일어나세요. 그리고 열심히 걷다 보면 웬만

한 병은 나을 수 있습니다. 그런데 음식과 수면 운동에는 두 가지 약을 꼭 복용할 때 효과가 더 있다"고 했다. "육체와 더불어 영혼의 건강을 위해 꼭 필요한 것은 웃음과 사랑입니다. 육체만 건강한 것은 반쪽 건강에 불과합니다. 영혼과 육체가 고루 건강한 사람이 되십시오. 웃음의 약은 평생 꾸준히 복용해야 합니다. 웃음의 약은 절대 부작용이 없는 만병통치약입니다. 안 좋은 일이 있을 때는 더 많이 복용해야 됩니다. 사랑 약은 항상 가지고 다녀야 하는 비상약입니다. 이약을 수시로 복용 하세요. 가장 좋은 약입니다."하고 조용히 눈을 감았다고 한다. 나는 이 글을 읽고 평소에 이 명의의 말대로 웃음과 사랑 약을 얼마나 실천하며 살고 있는지 한번 자신을 뒤돌아 볼 기회를 가져보았는데 웃음이 부족하다는 것을 절실히 느꼈다. 여러 사람들이 모였을 때는 유머로 웃겨주는 것은 잘하는 편인데 친척들 앞에서나 둘이 앉아서 대화를 할 때나 혼자 웃는 습관이 잘되어 있지 않다는 것을 깊이 반성하고 실천하려고 노력하는 중이다.

마이카 시대의 멋진 운전매너

주행 중 양보, 욕설 금지 등 교양 있는 운전습관을

전세나 월세 집에 살면서도 자동차나 핸드폰은 이제 생활필수품이며 일상생활에 가장 큰 동반역할을 하고 있기 때문에 그 가치는 어느 것에도 비교할 수 없는 값 비싼 소유품이 되었다.

미국에 살고 있는 한 교민이 고국을 방문했다가 돌아가니 "서울에 가서 무엇을 보고 왔느냐?"는 친척이나 친구들의 물음에 "하루 종일 자동차 꽁무니만 보고 다녔다"는 대답에 모두들 어이없이 웃었다고 한다. 좁은 땅덩어리 속에서 웬만하면 걸어 다닐 수 있는 거리에도 택시를 타거나 차를 끌고 다녀야 하는 잘못된 생활 습성 때문에 교통지옥을 초래하고 있는 한 원인이 되고 있다.

나는 30대 초반 공직에 있던 시절 버스를 타거나 걸어 다니면서 바쁜 업무를 수행할 때 4~50대 중년여성들이 멋진 썬글라스에 예쁜 스카프를 머리에 두르고 운전하는 모습이 몹시 부러웠다. 그때부터 나도 머지않은 미래에 마이카 주인의 꿈을 꾸면서 일찍이 자동차 면허증을 따 놓았으나 10여 년 동안은 장롱 면허증이었다.

40대 초반에 내 생활에 지주였던 어머님이 저세상으로 훌쩍 떠나시자 뼈를 깎고 짓눌리는 아픔을 겪어야 하는 텅 빈 가슴속을 무엇으로 치유해야 할지 고민하다가 무조건 중고차를 내 반려자로 맞아들였다. 마음이 울적하면 핸들을 잡고 한적한 숲 속의 드라이브 길을 찾아가 자연으로 돌아가신 어머님과 한바탕 대화를 하고 나면 가슴의 상처가 일시적으로는 차분히 가라앉기도 했다.

내가 40대 초반에 자동차 운전을 시작할 때는 운전 잘하는 것이 당면한 첫째 과제였으므로 얼굴이나 옷차림새가 엉망이라도 운전 잘하는 사람은 모두가 내게는 부러운 대상이며 위대해 보였다. 버스를 타면 운전기사와 대각선의 자리에 앉아 브레이크, 클러치, 액세레터 등 기초 동작을 빈손일지라도 그대로 따라 하면서 운전에 미친 사람처럼 연습을 했다. 처음 혼자 차를 끌고 시내 주행을 시작하던 전날 저녁에는 걱정이 되어 잠을 이룰 수가 없었으나 한번 무사히 성공하면서부터는 용기가 생겨 손발이 잘 움직여주었다.

주행을 할 때 큰 차나 오토바이, 고급 차량은 먼저 보내는 것이 안전운전에 유익하며 버스나 트럭 등 큰 차의 뒤를 따라가는 것은 가급적 피하고 고속도로나 2,3차선 도로에서는 반드시 차간거리를 지키며 주행하고 추월할 때 외에는 가급적 2차선 도로가 초보자에게는 편안히 갈 수 있는 길이다.

차선을 바꿀 때는 반드시 창문을 열고 손으로 양보 신호를 하여 차간거리를 확보한 후 진입하는데 이때 손바닥을 위로 세워서 표하면 '미안하지만 앞서겠다' 는 것을 의미하지만 손을 아래로 내려서 하면 '너는 나보다 나중에 오라' 하는 것으로 이해되기 때문에 일부러 모르는 체하거나 양보를 해주고도 기분이 허허함을 느끼게 해준다. 특히 좁은 골목길에 맞은편에서 오는 차가 양보를 하고 서 있을 때는 반드시 고맙다는 인사를 하는 것이 상대방에 대한 좋은 운전매너다.

나는 30여 년이 넘는 운전경력이지만 운전대를 잡으면 반드시 흰 장갑을 끼고서 손 신호로 양보의 뜻을 표하기 때문에 어떤 차라 해도 거의 100% 양보를 해준다. 양보를 받았을 때에는 반드시 창밖으로 손을 내밀어 다시 감사의 뜻을 표하면 어떤 운전자는 백미러에 손을 흔들어 답해주면 너무 기분이 좋다.

남자운전자들은 자동차 정비에 대해서도 상식적으로 알고 있는 경우가 많으나 여성운전자들은 기본 정비의 상식에 대해서도 거의가 모르기 때문에 자동차 수리를 할 때 여성운전자들은 카센터의 종업원들에게 가장 만만한 대상이 되고 있다. 그러므로 자동차 수리를 할 때 부속품 교환이나 고장난 부분을 반드시 확인 할 뿐만 아니라 차계부를 잘 정리하여 일일이 체크하면서 상대방에게 정비에 대해서 알고 있는 것처럼 인식하도록 해야 한다. 차를 수리할 때는 가급적 한 곳을 이용하면서 차계부에 기재된 과거의 수리 부분을 확인하고 난 후 이번에 수리할 이유를 확실히 파악하고 나서 수리를 허락해야 한다. 왜냐하면 고장도 없는데 부품을 잘 모르는 소비자의 눈을 속여 허위로 수리했다고 속이는 사례가 있기 때문이다.

내 차에 동승한 사람들에게 불안감을 주지 말라

내 차에 가족이나 다른 사람이 타고 있을 때 차가 고급 차라서 겉으로는 기분이 좋다 해도 동승한 사람의 마음속에 불안감을 느끼게 하는 운전 습관은 버려야 한다. 앞차를 비껴가기 위해서 무리한 추월을 하거나 속도를 높여서 너무 세게 달린다거나 자주 급브레이크를 밟아 차체가 심하게 흔들리는 상태를 번복하면 그 사람의 운전 매너는 제로이다.

고속도로를 달리다 졸음이 오면 '졸리다' 는 말을 하면서도 계속 무리를 하며 달리는 것보다 고속도로 휴게소에나 갓길 곳곳에 〈졸음운전 쉼터〉가 있으므로 5~10분정도 깜짝 잠을 자고 나면 기분이 상쾌하여 모두가 안심을 하는 여행이 될 수 있다.

불법주정차, 속도위반, 등의 벌금은 내살 깎아 먹는 듯 아끼운 돈의 지출이므로 교통법규위만 벌금은 기일 내에 납

부하면 20%감액을 내지만 기일 지나면 20%를 증액하여 납부해야 하므로 고지서 받은 즉시 내는 것이 경제에도 도움이 되고 기분 상하는 것도 미연에 방지한다.

자동차는 가급적 차내 외가 깨끗한 것이 차 주인의 인격이나 성격도 말끔하게 보이는 것이며 타고 있는 사람도 기분이 좋지만 그렇지 않으면 타고 있는 사람들 다 같이 기분이 찝찔하여 차에서 내리고 싶은 마음이 들게 해서는 차 주인의 매너는 형편없게 인식된다.

무례한 상대에게 욕을 하고 싶을 때의 현명한 방법

내가 운전하는 차로 친구들이나 가족끼리 여행을 갈 때에는 모두의 기분을 업 시키도록 여러 종류의 즐거운 음악 카세트를 준비하고 차가 밀리거나 상대 차들이 함부로 끼어들더라도 욕지거리를 삼가야 한다. 우리나라의 운전자 중에 욕을 하지 않은 사람은 거의 없다고 하지만 욕을 습관적으로 하면 인격에 손상을 입게 된다. 이왕 교통 서비스를 할 것이면 운전이나 기름값에 넉넉함을 보여주면서 웬만한 불평쯤은 참는 것이 좋은 태도이며 출발부터 돌아올 때까지 유머나 음악으로 즐겁고 추억을 남길만한 이벤트로 여행 프로를 이끌어가는 것이 멋있는 운전매너다.

교통법규는 혼자 운전할 때보다 각별히 유의하여야 하며

만일 운전 중 경찰관에게 적발되었을 경우엔 시비를 하며 시간을 낭비하지 말고 빠져나갈 방법이 없을 상황에 처해있을 때는 웃음과 애교로서 최소액으로 떼어줄 것을 호소하는 것이 동승자들 앞에서나 경찰관에게도 떳떳하게 행동하는 매너를 보여야 한다.

우리나라 운전자들은 점잖은 사람도 운전대만 잡으면 저절로 욕을 배우게 된다. 대학교수로 있는 신사풍의 후배가 처음 차를 몰고 거리를 나가면 길도 운전도 익숙하지 못하여 조심스럽게 차를 굴린다. 하지만 다른 차들이 함부로 끼어들기도 하고, 크랙션을 크게 울려서 깜짝 놀라게 하거나, 고속도로에서 간격도 안 두고 갑자기 추월하는 등의 운전자를 보며 너무 화가 날 때 입에서 나오는 대로 욕을 할 수가 없어 묘안을 짜냈다고 한다. 자동차 운전대 앞에다 〈1번—얌체 새끼, 2번—개새끼, 3번—미친 새끼〉라고 써 놓고 상대방의 행위 정도에 따라 '개새끼'라고 욕하고 싶으면 욕 대신 〈야! 2번〉, '미친 새끼'라고 욕하고 싶으면 〈야! 3번〉 등으로 구분하여 고함을 치면서 스트레스를 푼다고 하는 말에 좌석에 있던 모든 사람들이 한바탕 웃었던 일이 운전할 때 가끔씩 생각나서 혼자 웃기도 한다.

운전 중에 접촉사고가 났을 때는 목소리 큰 사람이 이긴다는 통설 때문에 자기가 잘못하고서 무조건 삿대질하며 상대에게 책임 전가를 시키는 못된 운전자들을 대하게 된다. 이럴 때 여성들의 경우엔 교양 없이 같이 욕지거리로 대하지 말고 상대의 위압에 눌려 당황한 나머지 자신의 실수로 인정하여 쉽게 보험처리를 해주면 안 된다. 나중에 보험금에 할증료가 증가되어 내 잘못 없이 경제적인 손해를 입게 되니까 차근히 차를 움직이지 말고 경찰이나 보험회사로 연락하여 순리대로 처리해야 한다.

허공에 뜬 250만원짜리 자동차 번호판

죄 없이 6시간 조사받고 2년여 동안의 법정 싸움

자동차 핸들을 잡아본 사람 중에 경찰관서에 불려 나가 조사를 받아보지 않은 사람은 거의 없을 것이다. 자동차 번호판 하나 때문에 죄 없이 2년 여 동안을 법정에서까지 싸워야했던 일은 마치 수수께끼나 꿈속에서나 있었던 일만 같다.

10여 년 전 50여 년을 같이 살았던 오빠의 짝꿍이 오랜 병고 끝에 세상과 이별하고 삼우제가 끝난 다음날 나는 혼자서 고향집에서 서울을 향해 핸들을 잡았다. 초가을의 싸늘한 새벽공기가 짝을 잃은 오빠의 공허한 모습을 뒤로하고 떠나는 내 마음을 더욱 을씨년스럽게 잡아맸으나 오전 9시의 회의시간을 맞추기 위해서 어쩔 수 없이 그 시간에 떠나올 수밖에 없었다.

새벽 3시에 출발하여 6시 20분경 서울 궁내동 톨게이트를 조금 시나 이세 나 왔으니 서서히 밀티꼬 싶어 3차선으로 차선을 바꾸기 위해 우측으로 핸들을 조금 돌렸다. 순간 커다란 트럭의 요란한 크랙션 소리에 반사적으로 다시 좌측으로 핸들을 돌리자 자동차가 중심을 잃고 S자 형식으로 비틀거리다가 아찔한 순간 중앙분리대를 들이받고 1차선을 가로질러 멈추어 섰다. 그래도 정신을 잃지 않고 오던 길을 뒤돌아보니 100미터쯤 뒤에 차 한 대가 멈추어 서있기에 안심하고 시동을 걸어보니 다행히 차가 움직이는 데는 이상이 없었다. 다른 차와의 접촉이나 인사 사고도 없었기에 콩닥콩닥하는 심장을 달래며 집까지 무사히 도착해서 차체를 확인하니까 앞 범퍼의 한쪽이 망가지고 번호판이 떨어져 버렸다. 차체야 어떻게 되었든 간에 내 몸이나 정신에 이상이 없다는 것이 기적같이 느껴져 그때서야 천우신조의 덕을 절실히 느꼈다.

10여 일 후에 00경찰서 교통과에서 한 통의 점잖은 전화가 걸려와 당당하게 출두하여 조사에 임하였다. 번호판이 근거가 되어 호출이 있을 것은 예상하였으나 내가 다른 차와 접촉사고를 일으키고 뺑소니를 쳤다는 조작된 사건에는 기가 차고 어이가 없었다. 처음 대하는 조사경찰에게 번호판의 존재를 먼저 물었더니 순찰 경찰관이 습득하였다는 것을 분명히 확인하였는데 피해자의 조사서류와 사고 도면까지 세밀하게 만들어놓고 짜 맞추는 조사를 당했다.

2시에 시작하여 밤 8시까지 똑같은 대답을 하면서 여기저기서 한마디씩 불쑥불쑥하는 협박식의 질문에도 굴하지 않고 사실대로 되풀이했으나 내 말을 믿어주지 않았다. 피해 차량의 차종과 수리비가 250만 원이라는데 운전자의 신원은 알려주지도 않고 심지어 사고 후 내가 직접 운전하지 않고 다른 남자가 운전했다고 우겨대는 것이다. 너무도 기가 막혀서 "평생을 독신으로 살고 있는 그 새벽녘에 더구나 고향 집에서 자고 나온 처지에 어떤 남자를 내 옆에 태우고 왔겠느냐?"고 항변했으나 그 말에는 별다른 부정도 긍정도 하지 않으면서 보험처리만 하면 끝나는 건데 왜 고집을 부리느냐는 것이다.

무사고 노령 독신이라 무시하고 사건 조작

나의 신분이나 과거 사고경력 등을 사전에 다 조사를 해보고 무사고에다 60대의 독신 아주머니가 무슨 배짱으로 경찰을 이길 수 있겠느냐는 오판을 하고 자기네들이 파놓은 함정에 쉽게 인정하고 보험처리를 할 줄 알았던 그들은 오히려 내 쪽에서 강하게 항변하니까 사건처리에 무척 고민스러운 모습이었다. 하지만 보험회사 돈은 땅에서 솟아 나오는 것도 아닌데 양심과 정의를 무기로 삼고 살아온 내가 조작된 사건에 말려들어 나약한 운전소비자로 전락하고 싶지는 않았다. 최악의 경우 재판에 회부되더라도 끝까지 결백을 밝히겠다는 각오로 임했기에 아무리 회유하고 협박해도 흔들리지 않았다. 심지어 그들은 나의 경우 절대 법망을 빠져나갈 수 없고 재판을 받을 경우 실형과 벌금이 100% 확실하다고 여기저기서 한마디씩 하면서 심리전으로 압박했으나 처음부터 죄가 없으니까 떳떳하게 버틸 수가 있었다.

최악의 경우 그들이 허위사실로 뒤집어씌워 나를 법망에 옭아매어 꼼짝 못하게 한다 해도 허겁지겁 달려와 애걸복걸하며 자신들의 계획에 맞추어 사건을 무마하려는 가족도 없으니까 마음 놓고 더 소신껏 버틸 수가 있었다.

6시간의 조사를 받고 경찰서 문을 나올 때 가슴 깊숙이에서 화염방사기 같은 분노의 한숨이 솟아올랐다. 법을 지켜야 할 국가기관에서 죄 없는 사람을 억지로 죄를 덮어씌우는 세상이 원망스러워서 견딜 수가 없었다.

11월에 한 번 조사를 받고 나서 며칠 후 늦은 밤에 2~3차례에 걸쳐 담당 경찰관에게서 '보험처리 언제 할 것이냐'는 재촉전화를 받고도 아예 대항을 하지 않고 기다리다가 12월이 다 지나도록 검찰에 송치되지 않았기에 나는 사건 담당 경찰관에게 '속히 검찰에 넘기라'고 재촉편지까지 띄우며 당당하게 처신했다. 다음해 1월 초 검찰조사에 당당히 응하여 결국 나는 뺑소니에 대한 것은 무혐의로 결정이 났기 때문에 형사처벌이나 자동차 피해보상도 다 끝난 줄 알았다.

거짓말은 일시적으로는 통할지는 모르나 끝까지 버틸 수는 없다. 경찰과 조작된 피의자와 나의 말이 세 방면으로 엇갈리기 때문에 억지로 뒤집어씌우는 연극은 아무에게나 통할 수가 없다. 이 사건이 사회생활의 경험도 없고 법도 모르는 일개 가정주부의 경우라면 우선 경찰의 협박이 두려워서 스스로 뺑소니를 인정하고 굴복하여 남편이나 아들이 달려와 비공식적으로 쉽게 처리했을 것이다. 그렇지만 사회정의를 부르짖고 살아온 떳떳한 독신녀에게는 용납될 수 없는 도덕적인 문제다.

압력에 굴하지 않고 끝내 이긴 정의로운 운전소비자

그런데 가짜 피해자들은 끝까지 해보겠다고 보험회사하고 짜서 내 차가 가입한 보험회사에 250만의 수리비용에 대하여 구상권을 청구하는 부도덕한 일까지 자행했다. 몇 차례의 재판을 진행했으나 쉽게 결론이 나오지 않고 법정의 판사 앞에 서서 자존심 상하는 진술까지 하면서 긴 세월 동안 정신적으로 고통을 당해야만 했다. 그러자 법정 로비에서 만난 상대 보험회사의 사건담당 과장에게 재판은 반드시 내가 이길 것이며 그때에는 그동안 당했던 물질적인 피해는 물론 정신적인 피해까지 다 청구할 것이라고 자신있게 공격했다. 그러자 해당 보험회사는 스스로 소송을 취하해서 2년 여 동안의 끈질긴 투쟁 끝에 통쾌하게 승리했던 일은 돈을 주고도 배울 수 없는 값진 경험이었다.

자동차 번호판 하나로 250만 원을 받으면 그 분배를 어떻게 하려던 그들의 계획은 허공에서 수포로 돌아가고 내 이름 석 자는 경찰들에게는 그들 말대로 공권력에 도전하는 처음 보는 악질 운전자(?)로 낙인을 찍혔으나 내 쪽 보험회사에서는 아주 정의로운 운전소비자라는 인정을 받았기에 오랜만에 내 자신이 한없이 자랑스러웠다.

손해보험회사의 간부로 일하고 있는 조카의 말에 의하면 뺑소니차에 얽혀 경찰에 걸려들면 누구도 빠져나오기 힘든 것이 보험업계의 현실이라는 것에 은근히 속으로 걱정을 했다. 하지만 연약한 싱글 여성의 굽힐 줄 모르는 용기가 거대한 권력과 싸워 이겼다는 사실이 누구나 쉽게 믿어지지 않는 보기 드문 쾌재였기에 평생을 두고 일종의 무용담으로 활용할 것이다.

한편 연약한 소시민이 공권력에 도전하면 보복을 당하는 경우도 있으나 내가 살아온 과거가 아무런 결점이 없었을 뿐아니라 배우자나 직계가족 등 연관시킬 대상도 없었기에 끝내 버틸 수 있었다는 것은 어쩜 혼자 살아온 것이 큰 도움이 되었는지도 모른다.

금반지에 새겨진 이름 세 글자

"우물쭈물하다가 내 이럴 줄 알았다"

영국의 극작가〈조지 버나드 쇼〉의 묘비명이다.

한평생을 잘 살았던 사람이나 잘 못 살았던 사람도 마지막 가는 길목에서는 누구나 다 표현할 수 없는 회한에 잠기기 마련이다. 묘비명墓碑銘은 묘비에 새겨진 글로서 죽은 자의 유언으로 살아생전에 후세에 전하는 말이나 남아있는 사람들이 그를 기리는 말이다.

"평생 독신을 고수하며 살다가

여기까지 왔노라.

하지만 양심과 정의가 함께하였기에

무한한 자유를 누리며 후회 없이 살았노라"

내 고향 인실 선산先山이 수목장樹木葬에 걸려질 미래 나의 묘비명이다.

30년 동안 메아리 없는 사랑을 보내준 노총각

5년 전 저녁 귀갓길에 아파트 현관 앞에 갈색 박스가 자리를 크게 차지하고 앉아서 주인을 기다리고 있었다.

'사랑은 받는 것보다 주는 것이 행복하다'는 진리에 익숙해서인지 반응 없는 짝사랑에 지치지도 않았는지 30년 동안 내게 혼자 사랑을 주었던 순정 노총각의 선물이었다.

최근 한 5년여 동안 시골 흙냄새가 물씬 풍기는 농작물로서 봄에는 방금 캐낸 햇감자를, 가을에는 검붉은색의 윤기가 나는 밤고구마를 보내올 때마다 다시 돌려보낼 수도 없어서 주위 사람들에게 나누어 주면서 '짝사랑의 선물'이라고 공개를 하면 "어머나! 참으로 부럽다. 행복하겠다."고 누구나 한마디씩 던진다.

그럴 때마다 짐짓 당사자인 나로서는 행복을 느끼기는커녕 보내주는 사람에 대하여 정성의 가치를 따지면서 마음속으로 심히 부담을 느끼는 존재였다.

그동안은 감자와 고구마 박스에 참기름이나 꿀도 끼워서 보내더니 그날은 '93년 대전엑스포 기념'이라는 묵직한 케이스 속에는 은銀주화 3개, 동銅주화 1개와 같이 한쪽 구석에 황금빛 금반지가 번쩍이는 빛을 발하며 한 자리를 다소곳이 차지하고 있었다.

메아리 없는 짝사랑을 변함없이 보내오는 주인공은 80년대에 어느 조직에서 만났으나 특별히 개인적으로 대화 한번 제대로 나누어본 일도 없었다. 그런데도 일방적으로 내게 관심을 갖고서 가끔 유선상으로 안부를 묻고는 얼굴을 맞대는 만남을 간절히 원했으나 한 번도 달갑게 응해준 일은 없었기에 금은보화의 선물을 받고서도 2년여 동안 그저 무심히 지내온 처지로 있었다.

가을이 되어 아파트 앞 도로변에 서 있는 가로수에서 갈색 단풍이 한 잎 두 잎 힘없이 떨어져 바람에 밀려 길거리에 제멋대로 구르고 있는 것에 세월의 덧없음을 실감했다. 마침 지방으로 주문한 누룽지 갈색 박스가 택배로 배달되자 문득 10여 년간 시골에서 배달되었던 갈색 선물 박스가 연상되어 장롱 속 깊숙이 누어서 잠자고 있는 짝사랑 금반지가 생각났다. 세월이 더 흘러가기 전에 금반지를 처리해야 되겠다는 결심이 들었다.

그런데 막상 처분하려니까 마음이 찜찜해서 그와 한번 통화라도 해 보려고 했으나 연락할 방법이 없었다. 최근 2년 동안은 흙냄새 나는 농촌 선물이 나를 찾지 않았고 연락도 끊긴 상태였기 때문이다.

인터넷에 들어가 그의 이름 석 자를 검색해 보았다. 2005년 7월 오랜 투쟁 끝에 민주화운동의 유공자로 인정을 받았으며, 그가 동학혁명의 주동자로 활약한 자손이라는 것을 지역 출신 인사가 고증을 통해서 증명했다는 내용이 기록되어 있는 것도 그때서야 알았다.

짝사랑 금반지 팔아 수목장의 묘비 제작비로 저금

　나는 3년 전에 40여 년 전 식목일에 고향 선산에다 손수 심어놓은 부모님 묘 앞에 잘생긴 소나무를 이미 미래에 나를 지켜줄 나무로 정해놓았다. 훗날 수목장樹木葬을 하기 위해서다. 그래서 짝사랑의 금반지는 묘비명 제작비로 사용하도록 친조카에게 맡겨 저금을 해 놓기로 결정했다. 즉시 예고도 없이 보석상을 하고 있는 싱글 후배에게 찾아가서 불쑥 금반지를 내놓으니까 나의 특별한 사연을 알고 있었던 그녀가 반지를 공중으로 치켜들어 실눈을 크게 뜨고서 자세히 살피더니 잔잔한 미소를 짓는데 궁금해서 당장 물어보고 싶었으나 꾹 참고 기다렸다.

　"어머나! 반지에 회장님 이름 석 자가 선명하게 자리 잡고 있네요!"

　"응! 무슨 소리!"

　나는 평범한 심정으로 의자에 앉아 있다가 반사적으로 일어섰으나 그다음 어떤 행동을 취해야 할지를 모르고 그저 놀란 토끼처럼 눈만 동그랗게 뜨고 허공을 향해 야릇한 감정을 날려버리려고 애를 썼으나 좀처럼 진정되지 않았다.

　지금쯤 이 세상 사람이 아니라면 살아있을 때 다정한 말 한마디는 물론 얼굴 대면 한 번 해주지 않았던 나의 냉정했던 태도에 심한 죄책감이 들었다. 30여 년 동안 얼마나 혼자 그리면서 마음이 괴로웠을까하는 생각에 머물자 내 조그만 가슴 한 곳이 찡하게 저려왔다.

'2년 전 반지를 받은 즉시 살펴보았었더라면……'

이제 와 지난날을 돌이켜 생각하니 여러 남성들의 가슴 속에서 불타오르는 사랑의 열정을 받아주지 못하였기에 본의 아닌 죄를 지은 것 같아 마음이 잿빛의 강 속으로 빠져들어서 조용히 지난날을 더듬어보았다.

다섯 남성의 가슴에 사랑의 불꽃을 지피게만 했던 무정한 솔로

여자로 태어나 신체적인 하자 없이 정상적인 가정에서 정상적인 교육을 받고 사회생활을 활발히 하고 있는 위치라면 20대는 물론 3, 40대까지 누구나 프로포즈를 몇 번 아니면 셀 수 없이 받는 것이 정상이다. 나처럼 일상생활 속에서 이성에게 공식적인 것 외의 사적인 것은 극히 냉정하게 기회를 주지 않았어도 이색적인 화젯거리는 발생했다.

첫 번째 대상은 중학교 동기동창으로서 학창시절에 일찍이 내게 사랑의 날개를 펼쳤으나 끝내 이루지를 못하자 결혼 후에도 자기 딸 이름을 내 이름과 똑같이 짓고서 숱한 에피소드를 남기고 재작년에 저승으로 떠난 친구!

그는 중학교 때 짓궂게도 짝사랑의 대상으로 나를 괴롭혔다가 70년대 초부터 서울에서 모이는 동기동창회에서 다시 만나게 되었다. 매월 모이는 중학교 동기 동창회에서 자주 만났을 때 친구들 모임에서는 과거는 다 잊어버리고 철없던 학창시절의 동창 친구로 대하였기에 동창모임 때마다 공개적인 술안주 감이 되어 좌중의 화재거리로 전체 분위기를 즐겁게 해주었다. 그리고 마지막 장지까지 동창 친구들과 함께 참석하였기에 평생의 미안한 감을 다소나마 씻을 수 있었다.

두 번째는 20대 중반 처음 사회에 나온 공무원 시절에 한 직장에서 근무한 유부남 상사로서 사회 선배라는 입장에서 유독 친절하게 대해주었을 때 당시에는 나에 대한 사심을 전혀 몰랐다. 1년 정도 근무하다 타지로 전근이 되어서 떠나는 송별연에서 눈물까지 보였을 때 약간 이상하게 생각했으나 같이 근무를 하지 않으니까 문제가 되지 않았다. 그런데 몇 년을 벼르다가 내가 근무하는 지역까지 왔기에 스스럼없이 만나 주었다. 뜻밖에 내 앞에서 눈물로서 사랑을 고백하는 면전에서 자격 없는 짝사랑의 날개를 여지없이 단칼로 베어버렸던 비련의 남성도 작년에 갔다는 소식을 접했다.

세 번째는 잡지사 기자 시절에 직장 동료인 한 숫총각은 우리 집까지 찾아와 형부와 언니 앞에 큰절을 하며 두 무릎을 꿇고 눈물로서 애원까지 했다. 평소에 직장에서도 사무적인 것 외엔 거들떠보지도 않았는데 여자 앞에서 한없이 약한 모습을 보여주었기에 더욱이나 정이 멀어져 버리게 했던 어리석은 한 사나이!

네 번째는 8대 국회 때 나는 당시 홍일점 비서관이었지만 같은 층에 있는 외모가 말쑥하고 지성인 타입의 상임위원

장 비서관과는 가끔 서로 사무실을 왕래하며 자료나 정보 교환도 하고 대화를 나누던 사이었다. 그러나 친구로서의 상대는 좋았으나 막상 이성으로서 순식간에 입술까지 강제로 빼앗고 적극적인 데시를 받았을 때는 당황해서 3일 동안 고민하다가 결혼에 대한 의사는 전혀 없다고 강력한 거절의 반응을 보였다.

한참 동안 짝사랑의 대상자들을 줄줄이 떠올려보니 네 명의 어느 귀한 집 아들들에게 일시적이나마 상처를 주었으나 그런 건 다 머 언 지난날에 흘러가버린 한 조각의 구름에 지나지 않는다. 그런데 다섯 번째의 한 사람은 오늘 현재까지 마음의 빚을 떨쳐버릴 수 없도록 상황이 가볍지가 않았다. 하지만 2년 전부터는 꽃피는 봄의 감자도 낙엽 지는 가을의 고구마도 나를 찾지 않았다. 이제 그동안 숙제로 남아 있었던 금반지를 처분해버리면서 가슴 한쪽에 가느다랗게 남아있었던 정신적인 부담에 종지부를 찍고 말았다.

50대 중반에서야 마련한 진짜 나의 보금자리

자매 같았던 후배가 저승에 가서 보낸 간절한 절규

새가 그들이 살 집을 짓기 위해 자리를 잡는 것을 둥지를 튼다고 하듯이 내가 현재 살고 있는 곳을 보금자리로 정한 것은 1996년 11월이었다. 독신클럽에서 만난 아주 가까운 자매 같은 후배가 신문광고를 보고서 독신아파트를 분양한다는 정보를 제공해주어 현장을 답사하고서 두 번 생각도 하지 않고 바로 계약을 했다. 한 층에 4세대로 모두 19세대였는데 처음엔 3층을 계약했다가 나중에 옥상의 넓은 바닥을 이용하여 운동과 다용도로 활용하기 위해 5층으로 바꾸었다. 또한 건물 뒤쪽에 있는 어린이 놀이터에서 천진난만하게 놀고 있는 귀여운 아이들을 높은 데서 내려다보면서 동심으로 돌아가 눈으로 대화를 하기 위해서였다.

우리 주위의 산에서 잘 울어대는 새 중에 홀아비 새가

있다. 고등학교 3학년 때 신경쇠약으로 서정주 시인의 고향인 고창의 선운사 한 암자에서 2개월간 휴양을 하면서 홀아비 새의 존재를 알았으나 한 번도 그 새의 모습을 직접 보지는 못했다. 새들의 노랫소리는 거의 다 듣기 좋고 반가운데 유난히 홀아비 새는 노래라고 하기에는 낯설어서 울음소리로 표현하는 것이 적당할 것 같다.

재작년 8월 초 새벽에 옥상에서 운동을 하고 있는 중에 바로 머리 위에서 홀아비 새가 내 귀가 째어지도록 울부짖었다. 깜짝 놀라 고개를 치켜들고 보니 앉아있는 내 머리위에서 불과 1미터도 안 되는 높이의 빨랫줄에 색깔이나 몸집이 마치 뻐꾸기와 비슷한 조그만 회색빛 새가 홀로 앉아 슬픈 소리를 내뱉은 것이다. 홀아비 새의 울음 내용은〈계집 죽고 자식 죽고 헌 누더기 이는 물고〉라는 것인데 그 소리가 너무 음울해서 마치 내게 어떤 좋지 않은 일을 예고하는 소리같이 느껴졌다. 결혼해서 가족이 있었다면 남편이나 자녀들의 죽음을 알리는 것으로 받아들일 수 있었겠으나 내게는 그것과는 거리가 먼 일이라서 안도가 되었다. 하지만 마음이 스산한 것은 어쩔 수가 없었다.

아니나 다를까! 오후 2시쯤 한때 자매같이 지냈으며 현재의 내 보금자리 분양정보를 제공해주고 가끔 내 집을 방문하여 술잔을 기우리며 인생을 논하기도 했었던 한참 후배의 부음이 아침의 불길한 예감의 결과였다. 생전에 유방암을 세 번이나 수술받아 인생터미널에 처해 있었던 그녀의 마지막 소식은 가슴이 철렁하게 내려앉아 한참동안이나 정신이 몽롱했다. 나이 40이 넘어 신부를 지망했던 6세 연상의 노총각과 남은 인생을 행복하게 살려 했으나 결혼하자마자 암이라는 복병을 맞아 15년여 동안 암 투병을 하면서 살아야했다. 그녀가 이승을 떠나서 홀아비 새가 되어 새벽에 내 집에까지 날아와 저의 남편을 부탁하는 간절한 절규를 내 귀로 분명히 들었다. 그렇지만 그것을 현실로 받아들이기에는 상식적인 생각으로 너무 비과학적인 것이었으나 계속 마음이 찝찔하여 나도 몰래 홀아비 새의 절규를 긍정적으로 받아들이고 말았다.

참으로 우연의 일치치고는 너무 기이하고 믿기지 않는 실화로서 살아있는 영혼과 죽은 영혼의 사이에 연결 지어지는 언연을 어떻게 처리해야 할지 풀리지 않은 숙제로서 애써 잊으려고 해도 지워지지 않는 상황이었다. 그녀의 남편은 가끔 전화를 해서 받아줄 수 없는 주문을 하여 정상적인 사람의 말이라고 인정하기에는 어려운 일이기에 단 한 가지도 실현해주지를 못하고 있어 마음 찝찝하게 살아가고 있는 중이다.

전셋집도 편리하나 50대 중반에 얻은 진짜 둥지

주택은 개인의 일상생활이 이루어지는 원초적인 공간이다. 그런데 오랫동안 염원했던 진짜 자신의 보금자리를 마련하고서도 때론 기쁨과 행복만이 맛볼 수가 없는 경우도 많다. 어떤 사람은 지나친 출혈로 은행 빚 갚느라고 생활비에 쪼들려 위축된 삶으로 기가 죽어 살거나 얼마 못 가서 다시 팔기도 한다. 그런가 하면 사촌이 논을 사면 배 아파하는 우리네 국민성 때문에 주위 혈족들 사이에도 좋은 집을 샀다고 하면 시기와 질투로 가족 간의 불화의 씨를 만들기도 한다. 그러나 내게는 그럴 혈족도 없을뿐더러 내 위치와 분수에 맞는 집이기에 너무 마음 편하고 안정적인 삶을 찾을 수 있어 비록 원룸이지만 지극히 만족하며 살고 있다.

처음 이사 와서 명색 집들이라고 해서 중학교 동기동창 몇 명과 독신클럽회원이었던 두 여성이 합석을 하게 되었다. 친구들은 '이곳에 남자만 하나 딱 들어왔으면 안성맞춤이다' 라고 놀려대는데 그 말은 귓가에서 머물다 그냥 달아나 버렸다. 모임이 끝나고 동창 친구들은 다 돌아갔는데 두 싱글 여성들은 자고 가겠다고 길게 앉아버렸다. 친구들을 배웅하고 들어오니까 그사이에 이불장에서 새로 맞추어 온 이부자리를 다 꺼내서 깔고서 벌써 잠이 들어버렸다. 술에 취한 상태에서 한 식구처럼 허물없는 사이로 그토록 자연스럽게 행동할 수 있다는 것은 가족이 없는 싱글이기에 가능했던 것이다.

젊었을 때는 주위에서 집을 사라고 권유해도 능력도 없을뿐더러 혼자 몸 들여놓겠다고 큰돈을 땅에 깔고 앉아있을 필요성을 느끼지 않았다. 전셋집도 주인과 한 울안에서 사는 것도 불편보다는 오히려 가족처럼 훈훈하게 지낼 수 있어 이로운 점이 더 많았다. 그런데 나이가 드니까 집 하나 없어서 전셋집 옮겨 다니는 것이 자존심이 상해서 50대 중반에야 내게 안성맞춤인 독신아파트가 걸려든 것이다.

남자 신발과 함께 현관을 질서 있게 정리

전셋집 마지막인 서울 은평구 증산동의 주택은 널따란 앞마당에다 큰방 2개와 커다란 응접실이 있는 2층 단독으로 대문이 따로 있고 집안에 주차도 안정되게 할 수 있었으나 혼자 살기에는 전체적인 규모로 보아서 벅찬 집이었다.

2층 전체가 비록 시멘트 마당이지만 주인집 마당보다 더 넓고 확 트여서 마치 내 집이 주인집 같았으며 더구나 아래에서부터 올라온 커다란 목련꽃나무 두 그루가 완전히 2층으로 우거져있다. 봄에는 목련꽃 향기에 흠뻑 취하고 여름에는 초록빛 녹음이 우거져 부잣집 별장 못지않게 자연의 혜택을 마음껏 누릴 수 있어 이제까지의 주거지 중에 최고의 환경이었다. 그러나 이사한 지 2년이 좀 지난 어느 겨울날 며칠간 집을 비워두었다가 밤늦은 시간에 집에 들어오니까 밤 도씨가 침범했다 가서 집안이 온통 난장판이었다. 너무 엄두가 나지 않고 피곤해서 그 밤에 정리하는 것도 싫어 대충 한쪽으로 제쳐놓고 이부자리만 펴고 자고 일어난 상태에서 아침 일찍 출근했다. 오후에 퇴근해서야 마음잡고 하나씩 정리를 하면서 집을 구할 때 밤손님의 위험은 생각하지 못했던 것이 큰 불찰이었다.

　그 이후로부터 퇴근해서 현관문을 따고 들어올 때는 도씨가 건넛방에 숨어 있다가 갑자기 달려들어 신체에 위협을 가할 것 같아 며칠 동안은 집에 들어오는 것이 두렵고 불안했다. 외부인의 침입이 있었던 후 현관에 커다란 남자 신발을 두어 켤레 갖다놓고 신발은 언제나 가지런히 정리를 해두었다. 도씨들이 남의 집에 재산을 훔치러 들어올 때 현관의 신발이 잘 정리된 집은 들어왔다가는 조심스러워 그냥 나가기도 하지만 무질서하게 널려진 신발 상태를 보고 작전을 개시한다는 말이 있어서 앞으로의 사태를 대비한 것이다.

이사하는 날 남자 동창들의 도움과 돌아온 1백만 원 수표

　그토록 내게 공포와 교훈을 안겨준 그 집일지언정 이사하는 날은 처음부터 내내 폭소 속에 즐겁게 짐을 옮겼던 것과 일시적으로 얼마 안 되지만 손실을 보았다가 다시 찾았던 일은 영원토록 기억에 남아 있다. 혼자 사는 여자치고는 살림 도구가 많아서 이삿짐 옮길 때는 힘이 든다. 조카들이나 이삿짐센터에서도 남자 셋이 온다고 했는데도 굳이 중학교 동창 남자친구들이 셋이나 와서 도와주었기에 나를 포함해서 열 사람이나 되어서 그 어느 대가 집 이사와 다름없었다. 중학교 다닐 때부터 짝사랑했던 남학생이 서울에서 동창 모임 때마다 만날 수 있어 계속 평범한 친구로 지내고 있었던 사이었다. 그는 이사하는 날 자신은 의자에 가만히 앉아 진두지휘 하면서 특히 허물없는 다른 두 친구들에게는 갖은 농담을 엮어내면서 처음부터 배꼽 잡고 웃기는 이사 분위기를 조성하였다. 사실은 사춘기에 몹시 사랑하였음에도 뜻을 이루지 못한 여자친구의 이사를 핑계 삼아 부러 봉사해 주겠다는 계획으로 참여한 것 같았다. 그 속내를 굳이 거절하는 것도 도리가 아니어서 받아들였으나 나로서는 고맙기도 하면서 너무 미안한 마음이 가득했다.

이삿짐센터에서 보내준 일꾼들은 서투른 젊은 아르바이트생이었다. 그날 동창 친구들이 거들어 준 덕택에 그들도 웃으며 즐겁게 이삿짐을 나를 수 있었고 몸 편하게 일을 마칠 수 있었으나 배우는 학생들 같아서 이사비용 외에 따로 저녁식대로 10만 원을 더 얹어 주었다.

저녁에 짐정리를 하느라고 핸드백을 검토해볼 틈도 없었는데 낮에 이삿짐을 날랐던 총각들이 술에 취해서 다시 찾아왔다. 내 딴에는 점심도 사주고 나름대로 잘 해주었는데 무슨 일인지 두려움이 앞섰다. 잔뜩 겁먹은 모습으로 현관에 나가 그들의 얼굴부터 살폈는데 예상외로 극히 부드럽고 상냥한 음성으로 "아주머니! 낮에 우리에게 저녁 먹으라고 얼마 주셨어요?" 나는 떨리는 음성으로 "왜? 10만 원이지요"

했더니 그들은 이구동성으로 "아주머니! 10만 원이 아니라 100만 원이에요. 저희들이 밥 먹으면서 한동안 의견을 나누었어요. 돌려주어야 하나 모르는 체 꿀꺽 하나 하다가 셋이 똑같이 돌려드리기로 결정하고 왔습니다. 수고비로 10만 원도 주셨는데 양심을 저버리면 안 될 것 같아서요," 하는 것이다. 순간 아차! 100만 원 수표를 10만 원으로 착각하고 건네 준 것이다. 그것도 모르고 밤늦게 지갑을 열어보고 나서는 큰돈 1장이 없어졌으니까 밤 내 잠 못 자고 애를 태울 건인데 얼마나 고마운지! 정말 하나님이 도우신 것 같아 너무도 고마웠다.

우리 사회에서 미끈한 양복쟁이는 사기꾼이 많지만 땀 흘려 일해서 먹고 사는 노동자들이 훨씬 순진하고 양심적이다. 생의 마지막 전셋집에 이사하는 날에 그 어느 때보다 즐겁게 짐을 옮기고, 또한 착한 사람들 만나서 손해 볼 것이 되돌아왔으니 이 얼마나 다행이며 운이 좋았던 것인가!

아름다운 술 문화와 추잡한 술자리

술은 옥토에 내리면 아름다운 꽃과 열매를

로마의 속담에 술을 먹는 이유를 '한 잔은 갈증을 해소하기 위해, 두 잔은 영양보충과 마음의 유쾌를 위하여, 세 잔은 발광하기 위하여' 라는 말이 있다.

우리의 술 문화는 이유도 많다. 기쁘고 즐거울 때, 슬프고 괴로울 때, 궂은일을 당할 때 등 개인적인 길흉사와 학교 입학이나 졸업, 집단적인 회의나 모임, 만남과 이별 등 그 어느 때나 음식점에 2명 이상만 앉으면 특히 남자들은 술이 필수적으로 따라다닌다. 술과 담배는 예로부터 기호품으로 각광을 받아왔으나 술은 먹는 음식이므로 과식만 하지 않으면 건강과 낭만이 있는 건전한 술 문화는 국민 정서에 상당한 공헌이 있으나 흡연에 대해서는 건강이나 정서에 해악을 끼치고 있으므로 가정이나 직장에서도 퇴출 1호로 자리매김 하고 있다.

어느 직장의 인사담당자는 필기시험 면접까지 다 끝내놓고도 마지막 술자리를 마련하여 최종적인 합격 여부를 결정한다고 한다. 술 먹는 자세나 주벽에서 그 사람의 인성을 파악하는 것은 채용 후 업무능력이나 인간관계를 가름하는 잣대로 삼기 위한 것이므로 술의 효력은 대단한 영향을 미치고 있다.

인간사회에서 아름다운 술 문화의 예는 많다. 마음속으로 오랫동안 사랑하는 대상이 있어도 맨정신으로 고백할 용기가 없을 때 술의 힘을 빌려 진실을 토로한 후 상대의 반응에서 좋은 결과를 얻었을 때다. 친한 사이에 사소한 오해로 인하여 갈라진 사이를 중간사람이 술자리를 만들어 둘 사이에 원만한 가교역할을 하여 원상 회복시켰을 때는 좋은 사교의 촉매제로 활용되고 있다. 식사 전에 한두 잔씩 하는 반주는 건강에 최선의 보약 역할을 하여 양반 명문가정의 전통 풍속으로 유지되어 왔다. 혈육과 친척 친구와의 사별로 비통에 잠긴 장례마당을 조용한 대화로 영혼을 위로하며 훈훈한 분위기를 지켜주는 것은 예로부터 가까운 사이에 궂은일의 품앗이 풍속으로 이어져 왔다.

술은 사람과 인간관계를 원만하게 유지하는데 좋은 촉매제로서 사교 상 없어서는 아니 될 존재로 자리 잡고 있다. 요즈음 우리의 새로운 술 문화는 한 잔의 술은 건강을 위해, 두 잔은 행복을 위해 머지만 세 잔부터는 광란을 위해 먹는다고 하는데 가급적이면 세 번째는 피하는 것이 건전한 술 문화의 기본이 된다.

술은 비와 같아서 옥토에 내리면 아름다운 꽃을 피우고 열매를 맺게 하지만 진흙 밭에 내리면 온통 진흙탕으로 만들어 쓸모없는 땅으로 변하게 한다. 술은 적당히 마시면 피로를 회복시켜주고 스트레스를 해소하며 소화도 촉진시켜 식욕을 돋워주기도 하지만 도를 넘으면 마귀나 무서운 흉기로 변하여 폭력이나 살인까지 저지르는 불행의 음료다.

독신자들 중 외로움을 달래기 위해서 습관적으로 혼자 술을 먹는 사람들이 있는데 술은 진정한 말이 통할 수 있는 좋은 사람과 같이 주고받으며 기분 좋은 상태에서 아름다운 추억이나 발전적인 꿈을 키우는 대화를 나눔으로서 개인도 사회도 발전하는 것이다. 여성은 손수 술을 해독시키는 음식을 해먹을 수도 있으나 남성은 특별히 요리에 취미가 있는 사람 외에는 그대로 아침에 출근하게 되면 직장동료들에게 병자처럼 초라한 모습을 보여주게 된다. 남녀를 막론하고 처음 술을 배울 때 어른 앞에서 기본적인 주도酒道를 잘 배운 사람하고 그렇지 않은 사람하고는 술을 같이 먹어보면 금방 알 수 있다. 젊어서부터 술과 담배에 찌들면 추하게 늙는 것은 필연적이며 자신의 얼굴과 건강에 절대적으로 해가 되기 일쑤다.

비혼 여성대통령의 최측근이 사상 최악의 성추행 광란자로 전락

2013년 어린이날, 어버이날, 스승의 날, 부부의 날 등 1년 중에 가장 즐겁고 행복한 날들이 끼어있는 5월 가정의 달에 우리 역사에 최악의 독주 광란의 사례가 발생하여 온 국민을 격분케 했다. 한미韓美정상회담 때 수행했던 대통령의 최측근인 청와대 대변인이 유체이탈을 하여 주미대사관의 인턴 여직원을 술자리에서 성추행한 일이다. 그것도 비혼 여성 대통령 수행자로서 생각의 의무와 의지를 깡그리 저버린 용서할 수 없는 일탈 행동으로서 온 국민에게 수치심을 안겨주고 전 지구상에 국가의 자존심을 여지없이 추락시켰다. 그러고도 몰래 귀국하여 그 인면수심의 뻔뻔한 모습을 드러내고 기자회견까지 자청하여 거짓말 일변도의 변명을 하는 그 혐오스러운 행동에 매일 뭇 여성들의 날카로운 성토가 온 나라를 뜨겁게 달구었다. 그 무렵 경기도 김포에 있는 윤창중의 집 창문이 신문지로 가리어져 있었던 것은 전 국민적인 분노의 화기火氣가 그곳까지 다다를까 싶어 가족의 화상火傷을 방지하기 위한 것이 아니었을까!?

그 당시 5천 년 역사상 한 번도 듣도 보도 못한 황당한 대형사건에 국민 모두가 놀라고 분개했으니 산신령도 크게 놀라 풍자 동화가 화제를 모았다.

-윤창중과 산신령-

산신령: 금팬티가 네 팬티냐?

윤창중: 아닙니다.

산신령: 은팬티가 네 팬티냐?

윤창중: 아닙니다.

산신령: 동팬티가 네 팬티냐?

윤창중: 아닙니다.

산신령: 그럼 네 팬티는 무슨 팬티냐?

윤창중: 저는 노팬티입니다.

파도타기는 직장인의 단합과 친목을 위한 아름다운 자리

술을 모두 소비한 사람의 말 중에 이런 구절이 있다. 〈당신에겐 평생 먹을 술의 양이 정해져 있다. 당신이 술을 좋아한다면 아껴 먹어라. 당신에게 주어진 술을 모두 소비하는 순간 큰 아픔이 찾아올 것이다〉.

그렇다. 밥상에서 한 잔씩 먹는 술은 보약이 된다지만 때와 장소를 가리지 않고 한자리에 앉아서 밤을 새는 폭음족들은 바로 다음날 육체적인 아픔을 겪는다. 인사불성으로 폭음을 하고 길거리에 서 있는 전봇대 밑을 자기 집 안방으

194

로 착각하여 양복을 걸어놓고 잠을 잘 수 있는 그런 상태를 무슨 말로 표현할까? 경험이 없어서 감이 잡히질 않는다.

친구들끼리 퇴근하다가 누군가의 입에서 "우리 파도 타기하러갈까?"의 말이 나오면 이심전심으로 몇이서 어울려 행하는 곳이 바로 술집이다. 그런데 파도타기는 송별회나 환영회 또는 송년회 등 많은 사람들이 마주 보며 즐비하게 앉아서 술잔이 끊이지 않고 계속 돌아가는 상태를 일컫는다고 한다. 그래서 파도타기는 헤어짐과 만남은 물론 단합과 낭만의 분위기로서 보이지 않는 끈끈한 정이 흘러서 아름다운 술 문화를 이어갈 것이다.

IV * 결혼이란 꿈속의
빛과 그늘

남자가 원하는 여자,
여자가 원하는 남자.

라이프스타일과 취향이 맞아야!

옛날에 살았던 우리 부모들은 평생을 같이 지내야 할 배우자의 코나 입이 어떻게 생긴 것도 모르고 부모가 먼저 양가 부모와 협의하여 강제로 맺어준 결혼 상대와 울며 겨자먹기로 만나서 살았다.

그러나 자유연애와 남녀평등의 사회 분위기에 이제는 부모의 의사는 둘째 치고 결혼 당사자 본인들의 의사가 중요하여 남녀 서로가 배우자에게 바라는 조건이 복잡하고 이기적인 새로운 이성관이 정착되어가고 있다.

우선 남자가 여자에게 원하는 유형은 첫째. 남자를 긍정적으로 바라보아야 한다. 남자 측에 대하여 무한한 신뢰를 보냄으로써 사소한 얘기에도 경청하며, 상대의 실수에 대해서도 관대해야 하고, 고민이나 실망에 빠진 남자에게 현실적인 해결책 하나라도 제시해 주는 것 등 모든 것을 긍정적으로 봐야 한다는 것이다.

둘째, 남자에게 올인하지 않아야 한다. "난 당신만 있으면 돼"라면서 남자만 바라보고 사는 것보다 경제적으로나 사회적으로 독립을 이룬 여자로서 사랑할 때는 사랑하더라도 너무 남자에게 올인하면 매력이 없다는 것이다. 또한 항상 바라만 보고 있으면 자칫 권태와 공포를 느낄 수 있기 때문에 시시때때로 변하는 여자의 감정에 완전히 책임을 진다는 것은 정신적으로 너무 큰 부담이 된다는 것이다.

셋째, 라이프스타일과 취향이 맞아야 한다. 사람마다 살아온 생활습관과 가치관에 따라 서서히 몸에 밴 생활방식이 있는데 성인이 된 여자와 전혀 반대방향으로 맞지 않으면 같이 사는 것 자체가 고역이기 때문이다.

〈남자가 결혼하고 싶은 여자들은 따로 있다〉의 저자인 '존 몰로이'는 교제 중인 여자와 결혼에 골인 하지 못하는 이유 중에 가장 큰 요인은 라이프스타일과 취향이 다르기 때문이라고 주장했다.

넷째, 좋은 엄마가 될 것 같은 느낌이 있어야 한다. 미국의 남자들은 아내 될 사람이 섹스를 잘할 것 같은 여자를 좋아한다는데 우리나라 남자들은 섹스보다는 좋은 엄마가 되어주는 것을 희망하는 비율이 77.8%나 되었다고 한 여론조사에서 나타났다.

한 예를 들어보면 버스나 지하철에서 망나니짓을 하는

어린애를 보았을 때도 살짝 미소를 짓거나 귀엽게 봐 줄 수 있는 아량이 있어야 하고 아무리 급하고 어려운 상황이 벌어진다 해도 인내심과 평정심을 잃지 않기를 바란다.

다섯째, 자신을 필요로 하는 여자다. 자신에게 너무 올인해도 권태와 실증을 느끼게 되므로 남자의 필요성을 적극적으로 나타내야 하며 남자 앞에서 약한 모습을 보이거나 눈물을 보이는 것은 좋은 모습이 아니며, 이와 반대로 "내 곁에 있어주어서 고마워" 라는 닭살 돋은 표현도 매력을 상실하는 말이 된다는 것이다.

마마보이는 가장 싫은 존재

첫째, 능력 있는 남자로서 인생을 즐길 줄 알아야 하나 단순히 능력만 중시하는 것은 아니다. 유머 감각도 풍부하여 여자를 즐겁게 해 줄 수 있고, 취미를 함께 하여 여가를 잘 이용하며 때로는 잔재미도 있어야 한다.

둘째, 착하고 성격 좋은 것만은 아니다. 기분 나쁜 얘기를 해도 실실 웃기만 하는 남자는 매력이 없다. 순둥이 보다는 가족을 위해서 싸울 때는 싸우고 냉철할 때는 냉철할 줄 아는 화끈한 성격이어야 한다.

셋째, 얼굴만 잘생겼다고 다가 아니다 겉으로 볼 때 스타일이 좋고 전체적인 체격의 비율이 균형을 이루어야 한다.

태어나는 2세를 위하여 키가 작거나 뚱보보다는 얼굴은 보통이라도 포션과 어느 정도 꾸밀 줄도 알아야 한다,

이처럼 남자들은 여성의 외모보다는 내면을 더 중시했고 여성은 남성의 외모와 성격을 중시했으며 철저히 가족 중심적이며 20대 여성들이 가장 싫어하는 사람은 허세 부리는 남자라고 한다.

위의 세 가지 유형을 다 갖추었으나 마마보이나 효자아들의 유형에 속할 때는 효자 아들을 선택하는 것이 좋다. 마마보이는 고부갈등을 유발하는 요인이 너무 크기 때문에 여성들이 결혼 상대로서 싫어하는 제1 순위에 해당하기 때문이다.

옛날부터 얼굴이 아름다운 여자와 결혼하면 3개월 행복하고, 지식 있는 여자와 결혼하면 3년 행복하고 지혜로운 여자와 결혼하면 3대가 행복하다는 말이 있었다.

남녀 개개인이 조금씩 차이는 있으나 사람을 보는 눈은 거의 공통적이며 무엇보다도 성격이 가장 큰 몫을 차지하고 있는데 그보다 더 중시할 것은 건강이다. 하지만 이 부분은 같이 살면서 실생활에서 부딪칠 때 느끼게 되지만 결혼의 당면한 조건으로는 부각이 안 되었다. 즉 이면異面의 중요성은 표면에 나타나지 않았으나 어떤 사람들은 2세를 위해 여자의 머리를 중요시하여 다니던 학교에 가서 성적표를 떼어보기도 한다. 또한 여자 측에서도 가정의 생계를 책임지는 남자는 무엇보다도 건강이므로 건강진단서까지 요구하기도 하나 자

칫하면 상대의 자존심을 상하게도 할 수 있기 때문에 우선 교제 당시 육안으로만 확인하는 정도로 만족하기도 한다.

이 외에 여자 측은 비교적 장남을 꺼리며 시부모와 시집 형제간의 존재도 한몫을 차지하는데 고부 갈등의 원인이 되는 남자 형제보다 여자 형제를 더욱 싫어한다. 그러나 요즘 세대처럼 자녀가 한둘에 지나지 않는 단순한 가족형태에서는 크게 문제 될 것은 아니며 오히려 여자가 시집을 가는 것이 아니라 아들이 없는 처가에는 남자가 장가를 드는 경우도 있어 결혼의 풍습이 예전과는 전혀 다른 방향으로 흘러가고 있는 시대에 살고 있다.

여성의 89%가 외모 콤플렉스를 느껴 결혼에 부정적인 경우가 있으며, 입은 적고 얼굴 눈·코는 중간 정도를 원하고 있다. 못난 여자가 까불 때는 자신의 콤플렉스를 가장하기 위한 것으로 생각하여 이를 아니꼽게 느껴질 때는 '집에 가서 거울 좀 봐라, 너희 집에는 거울도 없느냐?' 는 핀잔을 던진다는 것이다.

연애를 하면 반드시 결혼을 하는 것은 아니다. 요즘 신세대들은 사랑과 결혼은 별개로 생각한다. 양가 부모와 친척 친구들의 앞에서 합법적으로 혼인식을 올리기 전에 1~2년 정도 동거생활을 하는 계약결혼을 해보고 난 후에 자신이 있을 때 정식으로 결혼을 하고 자녀도 출산하는 가정을 이루기도 한다.

결혼의 진정한 의미와 가치

연애, 결혼, 출산 포기하는 삼포시대

우리 사회에서 남성 같은 여성이나 여성 같은 남성은 자신의 외모나 성격 콤플렉스 때문에 혼자 사는 경우가 많다. 그들은 늦게 결혼하면 잘산다는 말에 늦게 하겠다고 미루다가 능력이 있고 생활력이 강하기 때문에 아예 혼자 살아 버리는 경우도 있다.

6, 70년대는 좁은 땅에 인구밀도가 높아 가족계획을 부르짖어 "둘만 낳아 잘 기르자"가 사회의 조류였기에 혼자 사는 사람이 애국자라고 큰소리치는 시대였다. 하지만 이내 정책이 바뀌어 80년대부터는 인구증가의 필요에 의해 셋 이상 낳으라고 권장하고 있으나 경제적 사정과 막대한 교육비 부담으로 지금은 한 세대에 한두 자녀들만을 둔 가정이 대부분이다. 이에 정부나 지방자치단체에서는 두 자녀 이상에게는 각종 특혜를 주어도 좀처럼 인구증가의 증표가 보이지 않자 이

제는 쌍둥이 출산이나 자녀를 많이 둔 가정이 애국자로 인정을 받기도 한다.

　예전의 우리네 가정은 2세를 많이 출산하여 종족을 번창시키는 것은 물론 사회의 각 방면에 일꾼을 많이 진출시켜 화려한 대물림에 기여하는 것이 자랑이었고 노부모는 자녀가 부양하는 것이 의무였으므로 2.3대가 한 지붕 아래에서 벅벅거리며 대가족으로 살았다.

　윤리 도덕이 뚜렷이 확립된 예전에는 가정이란 두 남녀가 서로 만나 행복을 누리는 사랑 나눔터로서 육체적 정신적인 휴식처의 역할로서 사명을 다 했고 결혼하면 자녀를 생산하는 것은 필수적이어서 여자가 아이를 못 낳으면 칠거지악에 해당되어 시집에서 쫓겨나도 친정에서는 할 말이 없는 시대에 살기도 했다.

　생명의 탄생은 사람의 힘으로 되는 것이 아니고 조물주의 능력 여하에 달려 있으며 그 과정은 너무도 신비스럽다.

　한 사람의 생명이 세상에 나오려면 어느 순간 남자에게 있는 3억 마리나 되는 정자가 생명의 제조를 목적으로 '우' 하고 일제히 난자를 향하여 힘차게 달려간다. 가는 도중에 그 많던 정자들이 서로 다투다가 약한 정자는 다 죽고 가장 센 한 마리가 3억 대 1의 경쟁률을 뚫고 여자의 난자 속으로 들어가 자리를 잡게 된다. 그래서 10개월 동안 갖가지 고생 끝에 드디어 여성의 몸속에서 위대한 새 생명이 탄생된다. 어떤 학자는 정자와 난자가 만나서도 2차 싸워서 이기는 쪽이 생명탄생의 주도권을 잡아 정자가 이기면 사내아이를, 난자가 이기면 계집아이를 낳는다고 하는데 전문가들조차 설이 다르다.

꿈과 목적이 있는 여성은 결혼이 장애물

하나의 생명은 처음 종자끼리도 1,2차 치열한 전쟁을 치르는 과정을 거쳐 만들어지기 때문에 세상에 나와서도 인간 고해孤海의 바다에 떠다니며 생존을 위해 끊임없는 싸움을 하게 된다. 그래서 태아가 엄마의 안온했던 태중胎中을 혼자 독차지하고 있다가 타의에 의해 허허벌판의 세상으로 튕겨 나올 때 "아 외롭고 허전하다" 면서 큰 소리로 고고의 소리를 지르는 것이다.

그런데 결혼해서 2세를 낳는 것만이 다가 아니고 어떻게 길러서 어떤 작품을 사회에 내어놓느냐가 더 중요하기 때문에 부모는 막중한 책임과 의무를 껴안게 되는데 이의 결과에 의해서 부부의 능력과 역량이 여실히 나타나게 되는 것이다.

서양의 격언에

바다로 갈 때에는 한번 기도하여라.

전쟁터로 갈 때에는 두 번 기도하여라.

그러나 결혼식장으로 갈 때에는 세 번 기도하여라.

206

고 했듯이 결혼은 가장 중요하고 어렵다는 것을 의미한다.

남녀가 일순간의 번개 사랑으로 부모의 동의도 없이 무작정 결합만 해서 아이들만 낳은 후 책임감이나 의무도 망각한 채 사회에 내팽개치고 자신들은 아무렇지도 않은 듯 태연히 제 갈 길을 가 버리는 부도덕한 얌체족들은 사랑할 자격도 없는 것이다.

남녀 간에 사랑을 하게 되면 누구나 서로 상대방이 자기의 첫사랑일 것을 기대하는 것이 공통적인 심정이겠지만 그 옛날의 순수성이 퇴색된 오늘날 호적에 때 하나 묻지 않고 결혼한 숫처녀 숫총각이 얼마나 될까?

결혼은 인생의 2중창이다. 남편의 목소리와 아내의 목소리가 아름다운 조화를 이루어야 행복의 보금자리가 제대로 자리를 잡는 것이다. 사랑은 사람과도 같아서 늙기도, 병들기도, 변하기도, 죽기도 한다. 서로 손잡고 한 집에서 살면서도 끊임없이 맴도는 '원' 과 같아서 수시로 상대방의 사랑을 의심하고 체크하면서도 100%의 믿음 속에 100%의 사랑을 주고받는 부부가 과연 몇%나 될까? 두 사람만의 행복을 보장하는 것도 지극히 어려운데 지난 대통령 선거 유세 때에 5천만 국민에게 100%의 행복을 안겨주겠다고 새빨간 속임수를 구사했던 여당 후보의 외침에 나는 콧방귀를 뀌며 그의 허구성을 그 즉시 공중에 날려버렸다.

떡국나이보다 정신 나이가 맞아야 행복한 더블생활

결혼이란 서로 사랑하고 깊은 믿음이 있어 이 사람 없이는 살 수 없다고 생각되는 상대와 함께 사는 것이다. 그렇다고 해서 이 세상의 다른 남성이나 여성에게 다 등을 돌려야 한다는 뜻은 아니다. 결혼에 대해서 막연한 환상을 갖거나 막연한 불안감을 갖고 서로 흰 장갑 속의 따뜻한 체온을 느끼면서도 과연 '이 남자가', '이 여자가' 나의 행복을 영원히 보장할까 하는 의심을 가지게 된다면 아예 혼자 사는 것이 상책이리라. 적어도 남녀가 정렬의 불꽃이 튀길 때에 한 가정을 이루는 그 시점에서는 누가 뭐라 해도 사랑과 행복을 확신하고 보장함으로써 결혼의 문턱을 들어서야 한다. 구두가 아무리 좋고 예쁘다 해도 발에 맞지 않으면 신을 수 없듯이 결혼은 본인이 싫은 데도 부모의 강요나 외부의 여건 때문에 일단 해서 같이 살게 되면 정이 들게 된다는 착각으로 한다면 처음부터 불행을 안고 출발하는 것이다.

20세기의 가장 명석한 '버트란드 러셀'도 4번이나 결혼을 했고 영국 왕 조지 5세 아들 '에드워드 8세(윈저공)' 숫총각도 두 번이나 이혼한 미국의 '심프슨' 부인과 결혼을 하려 할 때 전 세계적으로 쏟아지는 부정의 화살을 받아내면서 끝내 왕관까지 버리고 결혼을 한 것이다. 이래서 진실한 사랑은 국경이나 신분, 연령을 초월하고 심지어는 죽음까지도 두려워하지 않는다. 사랑이란 마술에 취했을 때에는 귀와 눈이 어두워 아무것도 보이지도 들리지도 않기 때문에 정확한 정보를 얻을 수가 없는 것이다. 그렇기 때문에 프랑스의 소설가 '발자크(Balzac)'는 '인간의 지식 중에서 가장 뒤떨어진 지식은 결혼에 관한 지식이다' 라고 했다.

영국의 낭만파 시인 '바이런'이 말하기를 결혼은 폭풍의 바다에 걸린 무지개라고 했으며, 설문조사에서 미국의 젊은 여성들은 75%가 결혼은 해야 한다고 동의했으나, 일본의 여성들은 88%가 동의하지 않았다고 했고, 중국은 30~50세의 독신 중 여성이 60%이며, 상해 여성들의 82%가 독신에 찬성하고 있다고 한다.

누구나 결혼식장에 들어가면서 가정을 달콤한 행복의 보금자리로만 생각하고 많은 기대와 환상의 꿈을 꾸지만 그것이 영원할 것이라는 착각은 살아가면서 실생활 속에서 점점 실감하게 된다.

결혼은 떡국 나이보다 정신 나이가 맞아야 행복한 것이다. 12살 위인 아내나 반대로 12살 아래의 부부라 해도 서로 행복하면 된다. 동갑이나 2,3세 차이로 친구 같은 사이가 오히려 의견 차이가 많아 불협화음이 잦은 것은 정신 나이가 맞지 않기 때문이다. 기차 레일처럼 언제나 둘이 똑같이 달리려고만 하는 것보다 한쪽이 져주면서 사는 데서 행복을 찾을 수 있는 것이다.

검은머리 파뿌리가 되도록 오래도록 같이 살려면 부부가에 서로 대화가 통해야만 원만한 가정을 이룰 수 있는 것이다. 한 남자와 한 여자가 만나 몇 십 년을 살려면 숱한 희·노·애·락의 연속 속에서 풍파도 많기 때문에 그때마다 서로 대화가 잘 통해야 만이 기쁨도 행복도 같이 나눌 수 있고 어려움도 불행도 능히 헤쳐나갈 수 있어 같이 사는 보람과 가치를 느끼는 것이다.

결혼은 의무나 운명이 아니고 선택이다

가족 모두가 함께 식탁에 앉기가 드문 시대

개인주의가 최고도로 발달하고 문명의 이기가 판을 치고 있는 오늘날 우리네 가정은 한 지붕 안에서 서로 몸을 섞여 살기 시작하여 자녀를 낳고 키우면서 수없이 부딪치는 비바람 속을 뚫고 나아가는 과정에서 적지 않은 의견충돌과 어려움에 봉착하게 된다. 그럴 때마다 고도의 인내심과 지혜를 발휘하여 현명하게 대처하지 않으면 아니 된다. 사소한 일에도 서로 다투며 대립각을 세워 평행선을 유지한다면 안온했던 사랑의 쉼터가 상처와 파멸의 흉터로 남게 되어 결혼 3년 내에 30%의 가정이 조각나는 결과를 보고 있는 것이 우리의 현실이다.

요즘 도시인들이 처하고 있는 삶의 현장을 보면 퇴근 후에 친구 만남이다, 취미나 특기 살리기와 각종 자격증 취득이다, 몇 푼이라도 생활비 보태려고 밤낮 아르바이트니 투잡으로 인하여 도시에서는 퇴근 시간이 오히려 늦은 밤인 10~11시가 퇴근 러시아워로 바뀌기까지 했다. 자녀들은 학교공부와 학원 과외 등 입시공부에 쫓겨 한 지붕 아래 같이 살아도 온 식구가 함께 식탁에 마주 앉아 가족 간에 정담을 나누며 오순도순 밥을 먹는 풍경은 한 달에 몇 번이나 될까?

현대 가정은 부부나 자녀들만의 요람은 아니다. 때론 시부모와 그 직계 가족은 물론 친정부모와 직계가족과도 살아야 할 경우가 있다. 뿐만 아니라 할머니와 손자손녀만이 사는 조손 가족은 물론 형제자매만으로 구성된 가족 등 다양한 형태의 가족제도가 존재하고 있다.

어찌 보면 가족의 생활양식이 개인 중심으로 단순화되어 가는 시대에 굳이 사랑한다 해서 꼭이나 가정을 이루고 살아야 한다는 당위성이 퇴색되어가기 때문에 비혼자들이 늘어만 가고 있는 것이다.

결혼은 선택이며, 재혼도 잘하면 초혼보다 좋다

최근 한 결혼정보회사에서 30대 미혼 남녀를 대상으로 여론조사를 했는데 결혼하고 싶은 충동을 느낄 때는 명절 때라 했다. 모처럼만에 모인 부모 형제 친척들의 재촉에 마땅히 할 말이 없기에 언제 국수 먹여 주냐고 하면 지금 결혼 상대를 만나고 있다고 얼버무리는 경우가 50%나 되지만 아예 결혼하지 않겠다고 잘라 말하는 경우도 32%라고 했다. 그러면서도 이런저런 핑계 대기도 곤혹스러워 명절 때만은 결혼하고서 아이들과 함께 부모친척을 대하고 싶은 생각도 든다는 것이다.

혼자 사는 것은 자유와 성공을 추구하는 과정에서 자신의 성취감은 커졌지만 부모를 비롯해 주변 사람들로부터 받는 결혼 압박으로 인한 스트레스 때문에 때로는 생존에 대한 부담이 클 때가 있기도 한다. 그러나 이제는 '결혼이 의무나 운명은 아니고 선택이다'는 관념이 정착화 되어가고 있어 부모라고 해서 자식에게 결혼을 강요할 수는 없고 그들의 자유의사에 맡기는 것이 좋다.

농부에게는 가장 듣기 좋은 소리가 마른 논에 물들어가는 소리를 듣는 것이고 부모의 마음에는 사랑하는 자식들의 목구멍에 음식 들어가는 소리라고 한다. 부모들은 자기들 눈물 먹고 자란 자식들을 보면서 진심으로 웃을 수 있는 것이 가장 큰 행복이라 한다. 그렇기에 자식들에 대해서는 반드시 결혼을 시켜놓는 것이 부모들의 책임과 의무를 다하는 것이 최고의 덕목이라고 생각한다.

고등학교 동기동창 친구의 딸 중에 40대 후반의 중견 피아니스트로서 독일과 오스트리아에서 활약 중인데 대학교 3학년 때 2년 후배인 한 남학생을 어느 모임에서 처음 만났다. 남자는 그때부터 연상의 선배 누나를 마음에 두고 살면서 재학 중에는 구애를 하지 못하고 졸업으로 헤어진 후 25

년 동안을 찾아 헤매다가 포기하려던 차에 우연한 기회에 기적적으로 오매불망 그리워했던 진짜 사랑을 찾았다.

그들은 10여 일 동안 데이트를 하고서 마치 신이 두 사람을 맺어 준 듯한 환상에 젖어 결국 결혼에 꼴인 한 것이다. 남자는 오직 한 여성만 가슴속에 품고 살면서 일류 건축 디자인으로서 꿈을 이루어 외국에서 든든한 기반이 잡혀진 숫총각이지만 여자는 2번의 이혼 경력과 슬하에 10세와 14세의 두 아들까지 있다. 그런데도 오히려 이를 더 반기면서 애들의 장래까지 멋지게 설계하여 새 가족에게 최대의 행복을 주겠다는 소설 같은 순애보적인 남자의 사랑이 있다면 어떤 여성인들 거절하겠는가! 그들은 25년간 뼈를 깎는 기다림의 인내심과 두 번 실패한 아픈 상처를 딛고 일어선 결혼의 최대 수혜자로서 가정의 진정한 의미를 느끼며 행복을 누리고 있다면서 딸 결혼 잘 시켰다는 친구는 만나는 사람마다에 입이 마르게 자랑을 한다.

진정 행복한 결혼생활이 되려면 20대는 사랑, 30대는 노력, 40대는 인내, 50대는 체념, 6·70대에 비로소 감사하는 마음을 가지고 살아가는 것이라고 하는데 나는 아무래도 자신이 없어 결혼 쪽으로 방향을 틀지 못했다.

세계의 지성 사르트르와 보부아르의 파격적인 계약 결혼

프랑스 실존주의 철학자 〈장 폴 사르트르〉와 여성해방론 자이며 자유연애 주의자인 〈시몬느 보부아르〉의 계약결혼은 1930년대 당시의 폭풍과도 같은 파격적인 행보였으나 20세 기의 가장 멋진 사랑의 커플이었다. 철학교사 자격시험에서 1등과 2등을 차지하여 운명적으로 만난 그들은 사르트르가 군에 입대하게 된 계기를 이용하여 부모의 승낙 하에 계약결 혼을 하였으며 이들이 선구적인 역할을 한 것이다.

당시 23세의 보부아르는 귀족 출신이었으나 결혼지참금 이 없으니까 열심히 공부하고 직업훈련을 받아 혼자 살아야 할 것 같다는 아버지의 말에 자식의 노예로 사는 결혼에 부 정적인 생각으로 작가가 되겠다는 생각을 가지게 되었다. 한 호텔에서도 서로 다른 방에 머무르면서 독립적인 생활, 독립 적인 공간을 필수조건으로 가사 일을 피하기 위한 보부아르 의 선택인 것이며, 글쓰기 작업을 공동으로 하면서 지적인 연대감을 높여갔다. 두 지성은 계약결혼을 할 때 실현하기 어려운 결혼조건을 내세웠으나 숱한 염문 속에 몇 번이나 어 려운 고비를 넘기면서도 사르트르가 보부아르보다 6년 먼저 갈 때까지 51년간을 지속하였다.

이들의 계약결혼 조건에 『첫째, 서로 사랑하고 관계를 지 키는 동시에 다른 사람과도 사랑에 빠지는 것을 허락한다. 둘 째, 상대방에 거짓말을 하지 않고 어떤 것도 숨기지 않으며 늘

중 어느 한쪽이 만나자는 제의를 할 때는 모든 일 다 제쳐놓고 만나야 한다. 셋째, 경제적으로 완전히 독립한다.』는 약속을 하고 정렬보다는 진실을 바탕에 둔 결혼이었으나 사르트르의 여자편력 때문에 보부아르의 심적 고통이 많았다. 그러나 나중에는 사르트르의 제자와 함께 사랑에 빠진 보부아르의 남성편력도 있었지만 한 명이 죽기 전에는 절대로 헤어지지 않는다는 약속을 끝까지 지킨 아름다운 사랑이었다. 두 사람의 사랑이 서로가 서로를 끝없이 끌어안고 독점을 하며, 끝없이 채우려 하고, 끝없이 소유하고 길들이려 했다면 영원하지 못했을 것이다. 정식으로 한 법적인 결혼생활도 이같은 방법으로는 결코 행복한 가정생활이 될 수는 없는 것이다.

보부아르는 〈제2의 성〉에서 여자는 여자로 태어난 것이 아니라 여자로 길러진다고 주장했으며 사르트르는 인생은 탄생과 죽음 사이의 선택인 B+D=C, 즉 B(birth)+D(death)=C(choice)이라 했다.

우리의 현실에서도 몇 년 전부터 젊은 사람들끼리 계약결혼을 하여 1,2년 동안 자녀는 절대 출산하지 않는 상태에서 실제로 부부생활을 경험하고 난 후에 둘이 결합해야 할 결혼의 참된 의의를 찾았을 때 정식 법적인 수속을 하겠다는 것이다. 그 결과 계약결혼 생활을 하고 나서 실제로 정식결혼까지 성공한 커플도 있었으나 헤어지는 비율이 더 높았다는 것이다.

고독을 지불하고 자유를 선택했다

둘이 벌어도 적자생활 못 벗어나는 현실에 자괴감 느껴

결혼은 해도 후회하고 안 해도 후회 한다고 하는데 한 번 한 후에는 다시 원상복귀는 되지 않는다. 그래서 비혼으로 있을 때는 언제라도 할 수 있는 희망이 있기에 여건만 조성되면 나이 들어 늦었다고 하지 말고 어느 때라도 경우에 따라서는 황혼 결혼이라도 하면 된다.

예전에는 사회 통념상 남녀 간에 결혼을 필연적으로 여겨왔으나 이제는 선택이라는 통념이 보편화 되어 있다. 이러한 사회 풍조에 따라 현대에 와서는 자녀들의 비혼이 부모에 대한 불효라는 관념이 구시대의 낡은 사고방식으로 인식되고 혼자 사는 것도 생활의 한 방편으로 바뀌어졌다.

요즘 2,30대 젊은이들 사이에 여건이 갖추어지지 않았는데도 굳이 무리를 해서 가정을 이루어 보았댔자 그것을 잘 이어나갈 자신이 없다는 것이다. 부모이 도움을 받지 않고시는 비록 핵가족일지라도 연봉 7천만 원에서 1억 원 정도의 수입이 있어야만 가정이란 물레방아가 멈추지 않고 제대로 돌아갈 수 있는 것이 오늘 우리네 가정의 경제구조다.

매월 주택으로 인한 은행대출금 상환에다 결혼 1년도 못 되어 시작된 자녀의 육아 및 사교육비, 두세 식구의 생활비와 용돈 등에 지출되고 나면 저축은 엄두도 못 낸다. 그러니 사회 초년병 월급 가지고는 혼자의 생활비에 불과하고, 중견사원이라 해도 월 500만 원 정도의 봉급 가지고서 무슨 수로 가정을 원만하게 이끌어갈 수 있겠느냐는 자괴감에 빠져 아예 연애만 하고 결혼은 포기하는 신세대가 많아지고 있다. 맞벌이 부부라 해도 한쪽의 수입은 탁아, 교육비와 사회생활로 인한 부수적인 지출 때문에 저축에는 별로 도움이 안 되는 데다 부모의 생활비나 용돈까지 지출되는 경우에는 친구들과 술 한 잔 먹는데도 벌벌 떠는 쪼다가 될 수밖에 없다는 젊은 층의 하소연은 말로 하는 엄살이 아니다.

이 같은 현실을 극복할 수 있는 간 큰 남자가 아니고서는 가정이란 굴레를 생각하면 겁이 나고 아찔해서 선뜻 결혼을 해야 한다는 당위성을 찾지 못한다.

인기 있는 청춘 시절보다 좀 더 익은 후에 잘 골라서 결정

여성들이 결혼 같은 것에 관심이 없다고 말하는 이유 중의 하나는 마땅히 이상에 맞는 상대도 없는데 남자를 갖고 싶어 안달하는 것보다는 현실적인 선에서 삶의 대책을 세우겠다는 것이다.

그런가 하면 사회적으로 혼자 독립이 어렵거나 직장생활이 적성에 맞지 않아 일찍이 능력 있는 남성을 선택, 영원한 취직을 해서 전형적인 주부로 만족하며 건전한 가정을 이룩해서 사는 것은 많은 여성들의 바람이지만 이것도 번갯불에 콩 튀어 먹듯이 하루아침에 쉽게 결정할 문제는 아니다.

자존심 세우고 콧대 높이 버티면서 백마 탄 멋진 남자를 고르고 고르며 살아왔던 올드미스가 생활에 권태를 느끼고 외로움에 지쳐있을 때는 백마가 아닌 검정말이라도 타고 오면 선뜻 자존심도 고집도 다 던지고 쉽게 응하여 평생을 망치는 사례를 몇 번이나 보았다. 대개 한 달 이내로 급히 서두르는 쪽은 무언가 하자가 있어 그것이 들통 나기 전에 속히 해치우려는 계산에서 나오는 것이다.

결혼을 해야 한다는 마음이 있으면 급히 서두를 것이 아니라 최소한 1년 정도는 사귀면서 가정과 주위환경, 성격 인간적인 장단점 등에 대해서 세밀하게 파악한 후에 결정할 문제인데도 소개하는 사람들의 말만 듣고 결정하는 것은 경솔하고 미련한 것이다. 여성이 일반적으로 침착하지 못하고 성질이 급하며 신경질적이고 까다로운 성격은 남자에게 쉽게 버림받기 마련이다.

우리가 물건 하나를 사는데도 여러 곳을 다니면서 값과

모양, 용도, 재질 등을 비교해서 고르는데 평생 같이 걸어갈 인생의 반려를 선택하는데 한두 번 보고서 눈에 콩깍지를 씌우고 결정하는 우를 범해서는 아니 된다.

군이 결혼의 시기를 선택하려면 상대가 생겨도 여기저기서 유혹이 있고 인기가 있는 청춘 시절에는 더 좀 인생을 즐기고 나서 인기가 없을 때 탈 탈 골라서 느지막이 결정하는 것도 현명하다는 경험담에 귀를 기울일 만도 하다.

고독을 지불하고 자유를 선택했다

이 시대는 남녀 간에 결혼조건이 까다로워 쉽게 대상을 결정하기 어렵다. 여자의 경우는 남자를 선택하는데 더욱 엄격한 기준이 필요하다. 기본적인 기준은 뚜렷한 직업이 있어야 하고, 성격이 좋고 유머감각도 있어야 하며, 신체적인 조건(건강)이 무엇보다도 우선되어야 한다. 30대 중반 이상은 연하 남성을 좋아하고 2, 30대는 연상의 남자를 원한다.

남자는 여성이 결혼 전에는 미인을 우선했으나 얼굴 예쁜 것은 1년뿐이고 라이프스타일이나 마음씨를 보며 외모, 성격, 직업, 학력, 가정환경을 중요시하나 대화의 상대가 되어야 한다. 이 기준에 맞는 사람을 발견하였을 때는 결혼을 바로 선택해도 그렇지 못할 경우에는 나이 한 살 더 먹기 전에 해야 한다는 강박관념에서 벗어나 느긋하게 더 찾아보라.

구체적으로 이성을 선택하는 기준은,

첫째는 내가 상대를 사랑하는 것 이상으로 나를 진심으로 사랑하는 사람을 선택해야 한다. 대개 부부간에 있어서 여자 측에서 먼저 죽도록 사랑하는 커플은 오래가지를 못한다고들 한다. 그렇게 되는 경우 남자들은 여자에게 빨리 권태를 느끼기 때문이다. 그들은 사회에서 많은 여성들을 만날 기회가 있기 때문에 자기의 여성과 다른 여성을 비교하며 사랑의 이동이 쉽기 때문이다. 예로부터 물건과 여자는 새것이 좋다는 말이 있듯이 남자들은 새로운 것에 시선을 돌리는 본성이 강하다.

둘째는 선천적으로 마음이 착한 사람을 선택하라. 그의 혈육인 부모와 형제간을 모르는 매정한 사람은 근본적으로 인간에 대한 도리를 모르기 때문에 선천적으로 악한 마음의 소유자다. 그래서 여자에게도 일시적으로는 정열적인 사랑을 준다 해도 쉽게 변하기 때문이다.

셋째는 자신의 일에 긍지를 갖고 일이 곧 인생이라는 관념을 갖고 사는 사람이어야 한다. 일에 대해서 책임과 의욕도 없이 억지로 할 수 없어 하는 사람은 마치 형무소의 죄수와 같은 사람과 큰 차이가 없는 사람이므로 생에 대한 희망도 의지도 없는 기계 같은 존재에 지나지 않기 때문이다.

결혼의 상대는 부모님들과 본인이 한 번 정했다 해도 면밀히 파악하여 도저히 아니라는 판단이 되면 아예 출발을 하지 않는 것이 상책이다. 개인의 자유와 의사가 존중되는 현대에서도 부모들이 자신들의 사회적인 출세와 위치 때문에 자식을 정략적으로 이용하는 것은 불을 보듯이 뻔한 불행의 씨앗을 심는 것을 우리는 실제로 보면서 살고 있다.

그러므로 현재의 생활에 큰 불편이 없으면 굳이 낡은 제도에 엉켜 들어 결혼이란 굴레를 쓸 필요 없이 값비싸게 고독을 지불하고 자유를 얻어 혼자 멋지게 사는 방법을 설계하라. 단 노부모에게 경제적인 부담을 주지 말고 같이 살아도 주거비와 생활비는 꼭 지불하여 다른 혈육에게도 떳떳함을 보여주어야 한다.

스크럼족 자녀들보다 미혼자녀들과의 공생이 더 행복

요즈음 노부부들은 자식들에게 사채업자다. 부모들 모시는 것은 절대 불가하다고 하다가도 부자 시아버지에게 자녀들 학자금이나 주택 자금 바라는 것은 당연한 것으로 생각하며 뻔뻔스럽게 아예 결혼조건으로 내세우는 것이 다반사다. 결혼해서 억지로 조금 살고서 나가서 살다가 생활력 없다는 핑계로 다시 두세 식구 기어들어와 부모에 기대어 살려는 연어부부들이 주거비와 생활비 안 들이고 몇 년 동안 독립자금 마련하면 저희들 편한대로 다시 기어나간다.

새로운 형태의 스크럼족들은 친정 근처에 살면서 낮에는 부모에게 제 새끼들 맡기고 보육비 절약하면서도 때때로 돈

뜯어가는 무능한 사위의 영혼 없는 절 받으며 늙어서도 희생 당하고 있다.

부모의 입장에서는 결혼시켜 놓아도 이래저래 자식들의 종노릇 하며 힘겹게 사는 것보다는 독신 아들이나 딸과 동거하는 편이 훨씬 단출하고 부담도 덜하며 마음 또한 편할 수 있다. 그렇게 되면 결혼한 자식들이 두세 식구 발붙일 공간이 없기 때문에 아예 기어들어 오거나 수시로 들러서 손 벌리는 얌체 행동을 자제할 것이기 때문이다.

*스크럼족 & 연어부부 : 결혼하고도 부모의 주위에서 머물며 경제적인 지원을 바라는 자녀 가족들을 가르쳐 말하는 신조어.

청춘열차와 황혼열차의 로맨스

누가 말했다. "사랑은 고통을 해소해 주는 가장 완벽한 진통제"라고.

그러나 진통제라고 해서 우리들 육체와 정신세계에 다 똑같이 달콤한 효력을 주는 것만은 아니다. 순간적인 통증을 해소해주는 위장진통제도 있을 것이고 영원한 행복을 보장해 주는 참 진통제도 있을 것이나 잘 못 복용하면 몸과 마음에 상처만 남기는 독약이 된다는 사실을 모르고 인간들은 함부로 복용한다.

KTX 청춘열차와 새마을호 황혼열차의 낭만

청춘열차에 올라탄 남녀 커플들은 자기들의 사랑은 이 세상에서 가장 아름답고 숭고하며 영원하다고 큰소리치지만 남들의 눈에는 그렇지 않게 비치고 있는데도 한참 열정에 빠지면 눈꺼풀에 가리어 아무것도 보이지 않는다. 그래서 사랑에 도취되어 있을 때는 부모 형제는 물론 가장 친한 친구의 말도 거역하기 때문에 그들만의 외로운 섬에서 허황된 망상의 세계를 달리다 보면 결혼이란 종착역에 도달하기 전에 자신들도 모르게 벼랑길에 서 있을 때야 비로소 정신이 돌아와 밝은 태양의 빛을 쳐다보게 된다.

청춘열차의 사랑은 불처럼 막 피어오르는 강력한 진통제 역할을 하겠지만 황혼열차의 사랑은 거의 타버린 잿더미 속에서 불씨가 살아나 다시 새로운 불을 지피려고 모락모락 내뿜는 로맨스이기에 청춘열차의 젊은 승객들에 비해 위험률도 없어 은은하고 조용한 행복을 누릴 수 있어 경우에 따라서는 진통제의 힘을 빌리지 않아도 된다. 그래서 청춘열차는 젊음이 활활 타오르는 속력 빠른 KTX라면 황혼열차는 천천히 달리는 새마을호와 같기에 열차의 속력도 승객들의 열정도 현격한 차이를 보이게 된다.

비혼자들 중에는 이미 청춘열차에 타서 달려보다가 흥미를 못 느껴 종착역까지 가지 않고 도중에 하차하여 다른 곳으로 갈아타고 그들 나름대로 인생을 즐기는 부류들이 있다. 한편으로는 사랑에 강력한 열정이 없어 아예 처음부터 청춘열차에는 승차를 하지 않고 대중교통이나 승용차를 이용하여 하고 싶은 일과 가고 싶은 곳을 향하여 자유자재로 움직이면서 색다른 인생역정을 이어가고 있는 부류들도 있는 반면에 일부는 황혼열차 예매를 준비하고 있는 측도 있다.

인간에게 사랑의 감정은 청춘이나 노년을 막론하고 누구나 다 본능적으로 내재되어있다. 사랑의 본능을 지닌 인간들에게는 경제적으로나 시간적인 여유가 생기면 본능을 발산할 욕구가 솟구쳐 그것을 소화해야만 살 수 있는 것이 바로 감정의 동물인 것이다. 그래서 매년 황혼이혼도 늘어나는 반면에 새로운 생활을 찾아 사랑의 자격증도 바꾸고 싶은 충동과 욕망에서 좀 더 안락하고 즐거운 황혼열차 티켓 구매가 늘어나게 되는 시대다.

화려한 여성 중노년들과 건강한 남성 노년들

예전에는 사용할 기회가 없어서 사랑의 자격증을 따놓고도 지갑 속에만 넣어가지고 다녔으나 이제는 동네마다 점심까지 먹여주는 경로당은 물론, 체력단련시설, 휴게시설 등도 있다. 또한 구역별로 노인종합복지관이 있어 1천 원~2천 원 하는 점심에다 각종 놀이 및 취미, 운동 시설에서 마음속에 꼭꼭 간직할 사랑의 자격증을 사용할 대상을 구하는 기회가 곳곳마다 노출되어있다. 그래서 그런지 노인복지관에 출입하는 중 노년 여성들의 패션과 얼굴의 페인트공사도 젊은 여성들 못지않게 점점 화려해지고 있으며 요즈음은 젊은 여성들보다 중 노년 여성들의 성형수술이 더 많다고 한다.

여성의 수명이 남성보다 7~8세가 길어져 노령 층의 모임에도 판을 치는 측은 여성들이고 남성들은 주눅이 들어 젊은 날의 그 날렵했던 기개는 다 어디에다 던져 버렸는지! 더구나 반쪽 날개까지 떨어진 남성 황혼들의 초라한 모습은 때로는 측은할 정도까지 되어버린 시대다.

2014년부터는 경제 수준이 약한 65세 이상 노령층 70%에게 어느 효자 못지않게 날자 한번 넘기지 않고 기초노령연금이 통장으로 쏙쏙 들어오고 도시 전철은 무료로 승차하여 교통비도 들지 않는다. 예전처럼 자식들에게 아쉽게 손 벌리지 않아도 간단한 식사나 여행을 다닐 때 기분 좋게 배추 잎이나 신사임당을 척척 내고 뽐내며 노년층이 새로운 활기를 찾고 있다.

2013년 9월 어느 대학교수가 예비 노인(55세~64세)즉 준고령자를 대상으로 성공적 노화요소와 신체적 정신적 경제적 사회적 노후준비 및 삶의 만족도에 대하여 조사를 한 결과 남성 준고령자가 여성 준고령자보다 삶의 만족도 및 신체건강과 심리 건강도가 더 높았다. 한편 노후준비에 신체적 경제적인 면은 남성이, 사회적인 것은 여성이 더 잘 되어 있으며 질병은 여성 준고령자가 53.8%로 남성 준고령자(22.21%)보다 더 많은데도 수명은 여성이 훨씬 길다.

내 주위의 아주 가까운 비혼녀들이 상처한 중년의 신사들에게 사랑의 자격증을 팔은 50대 여성들 3명의 결혼생활에서 남편이 본처에게 베풀지 못한 후회를 거울삼아 워숙한 중년의 사랑을 다 주기 때문에 행복한 생활을 하고 있는 것을 보면서 한번 실패한 경험이 인생을 더 성숙하게 만든다는 것을 새삼스럽게 느꼈다. 그녀들은 더 늙어서 황혼열차나 타게 될까 싶어 미리 봉황새 품으로 날아들었다. 그녀들은 인간 생명을 생산하지 않았기 때문에 아직도 싱글 기분으로 비혼 친구들과 만나는 것에 더 기회를 많이 갖으면서 조바심 없이 여생을 보내겠다면서 늦게나마 몸과 마음이 넉넉한 상태에서 새로운 도전을 시작한 것이다.

나의 오빠는 평생 교직에 몸담았다가 70대에 올케언니를 먼저 보냈으나 부인 생전 4년간 병수발 하는 동안에 요리와 살림살이 요령을 다 익혀서 남성 노인치고는 언제나 집안이고 자신의 옷차림도 깔끔한 모습이다. 혼자서도 식탁의 반찬을 10여 가지 씩이나 해놓고 외식을 하면 밥을 제대로 먹지 못하지만 집에서 손수 해먹는 밥은 언제나 꿀맛이어서 지금은 80대 중반인데도 건강 연령은 60대 못지않다. 그런가 하면 오빠의 주위 친구들이나 내 주위의 친척 중에서도 세탁하나 반찬 한 가지도 하지 못하는 생활 무능력자들은 혼자된 후 파출부를 두었다가 아예 동거하는 사람들도 여럿 보았다. 그들은 사랑으로 맺어진 것이 아니라 주종관계로 있다가 한쪽을 허술한 황혼열차에 억지로 올라 태웠기 때문에 별로 아름다운 로맨스는 아니다.

자녀들이 서둘러서 부모의 황혼열차 티켓을 구입해 주는 시대

　나는 오빠와 전화를 할 때마다 ○○여사에게 잘해주고 자주 만나서 멋진 로맨스를 엮으라고 구체적인 방법까지 알려준다. 올케언니가 병석에 있을 때 같은 교회 신도로서 때때로 자원간병을 해주던 전직 교사 출신으로 동네 경로당에서 만나 사랑의 싹을 키웠다. 자녀들이 다 잘되어서 경제적으로 아쉬움이 없는 처지이기에 오빠가 남자로서 특별히 경제적인 부담을 하는 것도 자존심 상하게 생각하여 1주일에 한 두 번 하는 데이트비용도 친구처럼 서로 교대해서 부담하는 건전한 사랑을 하고 있다. 내가 몸이 아플 때는 간병해주는 사람이 없어 오빠가 심히 걱정을 하지만 나는 오빠에 대해서는 가까이서 황혼열차의 티켓을 잘 이용하며 정을 교류하는 연인이 있다는 것에 든든하고 안심이 되기 때문에 그분의 존재가 무척이나 고맙게 생각된다.

　중학교 동기동창인 남자친구가 지방에서 고급공무원으로 퇴직 후에 부인을 떠나보내고 서울 아들 집에 왔다가 전화를 했는데 한 달 전에 소식을 듣고 위로를 해주려던 차였기에 다른 일 다 제쳐 놓고 달려 나가서 만났다. 그는 첫 마디에 "아내 없는 세상이 이렇게 황량하고 모든 게 불편하기 한이 없어 도저히 혼자 살아갈 용기가 없다" 는 것이다. 남자들은 여자가 없어봐야 그 빈자리가 얼마나 큰지 실감하게 된다. 그래서 한번 실패하면 후처에게 푹 빠지지 않는 남자가 없다는 것이다. 나는 오빠의 경험을 알기 때문에 정신적인 안정을 얻기 위해서는 하루속히 이미 간 사람은 잊어버리고 새로운 황혼열차표를 끊어서 데이트상대를 구하는 것이 상책이라 간곡히 알려주었다.

젊은 며느리들이 시부모 두 분이 오붓하게 살고 있다가 한쪽이 먼저 떠나게 되었을 때 홀로된 시아버지를 한 집에 모시기는 너무 거북스럽고 불편해서 강제로라도 황혼 로맨스 열차에 태우는 것이 자식의 입장에서 숙제를 해결하기 때문에 며느리가 서둘러서 시아버지 여성친구를 소개하는 경우가 상당히 있다.

심사숙고해야 할 황혼열차 종착역

비혼자들의 경우에는 사랑과 결혼을 분리해서 살았기 때문에 가정이란 사랑의 종착역을 크게 동경하지 않았다. 하지만 남자들은 노후에는 일상생활의 불편과 외로움을 견디기 힘들어 늦게라도 짝을 찾아 황혼의 로맨스에 빠지는 경우가 많다. 이에 비해 여성 비혼자들은 늙으면 내 몸 하나 간수하기도 힘겨운데 한쪽을 더 보탤 필요가 뭐 있느냐? 는 생각에서 현상대로 삶을 유지하려 하지만 돌싱들은 딸린 가족이 없기 때문에 남자 쪽에서 사랑의 손길을 먼저 내밀게 되면 이성의 품이 그리워 황혼열차표에 은근히 매력을 느끼게 되어 쉽게 동승할 수도 있다.

젊은 사람들이나 나이 든 사람들 공히 자신들의 이성 교제에 대해서 처음부터 공개하지 않고 소문이 모락모락 피어나 어느 단계에 가서 작은 불꽃 정도가 튀어 오를 무렵에야 솔직하게 터놓는다. 그런데 청춘열차보다 황혼열차가 더 급속도로 진행되는 경우도 있다. 가까운 내 친척 중에도 부인이 몸이 불편하여 파출부로 출입하는 젊은 여성에게 일찍부터 마음을 두었던 것 같다. 남자들은 부인이 죽으면 '화장실에 들어가서 혼자 웃는다' 는 말이 있듯이 우선은 집안일 봐주는 조카가 있는데도 장례 치르고 나서 바로 매일 오는 파출부를 들이겠다고 하는 말에 속이 뻔히 드러나는 모습을 볼 수 있었다.

최근에는 황혼 이혼과 재혼의 비율이 비슷하게 나타나고 있으며. 2013년부터는 황혼 이혼이 청춘이혼을 넘어섰다고 한다. 따라서 전보다 황혼 재혼도 늘어나 재혼을 가리켜 황혼 죄혼이란 말도 떠돈다. 남자의 경우 생전에 부인이 모든 것을 불편 없이 다 해주다 갑자기 혼자가 되면 외로움보다는 일상생활이 너무 불편해서 앞 뒤 가리지 않고 자식들의 동의도 없이 재혼한 가정은 부작용이 많다. 서로 배우자의 자녀들과의 경제적인 것과 칭호 문제로 빚어지는 갈등을 비롯하여 남자의 가족으로서 입적문제는 사후의 재산상속 때문에 가장 큰 불화의 원인이 되어 자녀들에게 죄혼의 낙인을 받게되어 자식들과의 혈육관계마저 끊어버리는 불행을 초래하게도 된다. 그러므로 황혼 재혼의 경우에는 1년 정도 교제를 하면서 가족관계 건강상태 재산 문제를 확인한 후에 결합하는 것이 현명한 일이다.

　요즈음 대도시나 중소도시 등 지역마다 설치되어있는 노인복지관은 로맨스의 메카로 불리며 서로 같은 취미 활동을 하다가 정이 들어 아예 공개적으로 사랑을 나누다가 헤어지게 될 경우에는 복지관 출입도 끊게 되어 중·노년에 사랑의 상처를 받기도 한다.

　우리나라의 성형외과병원이 서울 강남에 75%가 있으며 여기에 중·노년의 여성이 청·장년여성보다 성형수술 비율이 더 높다는 통계는 참으로 놀라운 사회현상으로 나이 들어 발산되는 사랑의 정열과 아름다움에 대한 욕망을 누가 막을까!

싱글 보다 더블이 더 심한 우울증에

세계적인 유명인도 한때 우울증에 시달려

인간은 누구나 태어날 때부터 외로움을 안고 태어난다. 가족이 있는 사람이나 혼자 사는 사람도 정신적인 황폐는 성격에 따라 차이가 있으나 먹고사는데 여념이 없어 살기가 힘겹고 어려운 사람에게는 외로울 틈도 없다. 오히려 경제적인 여유와 시간적인 여유를 누리는 사람 중에서 더 심한 외로움과 더불어 심하면 우울증으로 비약한다.

싱글의 경우 낮 시간은 일과 취미생활, 친구와의 만남 등 다양한 활동 덕분에 바쁜 시간을 보내다가 밤이 되면 좋으나 나쁘나 둥지로 들어가는 것은 자연적인 현상이다. 반겨주는 사람 없는 불 꺼진 텅 빈 둥지는 날씨가 춥거나 칙칙할 때는 온몸에 싸늘한 공기가 스며들어 더욱 외로움이 엄습해 온다. 그래서 어떤 싱글은 아침에 집을 나갈 때 따뜻한 느낌을 주는 주황색 전기등을 켜놓고 외출을 하기도 한다.

대화와 스킨십이 없는 썰렁한 집에 애견이나 고양이 새 등을 키우면 집 현관문이 열림과 동시에 뛰어 달려와 온갖 재롱을 부리는 생명이 외로움을 달래준다. 그래서 애완동물을 유일한 가족으로 키우고 싶지만 장기간 외출을 할 때는 데리고 가지 않으면 동물병원에 맡겨야 하는 불편이 있어 선뜻 선택하기도 쉽지 않다.

우울증은 약물이나 다른 사람의 조언이나 협조로 치유하기 힘들지만 처음 발생했을 때 1년 정도 잘 치유하면 대부분이 호전된다고 한다. 그런데 오직 자신의 마음과 노력으로 치유가 가능하기 때문에 수술이나 약물로 치유할 수 있는 신체적인 질병보다 훨씬 어렵다. 우울증이 극심하면 갑자기 숨이 막혀 질식할 것 같은 상태까지 되어 산소호흡기에 의존하여 병원으로 실려 가는 사람을 보았다.

우울증은 누구나 걸릴 수 있는 질병으로 특히 혼자 사는 사람이 그 가능성이 높다고 하나 이는 옛날이었고 현대에는 가정주부나 더블이 더 높다는 통계가 나왔다.

세계적인 정치지도자였던 대영제국의 처칠 수상이나 미국의 에브러험 링컨 대통령도 한때 우울증에 걸려 홍역을 치렀다고 한다. 또한 유명한 영국의 여류작가인 〈버지니아울프〉도 심한 우울증에 걸려 시달린 경험이 있었다. 그의 대표작인 세계문학 전집 〈자기만의 방〉에서 '인생이란 하나의 꿈이다. 꿈에서 깨어나면 파멸되는 것이다. 사랑에 빠진 남성은 자신의 사랑이 상승하는가, 침체하는가, 행복한가, 불행한가,

에 따라서 여성을 보기 때문이다'고 주장했다.

사회적 동물인 인간에게는 행복과 불행이 상대적 조건에 의해서 좌우되기도 한다. 현재 나의 삶이 전에 비해 절대적으로 나아졌다 해도 주위의 다른 사람과 비교할 때 뒤처졌다 싶으면 상대적인 빈곤을 느끼게 되어 스트레스와 불행감에 빠지게 된다. 이 같은 시달림이 오래 지속되어 심하면 우울증으로 번지게 된다.

우울증은 의기침체로 모든 것에 대한 의욕은 물론 적극성이나 활동적인 것이 사라지는 정신적·신체적인 증상으로 항상 피곤하고 무기력하며 재미도 없고 사람을 만나고 싶지 않고 만나도 즐거움을 모른다.

고려대 안암병원의 발표에 의하면 우울증의 자가 테스트는
*이유 없이 슬퍼진다.
*앞날에 대한 희망이 없고 비관적이다.
*일상생활에 만족하지 않고 불만이다.
*특별히 죄지은 것도 없는 데 죄책감을 느낀다.
*자신이 뭘 잘못해서 벌을 받고 있다는 생각이 들 때가 많다.
*다른 사람보다 자기 스스로가 못하다고 생각한다.
*자살을 생각해 본 적이 있다.
*평소보다 우는 일도 많아졌다.
*화를 잘 낸다.
*다른 사람들에게 관심이 없다.

*잠자리에서 잠들지를 못한다.

*쉽게 피로를 느낀다.

*식욕이 떨어진다.

*이유 없이 살이 빠진다.

*건강에 자신이 없다.

*성생활에 관심을 잃었다.

위의 문항에서 *항상 그렇다: 3점. *자주 그렇다: 2점. *그렇지 않다: 1점.

　1) 21점~30점은 우울 상태를 벗어나는 적극적인 노력이 필요하고 전문가와의 상담이 필요하다.

　2) 31점~45점은 심각한 우울 상태이니 즉시 전문가와의 상담 대책이 필요하다.

삶의 환경 때문에 더블이 더 많은 우울증에

　마음의 감기라고도 하는 우울증은 독신자나 주부의 경우 명절 때와 집안의 애경사로 많은 사람을 만났거나 벅찬 일에 몸과 마음이 지쳐 있을 때, 신나고 화려한 여행지에서 돌아왔을 때, 큰일을 치르고 난 후에 몹시 허탈하여 많이 걸린다고 한다.

　가정주부의 경우 자식들은 다 키워 둥지에서 떠나보내고

외부의 활동에 바빠 집은 숙박업소에 불과한 남편에게 향하는 사랑에 갈증을 느껴 '세상이 넓다 해도 나 혼자뿐이다'는 외로움에 몸부림치는 밤이 계속되어 자살 충동까지 일으키기도 한다.

남자의 경우 정년퇴직하거나 어떤 사정이 있어 일찍 일에서 손을 놓고 할 일 없이 집에서 소일할 때 아내나 자식들의 냉정한 시선이 매일 매일의 생활에 권태를 느끼기 시작하여 심한 우울증에 빠지게 된다. 과거에 좋은 직장에 있던 사람일수록 더욱 인생에 회의를 느끼고 삶의 의미를 잃게 되면서 갑자기 건강도 악화되고 혼자 고립감에 빠지게 된다.

친구의 오빠는 평소 성격이 원만하고 가족이나 친척 간에도 친화감이 있어 퇴직 후 몇 년간 같이 사는 부인도 전혀 눈치를 알아채지 못하였다. 경찰 고위간부로 퇴직하여 매달 살만큼 연금도 꼬박꼬박 나오니까 경제적인 면이나 자녀들도 잘되어 아무 걱정 없이 노후를 잘 지낼 수 있는데도 갑자기 행방불명이 되어 온 가족에게 비상이 걸렸다. 가족들은 혼자 바람 쏘이려 잠시 하루 이틀 여행을 떠난 줄로만 생각했는데 엉뚱한 장소에서 물 위에 시신이 떠올라 발견한 것이다. 사후에 일기장이나 가끔 몇 자씩 적어 놓은 문장에서 우울증의 흔적을 볼 수 있었으나 짧은 시일도 아닌 상당한 기간 동안 가족들에겐 말도 안 하고 혼자서 괴로워한 것 같았다. 그러면서도 생전에 주위 사람들에게 전혀 표현을 하지 않았는데 자신의 내면에는 쌓이고 쌓였던 것이 어느 날 순간적으로 자살의 추동을 일으킨 것 같다.

싱글의 경우는 처음부터 외롭게 살아와서 면역성이 강해 졌기에 어지간한 고립감에는 잘 견딘다. 그러나 중 노년 더 블의 경우 결혼한 상대와 자녀들에게 걸었던 기대가 크면 클 수록 비례해서 실망과 충격도 클 수밖에 없다. 큰일이 아닌 데도 혼자 생각으로 확대 해석하고 사실 이상으로 오해를 하 기 때문에 견딜 수 없는 배신감이 나 소외감 속에 자신의 신 상을 볶아대어 사실 이상으로 마음의 상처를 받게 된다.

40대 초반의 골드미스가 결혼 1년 만에 우울증 환자가 된 사연

30대 국회의원비서관 시절에 출입하던 정부부처에 근무 하던 골드미스가 40대에 상처한 50대의 한 의사와 사랑의 싹을 지폈다. 처음 프로포즈를 받고 나서 데이트를 하는데 자신이 마치 창공의 구름을 타고 하늘을 날아다니는 신데렐 라처럼 마음이 부풀었다. 장년 시절에 만난 늦깎이 사랑에 푹 빠져 급속도로 진행된 열정으로 몇 개월 만에 결혼을 했 다. 결혼식 날 예식장 신부 대기실에서 내게 하는 말이 "김 선생! 어쩌는가 보려고 한번 해 보는 거요"라고 하는데 농 담인지 진담인지 잘 이해를 못 했다. 그의 소개로 알게 된 중앙부처의 현직 고급공무원인 선배와 같이 신혼집에 초청을 받아 갔더니 남편은 퍽이나 친절하고 인간적이며 자세한 신사 타입의 미남이었다. 시종일관 더블생활의 핑크빛 행복감에 취해서 내게 결혼을 강력히 권하며 헤어질 때 택시를 기다리고 서 있는 동안에도 같이 간 선배에게 "김 선생 시집보내는데 공동작전하자"고 제의를 하던 적극성에 '정말 남자를 만나서 사는 것이 그렇게 좋은가?' 하고 '긍정 반 부정반'의 깊은 생각에 사로잡혔다.

그런데 1년쯤 지난 어느 날 갑자기 울먹이는 그의 전화를 받았다. 남편이 위암으로 세상을 떠나는 엄청난 충격을 받고 죽지 못해 살면서 혼자 빈 둥지를 지키고 있다는 것이다. 일류대학을 나와 남들이 부러워하는 중앙부서 공무원 간부직에서 골드미스로 있다가 사랑 찾아 들어간 둥지에서 하루아침에 날벼락을 맞아 돌싱이 된 것이다.

결혼 1년 만에 남편을 보낸 죄책감에서 아무에게도 자신의 불행을 알리고 싶지 않다는 것이다. 화려한 핑크빛 사랑 속에 1년간을 어떻게 보냈는지 그 행복했던 추억은 다 거품이 되어 사라져 버리고 빈 둥지 증후군까지 밀려와 밤이면 공포감과 불안에 떨어야 했다. 눈만 뜨면 세상의 모든 것이 보기 싫고 자신은 꼭 죽을 것만 같아 매일 매일의 생활이 마치 지옥 같기만 하여 죽을 방법만 생각하는 심한 우울증에 시달려야 했다.

친한 친구와 취미·특기 활동 및 관광여행 등으로 치료

특별히 외적인 원인도 없는데 내성적인 중년 여성들이 생활의 한가한 틈에 밤늦도록 초조하게 남편의 귀가시간을 기다려야 하는 동안 혼자 별의별 망상을 다 하면서 계속 쌓이는 외로움이 급기야는 우울증으로 비약하기도 한다. 때론 경제문제와 남편과 시댁 친척들과의 갈등으로 자신을 컨트롤 할 수 없어 정상적인 정신 상태를 벗어나면 유명한 정신과 병원을 다 헌팅하고도 뾰족한 길이 없을 경우 온 가족이 불행의 늪에 빠지게 된다. 그래서 인구비례로 싱글 여성 보다 더블여성이 더 많지만 이를 감안하더라도 정신과 병원 환자중에 더블이 싱글보다 더 많다. 이는 삶의 형태와 환경이 우울증 환자의 발생을 좌우하는 것으로도 볼 수 있다.

환절기에 대기 온도가 싸늘할 때 옷 속으로 찬 공기가 스며들 때나 괜히 마음이 울적할 때는 귀여운 아이들의 웃는 사진을 보거나 집안 대청소 혹은 옷장 및 살림살이 정리를 해도 마음이 좀 풀린다고 한다. 또한 친한 친구에게 전화를 걸어 보기 싫은 사람의 흉을 보며 마음을 다 털어놓기도 하고 주위에서 일어나는 통쾌한 소재의 대화로 실컷 떠들어대면 한결 마음이 트여 정신건강에 효과적이다.

전문가의 말을 빌리면 우울증에 걸렸을 때 유익한 음식으로는 초콜렛을 먹으면 기분이 좋아지는 세로토닌을 만들어내기 때문에 치료에 좋다고 하는데 소화 장애가 있는 사람은 도움이 안 된다. 상추는 비타민 A, B와 철분 칼슘 필수 아미노산이 많이 함유되어 있어 변비 두통에 효과가 있어 기분을 전환시키며, 닭고기도 식욕을 돕는 아미노산 성분이 풍부하여 식사를 잘하면 정신건강에 유익하다.

집에 혼자 있는 시간을 피하고 마음에 맞는 친구들과 어울려 며칠간이라도 여행을 다녀오면 한결 마음이 명랑해진다. 또한 먹고 싶은 음식도 실컷 먹은 후 백화점이나 시장에 아이쇼핑도하고 재미있는 영화나 연극을 감상하는 등 다방면으로 그 속에 몰입해 보기도 하여 어떤 방법이 가장 효과가 있는지 체험해보고서 좋은 방법을 선택하여 계속하면서 스스로 마음을 다스려 치유하는 것이 효과적이다.

우리네 가정의 고질적인 병폐, 고부 갈등!

상대에 대한 근본적인 이해의 부족이 갈등의 요인

결혼은 두 사람이 아니라 여섯 사람이 하는 것이다. 여섯 사람이란 당사자인 두 남녀는 물론 남자의 부모와 여자의 부모를 합친 숫자를 말하는데 오래전에 TV에서본 영화 〈스토리 오브 어스〉에서 여섯 명이 한 침대위에 나란히 앉아 각자 다른 의견을 열심히 토로하는 장면에서 영화를 감상하는 동안 갖가지 생각을 갖게 했다.

2000년도 11월에 있었던 미국의 대통령 선거 때 당시 민주당의 '고어' 후보와 공화당의 '부시' 후보가 막상막하의 차이로 선거결과를 예측할 수 없는 대격전을 벌이고 있을 때 항간에 유행되었던 재미있는 말이 기억된다.

〈고부싸움은 우리나라에만 있는 줄 알았는데 개인의 인권과 노인의 복지가 잘된 미국에서도 고부싸움이 절정을 이루고 있다〉라고 한 것은 고어와 부시의 첫 글자를 따서 우리

네 가정의 고질적인 병폐인 시어머니와 며느리 싸움을 풍자한 말이었다.

'안방에 가면 시어머니의 말이 옳고 주방에 가면 며느리 말이 옳다'는 것은 고부싸움의 상징이 되었다. 옛날 우리 어머니들은 가부장적 사상의 틀 속에 2·3대가 한 지붕 아래에 사는 것을 가족이라 여겨왔기에 시어머니와 며느리의 갈등은 집집마다 가정불화의 불씨와 활화산의 원인이 되기가 일수였다.

오늘날은 여성의 사회진출과 핵가족화의 현상으로 가족이라는 개념이 부부와 직계자녀로만 인식되어가고 있는 것이 사회추세로 시집살이는 며느리에게만 존재하는 것이 아니라 오히려 시어머니가 며느리 시집살이를 하는 시대로 바뀌었다. 시어머니가 아들집에 예고 없이 갔다가 푸대접을 받기도 하고 아들이 좋아하는 엄마 손맛의 김치를 정성스럽게 준비하여 아들집에 가지고 가서도 며느리가 집에 있을 때에는 아파트 경비실에 맡겨 놓고 전화로 연락만 하고 되돌아가는 것이 좋은 시어머니의 표본이 되고 있다.

고부싸움은 사소한 일에도 근본적으로 서로 상대에 대한 근본적인 이해가 부족하여 영원히 지속되고 있는 것이다. 그래서 며느리들 사이에서는 시자로 시작되는 시금치나 시래기도 먹지 않으려 하고서 '시어머니 꾸중 새, 시누이 하나 뾰족 새, 남편 하나 미련 새, 자식 하나 우는 새, 나 하나만 썩는 새, 시집살이 개집 살이'라고까지 표현하고 있다. 시집간 시누이나 시집 안 간 노처녀 시누이는 시어머니보다 한술 더 떠서 저희 엄마를 부추겨 뒤에서는 갖은 연극을 다 하면서도 겉으로는 시치미를 뚝 떼면서 저희 오빠나 남동생을 구슬린다.

시어머니는 결혼한 아들을 일컬어 '그대는 희미한 옛사랑의 그림자. 며느리는 아무래도 내 사랑은 아니야!, 딸은 그대는 변함없는 내 사랑, 남편은 아직도 그대는 내 사랑' 이라고 외쳐댄다.

시어머니 친구들이 모여 건배하면서 "9988 234"〈99세까지 팔팔하게 살다가 2일 동안만 병원에 입원했다가 3일 만에 죽는 것〉를 외치는 것을 듣고서 며느리 왈 "택시"〈택도 없다 시〉로 응대한다는 것을 보면 겉으로는 서로가 흥흥하지만 마음속 깊숙이에는 은근히 전운이 흐르고 있다는 증거다.

비가 왔을 때는 우산을 썼지만 비가 개이고 햇빛이 밝게 비추는데도 우산을 걷지 못하는 것과 같은 마음의 상태가 계속되기 때문에 서로 심한 상처를 받으면 그 앙금이 오래도록 가슴속에 남아있는 것이다.

아무리 서로 좋아도 친딸과 친어머니와는 같지 않아

시어머니가 아무리 잘 해주어도 며느리에게는 '친정어머니와 친딸 사이 같지는 아니다' 는 것이다. 친정어머니가 딸

네 집에 갔을 때 사위가 딸을 도와주면 고맙고 기쁘게 생각하여 입이 마르게 면전에서 칭찬을 한다. 하지만 시어머니 입장으로 아들집에 갔을 때 며느리를 잘 도와주는 아들에 대해서는 힘들고 안타깝게만 생각하여 만류하는 모습에서 시어머니의 이기적인 속셈이 여실히 드러나는 것이다.

시어머니를 박쥐어머니라고도 한다. 박쥐처럼 며느리 앞에서는 아들을 따돌리며 며느리 편에 서 있다가 아들이 들어오면 아들 편에 서서 며느리 험담을 하며 부부싸움을 부추기는 시어머니를 일컬어 붙인 말이다.

유명스타 엄앵란 씨는 텔레비전에 나와서 하는 말이 퍽이나 이색적으로 들렸다. 그녀는 아들이 결혼하면 즉시 분가시켜서 아예 남남으로 생각하고 살기 때문에 부딪치는 기회가 적어 고부갈등의 요인을 처음부터 차단해버린다는 것이다. 손자손녀들이 보고 싶어도 오라고 전화를 하는 경우도 없어 어쩌다 아들 며느리가 애들을 데리고 집에 오면 "누구세요? 어데서 오셨어요?"라고 남 대하듯 한다는 것은 실제가 아니라 해도 그 정도로 결혼하면 내 아들이 아니라 며느리의 남편이라고 생각하는 것이 현명한 처사 같기도 하다.

어느 날 TV에서 84세의 시어머니와 62세의 며느리가 40년을 같이 살면서 친딸과 친엄마처럼 살아온 고부지간을 보았다. 시어머니는 못마땅한 일이 있어도 항상 참으면서 밖으로 말을 내놓지 않으며 며느리가 젊은 시적 직장생활을 할 때 매일 따뜻한 점심 도시락을 싸서 가져다주었다고 한다.

며느리는 38년 동안 시어머니의 건강을 위해 1주일에 1~2회씩 찜질방 출입을 동반하는가 하면 40년 동안을 오후 집에 들어올 때는 하루도 빠짐없이 붕어빵을 사다 시어머니를 즐겁게 해주는 고부지간의 모습을 보았을 때 참으로 신선하고 아름다웠다.

마마보이는 고부갈등의 1순위, 효자 아들은 갈등의 조정자

일류 건축사인 중학교 남자친구의 어머니는 90세가 넘어서까지 집안 살림도 해주고 가정에서 후손들에게 도움을 주면서 건강하게 생존하였다. 휴일이면 나들이를 좋아하는 어머니만 모시고 외출하는 남편에게 그의 부인의 입장으로서는 처자식에게 소홀히 대한다고 불평하고 싶지만 교회에 가서 기도로서 해소하고 혼자 속으로만 섭섭함을 달랬다는 것이다. 시어머니가 돌아가신 후에도 아침밥을 거르는 일이 있더라도 3년간을 아침저녁 하루도 빠짐없이 어머니 영정방에 들려서 인사를 하는 효자 남편에게 부인으로서는 마냥 기분 좋게만 대할 수는 없었을 것이다. 그녀가 처음 유방암 수술을 하고 입원 중인 병실에 위문 가서 나의 첫 번째 작품 〈독신! 그 무한한 자유〉를 주니까 책을 대충 들춰보고 나서 자기 인생사도 시어머니와의 관계를 책으로 펴내면 한 권 이상의 자료로서 충분하다는 넋두리를 늘어놓기도 했다.

그녀가 지성인이기에 일일이 말로 표현하지 않았으나 의료인인데도 유방암을 세 번이나 수술했던 아내로서 남편에 대해서 항상 만족할 수는 없었을 것이다. 가끔 남편과 함께 만나기도 했지만 두 내외 중 한사람이 자리를 비운 사이라도 서로 칭찬만 했지 불만을 털어놓는 것은 한 번도 보지 못했다. 그녀야말로 다음 며느리 중 세 번째 해당하는 지혜로운 며느리가 아닐까 한다.

첫째, 예쁜 며느리가 들어오면 3개월 행복하고, 둘째, 착한 며느리가 들어오면 3년이 행복하고, 셋째, 지혜로운 며느리가 들어오면 3대가 행복하다 는 말이 있다.

마마보이는 무조건 시어머니와 한 편이 되어 고부갈등을 유발하는 요인의 1순위가 되고 있으나 효자 아들은 인간의 도리를 잘 지키는 사람이므로 가정에는 성실한 가장이므로 며느리의 입장에서 폭넓게 이해하면 고부갈등에 크게 영향을 미치지는 않는다고 생각한다.

효자 아들은 아내와 어머니 사이에서 샌드위치가 되어 인생을 고달프게 살 수도 있다고 하지만 길게 보면 그것도 아니다. 아내와 어머니가 말다툼을 하거나 냉전이 벌어질 때는 대부분의 남편들이 한 쪽의 입장을 비호하는 데서 오히려 문제가 발생 할 수도 있다. 이럴 때는 불만이 있는 쪽의 말을 경청하여 위로를 시켜주는 것이 현명한 처세다. 명절 때 아내가 과로하여 힘이 들 것 같으면 진심으로 수고했다고 표현을 할 것이며, 어머니에게도 평소 효자 아들로서의 인정을

받기 때문에 부모의 입장을 충분히 이해한다는 것을 잘 표현
해야 한다.

나의 집 아래층에 사는 활달한 60대 초반의 여성은 항상
명랑하며 얼굴이 맑고 아름다워서 젊어서부터 별 고생 없이
인생역정을 겪어온 줄로 알았다. 그런데 어느 날 저녁에 만
난 그녀는 90대 시어머니 장례식을 치렀다고 하면서 한 시름
놓았다는 표정이다. 그도 젊었을 때 시어머니만 집에 왔다
하면 원인을 모르는 병이 돌아 가슴속에서 시뻘건 피를 토하
고 나면 반죽음이 된다. 그런데 그의 시어머니는 아들집에
와서 20대 초반의 어린 며느리의 그 고통스러운 장면을 목격
하고도 별로 놀라는 기색도 없이 남의 며느리 대하듯 했다는
것은 목석같이 몰인정한 사람이다.

시어머니도 며느리도 없는 행복한 싱글 여성들

효자는 일상생활을 아내나 자녀들에게보다 부모를 우선
순위로 여기며 살기 때문에 아내의 입장에서 보면 때로는 야
속한 생각이 들기도 하지만 인간의 근본을 아는 사람은 심리
적으로 악한 행동은 하지 못한다. 그렇기에 부모 앞에서 아
내에게 폭력을 휘두르거나 가장으로서 본분을 저버리는 부도
덕한 행위는 하지 않는다. 때로 아내와 부모 사이를 원만하
게 이끌어나가려면 생각도 많고 스트레스를 받기 때문에 시

간과 돈이 있을 때는 일시적으로 외도는 할지언정 그것도 부모 때문에 양심상 장기간 계속하지는 못한다.

비혼과 돌싱들이여!

그대들은 결혼하지 않고 편하게 사니까 고부싸움에서 제외된 인생이라고 강 건너 불처럼 방관하지 말라! 때리는 시어머니보다 가면을 쓰고 말리는 시누이가 더 밉다. 마음씨 나쁜 노처녀 시누이! 저도 시집가서 한번 당해봐야지! 하고 원망의 대상이 되지 말기를!

어머니와 올케들 사이를 평화스럽게 왕래하면서 고부싸움의 중재자로서 인간적인 시누이 역할에 한몫을 하면서 가정의 행복에 기여하는 아름답고 멋이 넘치는 참된 싱글의 표본이 되어라!

TV에 출연해서 고부관계에 대하여 강의를 하던 이름 있는 강사는 이 세상에서 가장 행복한 여성은 〈성모 마리아〉와 〈이브〉라고 했다. 이유는 성모 마리아는 며느리가 없고 이브는 시어머니가 없어서였다는 것이다.

Ⅴ＊다시 태어나도 이 길을

정의와 양심의 동행이 당당한 삶을!

진실한 사랑을 동반하는 것이 참된 정의다

2010년대에 들어서 우리의 젊은이들 사이에 미국 하버드대학 마이클 샌덜 교수의 '정의란 무엇인가'가 계속 베스트셀러가 되어 처음 번역본이 나왔을 때 1개월 만에 30만 권이 팔리기도 했었다. 정의란 쉽게 말하면 옳은 것이다. 이 책이 인기가 있는 것은 정의감에 불타고 있는 젊은이들이 그만큼 정의에 목말랐기 때문이다. 세상이 거꾸로 돌아가 올바르게 사는 사람이 행복해야 하는데 오히려 부정과 불의가 온통 세상에 판을 치고 있어 정의와 양심이 무너져 내려 눈에 보이지 않으니까 그게 보고 싶어서 더욱 갈구하게 되는 것이다.

2008년 이명박 정부의 고위관리들의 청문회 이후 유행된 말 중에 강부자, 강금실이란 유명 탤런트와 법조인인 여성들의 이름이 매스컴에 오르내렸던 것은 그들이 장관직이나 고위직에 올랐던 것이 아니고 강남의 부자. 강남의 금싸라기 땅의 실소유주란 것을 의미하는 유행어였다.

국가의 최대 도덕적 덕목은 바로 '정의' 가 되어야 하는데도 소위 새 정부라고 요란한 구호를 외치며 들어선 정부의 장·차관 등 국가 기관 고위 공직자들의 인사청문회의 결과를 보면 청문회에 등장한 인사 중 역대에 걸쳐 부도덕 부적격 인사가 가장 많았고, 청문회 전 혹은 청문회 도중과 청문회 후의 최단 기간 내에 가장 많은 인사가 정식으로 말을 타보지도 못하고 연습으로 타보는 기간에 떨어져 버린 것은 너무도 불행하고 슬픈 역사의 현실이다.

사람이라는 동물은 본래 물질에 욕심이 강하지만 그 사람의 성장과정이나 환경 여하에 따라 좋은 품성으로 인격을 형성한 사람은 양심과 이성으로써 물질의 유혹을 억제하고 조정함으로써 정의를 지킬 수 있다. 그러므로 정의는 반드시 진실한 사랑을 동반함으로써 제대로 빛을 발할 수 있으며, 진실한 사랑 역시 정의를 동반해야 만이 순수하고 영원할 수 있는 것이다.

정의와 양심은 때로는 찢기고 짓밟히고 할큄을 당하지만 훗날에는 반드시 은빛처럼 반짝반짝 빛이 나며. 작열하는 태양처럼 뜨겁고 힘찬 미래를 맞이할 수 있기 때문에 몸과 마음에 상처를 받으면서도 정의의 깃발아래 스스로 모여드는 많은 양심들을 발견하게 된다.

정의와 불의가 맞붙을 때는 총칼 없는 전쟁터

바르게 살아가는 길은 인간의 기본적인 행보의 나침판이다. 그런데도 가다가 뒤틀리고 넘어지며 시련을 겪게 되면 뒤처지거나 옆길로 빠지기도 하며 심지어 눈 딱 감고 포기해 버리기도 한다. 결국 용기가 없고 초심이 흐려지면 어려운 길이라고 단정하여 미리 넘어져 버리고 만다.

정의와 불의가 맞붙게 되면 그야말로 총칼 없는 전쟁터와 같다. 특히 권력과 물질이 좌우되는 싸움판에는 갖가지 비리가 판치고 최대의 두뇌 싸움터로 변하여 승패를 쉽게 가릴 수 없는 상태로 번져 법정 싸움으로까지 가게 되어 몇 년의 장기전도 불사한다.

싸움이 시작되면 부정한 측에서는 처음부터 못된 구성원으로 조직된 패거리는 물론 돈과 권력까지 총동원하는 한편 수단·방법을 가리지 않고 때로는 폭력까지 휘두르며 정의 측에 필사적으로 대항한다.

이에 비하여 정의 측은 처음부터 자신의 정당함과 이길 수 있다는 원리만 믿고 패거리도 돈도 권력도 동원하지 않고 무방비하게 양심만 믿고 있다가 예상외로 처절하게 피해를 보는 경우도 있으나 마지막 웃는 자는 반드시 정의 편이 되고 만다. 그러나 그 과정에서 때로는 예상치 않는 험난한 가시덤불과 컴컴한 터널이 앞을 가로막기도 한다. 하지만 언제나 승리는 정의 편이라는 신리를 머릿속에 산식하고 피와 눈물도 흘릴 각오로서 현실에 대처해야 만이 태양의 밝음을 맞이할 수 있다. 그래서 정의의 생명은 길고도 끈질기다

　나는 평생을 홀로 살아오면서 정의라는 무형의 물체를 머리에 이고 또 양심을 가슴에 품고서 뚜렷한 신념을 갖고 외롭고 힘들어도 숨을 고르며 뚜벅뚜벅 걸어왔다. 사회 각계의 좋은 위치에서 근무하면서 물질에 접하는 기회가 많았으나 그때마다 불의와 부정의 유혹을 과감히 물리칠 수 있었고 또 양심이 어깨를 나란히 하며 걸어왔기에 언제 어디서나 누구 앞에서도 떳떳하고 자신 있게 살 수 있었다. 때론 주위 사람들에게 적당히 타협하면서 편히 살라는 충고를 수없이 받기도 했으나 그런 말은 귀담아듣지 않았다. 그러나 자신을 잘 관리하면서 별 흠이 없이 살아온 사람들은 나의 행보에 격려와 찬사는 물론 새로운 용기를 보내주었기 때문에 그 소수의 양심세력들을 바라보면서 보람과 긍지를 갖고 살아올 수 있었다.

진실하게, 아름답게, 보람 있게 사는 것이 바로 사는 것

　젊었을 때부터 주위의 선배들이 나에게 '정의의 투사' 또는 '명심보감'이란 칭호를 붙여주기도 했기에 그런 별명이 퇴색되지 않고 영원하기 위해 오늘까지 항상 긴장을 풀지 않고 조심스럽게 살아왔다. 일시적으로 모함이나 협박까지

받으면서도 정의와 양심을 지킨다는 것은 바로 내 자신의 깨끗한 영혼과 마음의 평안을 위한 것이다.

나는 여기서 '예루살렘의 우매한 군중들이 그리스도를 사형에 처한 것과 아테네의 어리석은 민중들이 소크라테스에게 독배를 마시게 한 것은 정의와 진리를 죽인 것이다'라고 후세의 역사가들이 단언한 것에 대해서 전적으로 동의한다.

진리와 정의를 죽인 나라는 반드시 망하게 되어있으므로 아테네가 얼마 후에 마케도니아에 의해 멸망하게 된 것은 자명한 역사의 심판이었다.

〈소크라테스〉는 죽기 전에 감옥에서 "사는 것이 중요한 문제가 아니라 바로 사는 것이 중요하다. 바로 사는 것은 첫째 진실하게 사는 것이요. 둘째 아름답게 사는 것이요, 셋째 보람 있게 사는 것"이라고 제자들에게 말했다. 그는 인간의 최대 관심사는 자기의 인격완성인데 이것이야말로 바로 사는 것이라 강조했다.

부조리와 싸워 이긴 전리품으로 사회의 첫발을

나는 60년대 처음 사회에 발을 내디딜 때부터 부정과 싸워 이긴 전리품으로 사회의 첫 단추를 끼었기에 그것은 더욱 값지고 빛나는 금덩이였다.

ㄴ 금빛난수를 낭당하게 끼고서 6년 동안 사회 저변에

있는 소외계층의 복지를 위해 소명을 다했다.

당시 공무원생활은 사회 초년병이었는데도 보람되고 신이 났다. 내 돈 한 푼 안들이고 어렵고 살기 힘든 사람들에게 물질을 제공하여 찌들고 주름진 얼굴에 한 줄기 희망을 불어넣어 주어 정신적으로 큰 위안을 안겨주었기 때문이다.

사회복지 분야에 배정된 예산은 공정하고 투명한 제도와 집행으로 차별 없는 대우와 균형 잡힌 배분이 이루어져야 한다. 그런데 최말단 공무원들이 양심의 가책 없이 맡은 일에 떳떳하고 부끄럼 없이 종사할 수 있는 환경이 주어지지 못한 데서 오는 불만에서 초래될 수 있는 문제로 최근 경향 각지에서 간간히 발생되는 크고 작은 사고로 미루어보아서 말이다. 실제로 60년대 말 내가 공직생활에 종지부를 찍었던 그때도 윗사람들의 예산집행이 공정치 못한 이유에서였으니까 지금 새삼스럽게 마음이 공허할 뿐이다.

경찰사상 처음 용기 있는 민중의 여성 지팡이 탄생

2012년 대통령선거에 영향을 주는 인터넷 댓글 사건이 커다란 정치 문제화 되어 모두가 권력 앞에 양심을 지키지 못하고 비굴하게 행세하던 판국에 한줄기 신선한 민중의 지팡이가 500만 경찰과 국민들의 마음에 큰 희망과 신선함을 안겨주었다.

2012년 12월 국정원 여직원의 댓글 수사 중간발표와 다음해 이어진 청문회에서 영혼을 잃어버린 증인들이 권력의 장막 뒤에 숨어서 말 못하고 양심을 속이는 증언을 하고 있을 때, 송파경찰서 권은희 수사과장(사건 발생 당시 수서경찰서 수사과장)은 국정원 대선 개입 사건 수사과정에서 서울경찰청장의 수사 축소 외압 사실을 당당하게 증언하여 공직자로서 신분의 위협을 무릅쓰고 이 땅에 정의가 살아있다는 산 증인의 모습을 보여주었다.

그는 이 사건으로 인하여 수서경찰서에서 송파경찰서로 이동되어 현관을 들어 설 때 〈부정을 증오할 줄 모르는 사람은 정의를 사랑하지 못한다〉는 전임 경찰서장의 구호가 너무 멋있어서 감동을 받았다고 하는 데서 그의 몸속에는 태생적으로 정의가 배어있음을 시사하고 있다.

비록 연약한 여성일지라도 이 땅에 사는 강한 남성들이 쳐다보지도 못하는 용기 있고 당당한 자세로 살아가는 여성 수사과장의 살아있는 영혼에게 무한한 격려와 사랑을 보내며 이 땅의 공직자들이 죽은 영혼으로 월급만 먹는 기계적인 삶보다는 사명감과 자존심을 중히 여기는, 진정 영혼이 살아있는 국민의 머슴이기를 바란다.

정의로운 사람과 부정한 사람의 구분을 그 사람의 라이프스타일로서 금방 구분 할 수 있다. 즉 성격이 사치스럽고 물욕이 많거나 권력 지향적이며 남을 배려할 줄 모르는 이기적인 사람은 부정에 타협하기 쉽다. 또한 물에다 술 탄 듯

술에다 물 탄 듯 소신이 없는 사람도 판단력이 없기 때문에 정의를 사랑하지 못한다.

반대로 검소하고 양심이 바르며 나와 내 가족의 이익보다 이웃과 사회를 먼저 생각하면서 남을 배려하는 동시에 항상 강자에 강하고 약자에 약한 사람으로서 눈물과 인정이 많은 사람은 불의를 방관하지 못하며 진정으로 정의를 실천하고 온몸으로 사랑한다.

세상은 진흙밭 같이 어지러운 곳이다. 초심을 잃지 않고 정의와 아름다움을 추구하는 바로 그것이 젊은이들의 할 일이다.

다산 정약용 선생의 정의에 대한 훌륭한 유훈

다산 정약용(조선 후기의 선각자 : 1762~1836)은 1816년 5월 유배지인 전남 강진에서 큰아들에게 보낸 편지에

'세상에는 2개의 큰 저울이 있다.

하나는 옳은 것과 그른 것이라는 저울,

또 하나는 이익과 손해라는 저울이 있는데

이 두 가지 저울에서 네 가지 등급이 생겨난다.

제일 고급은 옳은 것을 지키면서 이익을 얻는 것,

다음은 옳은 것을 지키다가 해를 입는 것이고

그다음은 그른 것을 추구하여 이익을 얻는 것

최하급은 그른 것을 추구하다 해를 입는 것이다.'

라고 했다.

전 세계의 역사적인 위대한 인물이었던 월남의 〈호지명〉이 집을 옮길 때마다 48권 16책으로 엮어진 다산의 〈목민심서〉를 가장 먼저 챙겼다고 한다. 이는 정치의 본령으로 보살핌의 행정과 실천방안이 수록된 값진 책이므로 해외의 지도자들도 애독하는데 오늘을 사는 이 나라 통치자들에게 다산 선생의 유훈이 가득히 스며들었으면 얼마나 좋을까!

베트남의 영웅 호지명의 평전에 기록된 것을 보면 그가 죽은 후에 남은 것은 슬리퍼 같은 허름한 신발뿐이었다고 한다. 그는 내가 죽으면 매장하지 말고 화장을 하되 그 가루를 통일 월남을 위해서 남부 중부 북부의 각 한 곳씩에 뿌려라.

6년 후 월남이 독립을 이루었는데 이는 호지명 한 사람의 비젼, 의지, 인격으로 이루어진 것으로 생각된다.

처녀시절의 온전한 우정과 결혼 후의 반쪽 우정

임자 없을 땐 우정을 독차지했건만!

고등학교 시절부터 친했던 친구 셋이서 대학교에 들어가서도 한 집에서 자취를 했다. 먼저 올라가서 자리를 잡은 자매들의 집에 내가 약간 늦게 끼어들어서 같이 살았어도 단한 번의 의견충돌이나 마음이 상한 일은 없었다. 밥 당번을 돌아가면서 하지만 일찍 일어나는 내가 주로 아침을 했기 때문에 두 친구 들은 학교 가는 준비가 좀 한가했다.

일요일 10시에 음악 감상실에서 만나 하루 종일 점심도 굶어가며 차 한 잔 시켜놓고 클래식음악을 들으면서 서로 마주앉아 별 대화는 없을지라도 눈으로 오고가는 정감으로 굳이 말을 하지 않아도 속마음을 다 알 수가 있다. 그때 좋아했던 클래식은 베토벤의 운명 교향곡을 비롯하여 토스카의 별은 빛나건만, 비발디의 4계(봄 여름 가을 겨울), 솔베이지의 노래 등을 들으며 깊은 감상에 빠졌던 때의 추억을 결혼해서 살고 있는 친구는 지금 나처럼 기억하며 추억을 되살리고 있을까?

고등학교 때 소설책으로는 처음 읽었던 〈상록수〉는 농촌계몽운동을 하면서 오로지 일에 대한 의욕 속에서 싹이 튼 주인공 박동혁과 채영신의 순수한 총각 처녀의 사랑은 훗날에도 잊혀지지 않았다. 주인공 채영신은 친한 친구 어머니와 친구였다는데서 더욱 감명 깊게 읽었다.

서울에서 잡지사 기자와 국회의원비서관 시절 은행 노조 여성부장 감투를 쓴 친구들과 토, 일요일의 공백을 이용하여 네다섯 명씩 무리를 지어 새들처럼 재잘거리며 다니는 1박 2일의 낯선 숙소에서는 밤을 새우며 웃고 떠들어댄다. 밤 내 실컷 청춘의 자유를 누리며 이야기를 하고서도 무슨 할 말이 그렇게도 많은지 대화는 주야로 계속되며 기차나 배 위에서도 행여 떨어질까 꼬옥 잡은 손목 끝에서도 따스한 정감을 느낀다.

영화를 감상하거나 식사를 같이 할 때는 서로 돈을 먼저 내려고 영화관 매표소나 식당 계산대에서 매번 실랑이를 치른다. 화장실 가는 체하고 몰래 먼저 밥값을 치렀을 때는 상대방에게 눈을 흘기며 "제가 무슨 재벌 딸이라고 돈을 지불해!?" 하고 질책을 하는 것은 만날 때마다 서로가 반복되는 행태였다

영원한 짝꿍 찾아 떠난 반쪽 우정은 추억 속의 그림자

한겨울 미끄러운 눈밭을 조심스럽게 거닐면서도 우리는 떨어져서 걷기 싫어 땅콩 한 주먹을 코트 주머니에 넣고서 두 손을 맞잡는다. 차가운 손목이 주머니 속에서 따스해지면 껍질은 주머니 속에 그대로 남겨놓고 반으로 갈라진 땅콩 알만 추려서 서로의 손안에 쥐어 주면 아직 따스한 친구의 체온이 느껴지는 땅콩 알을 입속에 넣고 깨물면서 차가운 겨울 공기를 저 멀리 물리곤 했다.

지방에서 공무원으로 근무할 때 처음 객지에서 만난 친구 셋 중에 나는 사회업무를 맡았고 그 친구들은 타이피스트로 가까운 자리에 배치되어 일을 했기에 근무시간에도 접촉하는 기회가 잦았다. 그러면서도 점심시간 1시간을 유효하게 이용하려고 부지런히 도시락을 까먹고 외부의 휴식처에서 실컷 웃고 떠들며 즐기는 시간은 층층시하 눈치 보며 일하는 직장초년생 말단직원들의 유일한 스트레스 해소시간이다. 퇴근 시간이 되면 서로 눈짓으로 빨리 나가자고 신호를 하여 셋이 나란히 빠져나와 하루의 구속을 벗어나면 그렇게도 온몸이 가벼울 수가 없다.

다행히 반쪽짜리 아줌마가 아니고 올드 미스들이기에 우리는 서로 쿵짝이 맞아 저녁 늦게까지 극장이나 맛있는 음식점을 찾아 식도락을 즐기는 기회는 주말에 객지의 외로움을 달래는 환희의 시간이었다.

친구 6명이 여행 계를 조직하여 한 달에 한 번씩은 외지로 여행을 하면서 처녀 시절을 만끽하자고 장담하였으나 1년 정도 지나니까 차차 한두 명씩 짝을 찾아 떠나더니 3년이 되니까 다들 제 둥지 찾아 날아가 버리고 나 혼자서 남았다. 혼자 남은 외짝 친구 위로한다고 맨 처음 결혼한 친구 집에서 모임을 가졌는데 아내·엄마·며느리 1인 3,4역을 해야 하는 생활의 고달픔에 처녀 시절의 그 활달하고 싱싱했던 모습들은 찾아볼 수가 없다.

결혼한 친구들의 대화는 주로 남편이나 자녀들과 시집 식구들에 대한 것들이었다. 결혼이 상상했던 것처럼 행복한 것만은 아니더라. 애들 낳아 키우고 살림하는 것이 이렇게 고달프고 어려운지 미처 몰랐다느니, 시집 식구들과의 갈등은 물론 결혼 전의 남편이 결혼 후엔 너무 딴판이라느니 온갖 불평을 다 늘어놓는다. 그러다 내게 결혼에 대한 좋은 점을 말해주려고 한 친구가 저희 부부생활에서의 은밀한 얘기를 하려다 내 눈치를 보고 멈칫하더니 "아! 괜찮아! 우리 얘기 자꾸 들으면 부러워서 마음이 변할지도 모르지!" 하고 내가 잘 알아들을 수 없는 대화를 나눈다. 아무 반응을 보이지 않는 무표정한 나의 태도에 한 친구가 통역까지 해 주려다가 "말로 해서는 실감을 할 수 없다. 그러니까 네가 직접 결혼을 해보란 말이야!" 하고 또 다른 친구가 놀려대니까 모두들 깔깔 웃어대며 한마디씩 거둔다. "얘! 올해는 꼭 짝꿍 하나 찾아라. 젊을 때는 몰라도 아프거나 늙으면 이러니저러니 해

도 남편밖에 없단다.”는 등 결혼이 무슨 행복의 열쇠라도
된 듯이 온갖 감언이설을 늘어놓아 내 마음을 돌려놓으려고
야단들이다.

나는 그들의 대화에 끼지 못하고 식물인간처럼 멀거니
앉아서 있으니까 딴에는 나를 챙겨준다고 한마디씩 돌아가며
던지는 말이지만 내게는 관심 밖의 말이다.

그러다가도 모두들 약속이나 한 듯이 한꺼번에 자리를
뜨고 일어난다. 남편 퇴근 시간에 맞추어서 집에 돌아가야
한다면서 서로 작별인사도 제대로 못 하고 서둘러 헤어진다.

한 달에 한 번씩 모임을 갖자고 하는데 그녀들은 가정주
부들이기에 대낮에 모임을 갖자고 하지만 나는 근무시간에
빠져나와야 하니까 그게 맞지 않아서 어렵다고 얼버무리니까
“그렇게 직장에 충성하지 않아도 평소에 열심히 하니까 목
잘릴 염려 없다”고 핀잔들이다. 사실은 근무시간에 몇 시간
씩 짬을 내는 것도 문제이지만 반쪽 짝꿍 찾아가 행복하다고
했다가 불행하다고도 했다가 도대체 어떤 것이 진실인지 아
리송한 데다 그녀들과의 대화에 어울리지 못하여 빌려다 놓
은 보릿자루 같아서 모임 자체에 흥미나 의미를 찾지 못해서
였다. 이 같은 이유로 인하여 결혼한 친구들과는 자연히 만
나는 횟수도 줄어지게 될 수밖에 없었다. 그래서 자유롭게
만날 수 있는 선 후배 싱글들과 자주 만나게 되니까 점점 우
정이 다른 곳으로 옮겨 갈 수밖에 없었다.

결혼한 노년 친구들과의 안정적이고 원숙한 우정

한 친구는 결혼 4년 만에 남편이 회사에서 숙직하다 갑자기 사망하여 아들 하나 낳아 키우면서 뱃속에 유복녀를 갖고 혼자되었다. 남편 있는 친구보다 더 마음이 기울여지고 또 어린애들이 보고 싶어 자주 집으로 가서 만나는 것이 편했다. 혼자 손에 낮에는 직장에 나가서 일을 해야 하고, 퇴근해서나 휴일에는 애들 키우는 일에 시간이 없어 쩔쩔매는 친구가 너무 안 되어서 집에 가면 애들하고도 놀아주고 청소도 하면서 친구를 도와주었다. 그 친구 아들이 너무 잘 생기고 인형같이 예뻐서 4살 때 안고 찍은 사진을 주위 사람들에게 보이면서 '숨겨 놓은 내 아들' 이라고 시치미를 떼고 진지하게 말했는데도 아무도 곧이듣는 사람이 없었다. 그 애가 고등학교에 다닐 때까지만 해도 가끔 왕래를 했으나 나와 살아가는 환경도 다르고 무엇보다도 시간이 허용되지 않으니까 점점 만나는 기회가 없어 처녀 시절의 온전한 우정은 좀처럼 지속할 수가 없었다. 가끔 어떻게 사나하고 생각은 하면서도 어쩌다 연락이 끊어져 5년여 동안이나 만나지 못하던 사이에 친구를 통해서 들으니까 파킨슨씨병에 걸려 세상을 등졌다고 한다.

형제보다 더 친했던 학교 동창이나 사회에서 알았던 동년배 친구들도 다 결혼을 했거나 이민을 가 버리니까 외로울 때 미음을 터놓고 내왕할 내상이 없어 몹시 허탈할 때는 이제라도 한번 가 볼까하는 결혼에 대한 충동도 느끼지만 그런 생각은 일시적인 것에 지나지 않았다. 혼자 사는 선배나 후배와는 만나도 동연배의 친구처럼 마음속 깊은 대화는 못 하기에 옛 친구들 생각이 문득문득 떠오르지만 모두가 아련한 추억속의 그림자에 불과하여 억지로 잊을 수밖에 없다.

나이 드니까 다행히 결혼 후 산전수전 다 겪으며 자녀들 키워서 출가시켜놓고 한가한 위치로 돌아온 동창 친구들과의 교류가 안정적이고 원숙한 우정을 싹트게 해준다. 새롭게 찾아든 중 노년의 새로운 우정이 젊은 시절 순정만 빼앗아가고서 남편과 자식들에게 푹 빠져 얼마간 반쪽 우정만 지속하다가 지금은 희미한 그림자도 볼 수 없는 야속했던 과거의 우정을 대체해 주어서 큰 위안이 되고 있다. 그리고 그들 남편 역시 숫처녀로 늙어가는 하나밖에 없는 아내의 친구를 아주 신뢰하고 아껴주는데 감사할 뿐이다. 전화를 해서 친구가 없을 때는 남편들과 농담도 주고받을 수 있는 사이로 그들은 모두가 때 묻지 않은 순수한 노신사들이기에 친구를 대하듯 인터넷이나 메일도 주고받는다.

공직생활 후 연금이나 젊었을 때 재테크를 잘해서 비교적 안정된 생활을 하면서 노년을 보내는 친구들은 든든한 우정을 지속할 수 있어서 냉기가 도는 싱글 집보다는 가족이 있으니까 훈기가 돈다. 한 친구는 지방에서 서울로 올라온 후 해마다 초겨울에는 자녀들 김장까지 대량으로 하고서 내 몫도 꼭 챙겨놓고 맛있게 생김치 먹도록 김장한 즉시 가져가도록 재촉하는 바람에 꼼짝 못하고 즉시 차를 몰고 달려가야 한다. 젊어서부터 공직에서 나와 함께 근무하기도 했던 한 친구는 퇴직 후에는 시간적 여유가 있어서인지 한 번씩 집으로 찾아가서 만날 때는 냉장고 문을 열고 밑반찬 해놓은 것을 친정어머니처럼 요것 저것 꺼내어 한 보따리를 싸서 내민다.

중학교 동창 친구 남편은 올봄에 내가 원고를 쓴다니까 아들 결혼 때에 며느리가 혼수 감으로 가지고 온 예쁜 방석과 베개를 의자에 깔고 앉으라며 부인이 힘들다고 동창 모임 장소에까지 가져다주는 성의에 깊은 감동을 받았다. 그런데 궁둥이에 깔고 앉기에는 너무 아름답고 아까워서 침대 위에 2개를 나란히 펴 놓으니까 신혼부부 침대처럼 화려하고 안온하여 온 방 안의 분위기를 바꿔주었다.

친구는 인생의 반려자이며 삶의 활력소

인생의 희로애락을 같이한 친구는 보석 같은 존재

수수께끼에 '처음에는 네 발로 걷고, 중간에는 두 발로 걸으며, 그리고 나중에는 세 발로 걷는 동물은?' 이 답은 바로 사람이다. 어린아이가 네 발로 기어 다닐 때는 불과 수개월에서 1년 정도에 지나지 않으며 만 2세가 지나면 스스로 두 발로 자유스럽게 걷기 시작한다. 그러나 늙어서는 두 다리로는 부족하여 한 팔로 지팡이를 짚기 때문에 세 발로 걷는다고 한다. 요즈음은 노인들도 건강이 양호해서 죽을 때까지 지팡이를 짚지 않고 두 발로 꼿꼿하게 살다가는 사람도 많다.

인간은 사회적 동물이기 때문에 어린아이들도 스스로 걸어 다니기 시작할 때부터 제 또래의 아이를 보면 바로 친해지려고 서로 접촉하기를 좋아하며 집 문밖에 나가면 이웃 아이들과 어울리려는 욕구가 발산된다. 초등학교 저학년까지는

270

부모나 위 형제들을 따라서 외출이나 여행을 떠나지만 고학년이 되면 친구들과 단체로 가는 것을 더 즐긴다. 그러다 중학교에만 들어가서 교복을 입으면 자신이 다 큰 줄로 알고 특히 남자애들은 이성 형제나 엄마하고 외출하는 것을 부끄럽게 생각하여 동행하는 것을 피하고 친구들과 어울린다.

부모나 형제들은 다 성장해서 뿔뿔이 헤어져 살게 되면 자주 만날 수 있는 처지가 못 된다. 하지만 특별한 친구는 유치원이나 초등학교 때부터 만나 중학교, 고등학교, 대학교는 물론 사회에 나와서까지 자주 어울리며 인생의 희로애락을 함께 맛보면서 황혼열차까지 같이 타고 우정의 기쁨과 행복을 누리기도 한다. 그러면서 늙어서 죽을 때까지 아니! 무덤까지 같이 가는 진실한 친구 하나만 있으면 세상에서 부러울 것 없으며 그런 친구야말로 삶의 활력소이며 보석 같은 연인이다.

친 구

친구의 눈물은 구름위에 올려놓는 거야
힘들면 비 내리라고, 나도 같이 울어준다고.
친구의 웃음은 가슴 안에 넣어두는 거야
아무 때나 꺼내놓으면 나두 함께 웃게 된다고.

친구의 잘못은 모래위에 적는 거래

밀물에 지워지라고, 금새 잊으라고.

　친구의 고마움은 돌 위에 새기는 거래

비바람에 견디라고, 영원히 기억하라고.

　나는 이 시를 쓴 사람이 누구인지는 잘 모르겠으나 몇 년 전 인터넷에서 보고 너무 깊은 감명을 받아 주위의 여러 사람에게 전달하고서도 모자라 이 책 속에 다시 끼워 넣는다.

우정은 사랑이나 지성보다 더 귀하고 행복을 준다

　1877년에 태어나 85년을 살면서 노벨문학상까지 받은 독일의 시인 〈헤르만 헷세〉는 '사랑이나 지성보다도 더 귀하고 나를 행복하게 해 준 것은 우정이다' 라고 친구에 대한 최고의 말을 남겼다.

　사람들은 모두가 이런 친구를 원한다. 삶이 아픈 시절 즉 어려운 일이 있을 때 밤새껏 술잔을 기울이며 대화를 나누고서 어깨에 기대어 위로받을 수 있는 친구, 가슴이 쪼개지고 숨이 막히려는 슬픈 일을 당했을 때 품에 안겨서 실컷 눈물 쏟아내며 통곡하면 따뜻하게 받아주는 친구는 가족 이상으로 힘이 되는 소중한 존재다. 여행하고 싶을 때 배낭 하나 둘러메고 차를 운전하고 떠나거나 대중교통편을 이용해서라도 자연을 따라 여가를 함께 즐길 수 있는 친구, 좋은 영화나 음악 감상을 하며 문화 향수의 갈증을 해소할 수 있는 친구, 식도락가는 아니지만 때로 맛있는 음식 찾아 입도 배도 즐겁게 채워주는데 동참할 수 있는 친구, 육체적인 품위를 높이고 정신건강을 증진키 위해 운동이나 등산을 함께하면서 건강관리에 시간을 함께 할 수 있는 친구, 장점을 칭찬해주며 단점은 충고하며 잘 이해해주는 친구, 실수를 해도 언짢은 표정을 하지 않은 친구는 삶의 생명수와 같다.

친구는 세 종류가 있다. 매일 먹는 밥처럼 언제나 필요한 친구, 몸이 아플 때만 먹는 약처럼 가끔 때와 장소에 따라 꼭 필요한 친구, 인생에 이해관계 없이 집단적으로 모임에서 한 번씩 만나 그 시간을 함께 즐겼다가 기약 없이 헤어지는 친구 등이 있다.

비혼자들에게는 우애 좋은 자매나 형제도 친구 이상으로 만나면 언제나 든든하고 흐뭇하여 인생의 반려자의 한 몫을 단단히 차지하고 있다. 식도락은 아니지만 맛있는 음식을 먹으러 다니거나 여행이나 취미를 즐기면서 어릴 적 정든 고향에서 부모님과 형제들이 살아왔던 추억담은 그 어느 화재보다 따뜻하고 인간적이어서 진솔한 행복을 나눌 수 있어 혈육의 소중함을 기혼자들보다 훨씬 절실하게 느낀다.

해외로 떠난 연인 같은 두 친구는 추억 속에 묻어두고

　비혼이라 해서 꼭 비혼 친구만 사귀는 것은 잘못된 생각이다. 같은 연령대는 물론 선 후배를 막론하고 결혼해서 행복하게 살고 있는 친구, 불행의 늪 속에 빠져있는 친구, 이혼이나 사별을 하고 자녀들과 힘겹게 살고 있는 친구 등 모두를 품에 안을 수 있는 넓은 마음으로 인간관계를 하면서 사는 것이 좋은 우정을 지속하는 것이다.

　나는 초등학교 때 잠깐 한두 번 만났다가 5,6년 동안 헤어져 있다가 고등학교 때 다시 만나 대학을 거쳐 사회에 나와서 40대 초반까지 찰떡같은 우정을 나누며 지냈던 친구가 있었다. 성격이나 취미는 물론 정치적인 이념도 같아 평일에는 퇴근 후에 영화나 음악 감상, 전시회 참관 등의 문화생활로 청춘을 즐겼고 휴일에는 등산이나 여행을 다니면서 싱글 생활의 여유를 만끽했다. 쾌청한 자연의 공기를 마시며 점심을 맛있게 먹고 도봉산 정상에 앉아 성냥갑 같은 서울 시내의 아파트를 내려다보면서 "우리 늙어서까지 함께 등산 다니며 건강하고 멋있게 살자"고 굳게 다짐했다.

　그러던 친구가 40까지 인생 전반기를 잘 넘기더니 갑자기 캐나다로 이민을 가면서 번개 불에 콩 튀어 먹듯이 마도로스 출신의 이혼남과 결혼을 하고 훌쩍 떠나버렸다.

　또 한 친구는 지방에서 고등학교를 같이 다니고 서울에 와서 대학교에 다니면서 명동의 음악 감상실에서 하루 종일

말없이 앉아서 서로의 눈빛만 바라보아도 따스한 정감이 흘렀다. 겨울에는 영화감상 후에 코트 주머니에 두 손을 같이 넣고 서로의 차가운 손가락을 녹여주면서 추운 줄도 모르고 꽁꽁 얼어붙은 눈길을 걸으며 깊은 우정을 나누었다. 하지만 그 친구도 결혼 10여 년 만에 이혼을 하고 남들이 다 부러워하는 방송국 아나운서직을 버리고 두 자녀와 함께 미국으로 이민을 떠나 버렸다. 눈에서 멀어지면 마음에서도 멀어진다고 이토록 청춘 시절에 연인 같았던 두 친구는 야속하게도 멀리 바다 건너 헤어져 살기에 추억 속에 묻어두고 가끔 외로움이 밀물처럼 밀려와 진정한 우정이 그리울 때는 하늘을 우러러 한 번씩 머리로만 그려본다.

인생 마지막 자리를 지켜주는 친구는 영혼의 반려자

흔히 친구가 많을수록 진실한 친구는 없다 하듯이 술친구, 여행친구, 문화친구, 식도락친구, 등산 및 운동친구 등 가는 곳 마다 줄줄이 친구들을 달고 다니지만 막상 본인이 곤경에 빠져있거나 병들어 누워 있으면 아무도 찾아오는 사람 없이 외로운 처지가 되는 것이 세상인심이다. 열 명의 그저 그런 친구보다 단 한 명이라도 죽으면 무덤까지 따라와 마지막 가는 길을 가슴으로 배웅해주고 땅속에 묻혔을 때는 가끔 한 번씩 찾아와 조용히 속삭여주는 친구를 가졌다면 살

앗을 때는 진주처럼 보배로운 존재이고, 죽은 후에는 참으로 행복한 영혼의 반려자이다.

영국의 시인 〈윌리엄 블레이크〉는 "새에겐 둥지가 있고 거미에겐 거미줄이 있듯이 사람에겐 우정이 있다"라는 말을 남겼다. 참으로 실감 나는 말이다.

혼자 사는 사람에게는 친구가 인생의 반려자이기에 진정으로 참된 친구란 생을 마치는 죽음의 자리에 누워 있을 때 곁에 있어 주었으면 하는 친구이며, 고민이 있을 때 허심탄회하게 대화를 나누고 싶고, 좋은 일이 있을 때 제일 먼저 알리고 싶을 뿐 아니라 다른 사람에게는 밝히고 싶지 않은 일급비밀도 숨김없이 말해주고 싶은 사이를 말한다.

당근이나 달걀, 커피를 똑같이 뜨거운 물에 넣으면 당근은 물러버려 신선도가 감해지고 달걀은 굳어지지만 커피는 달콤한 향기를 발산하듯이 똑같은 내용의 충고도 듣는 상대의 처지에 따라 위로를 받기도 하지만 때로는 상처가 될 수도 있다. 그러므로 필요에 따라서는 귀에 거슬리는 충고라 해도 아껴서는 아니 되며 실수를 했을 때는 조금이라도 언짢은 표정으로 하지 말고 다시는 실수를 되풀이하지 않도록 진심 어린 조언을 잊어서는 아니 된다.

사람이 자기 아내나 남편, 제 형제나 제 자식하고만
사랑을 나눈다면 어찌 행복해질 수 있느냐?
영혼이 없을수록 영혼을 꿈꾸도록

서로 돕는 영원한 친구가 필요하다.

나보다 나이가 많아도 좋고, 동갑이거나 적어도 좋다.

다만 그의 인물이 맑은 강물처럼 조용하고 은은하며

깊고 신선하며 예술과 인생을 소중히 여길 만큼

성숙한 사람이면 된다.

- 유안진의 시 '지란지교를 꿈꾸며' 에서

친구와의 사이에서 지켜야 할 사항

내 삶의 경험을 통해서 깨달은 바로써 서로 상대의 기품 있는 친구가 되기 위해서 같이 노력하면 충분히 가능하기도 한다.

첫째, 약속을 잘 지키며 한 번 말한 것은 즉시 또는 머지않은 후에라도 반드시 실천에 옮겨야 하며 누가 뭐라 해도 100%믿음을 가져야 한다.

둘째, 자기 자신을 컨트롤할 줄 알며 섭섭한 일이 있어도 화를 내거나 상처가 될 말을 하지 않아야 하며 비밀이 많아 거짓말을 해서는 아니 된다.

셋째, 친구를 위해서 쓰는 물질이나 시간에 인색하게 굴지 말아야 한다. 친구가 만나자는 요청을 받았을 때는 이 핑계 저 핑계 이유를 달지 말고 솔직하게 가·부를 말하고 여럿이 음식점에서 만났을 때 더치페이를 할 때 자기 것만 먼저 계산해서 테이블에 던져놓지 말아야 한다.

넷째, 친구가 기분이 좋지 않거나 나쁜 일이 있을 때 즉시 말을 해서 진심으로 사과나 위로를 하고 후에도 계속 전화를 해서 다 풀릴 때까지 배려한다.

다섯째, 아무리 가난해도 언제나 돈 있는 친구가 매번 지불하는 것을 바라만 보지 말고 무슨 방법을 써서라도 성의껏 신세 갚는 기회를 가져야 한다.

여섯째, 나와 취미나 식성이 달라도 때로는 양보해서 상대의 의사를 존중하고 따라주는 것이 참된 친구 사이의 매너이다.

일곱째, 친구나 그의 행·불행이 있을 때는 진심으로 축하나 위로의 말을 전하며 가까운 다른 친구에게도 연락하여 기쁨과 슬픔을 함께 나누도록 해야 한다. 친구가 잘되는 것에 절대로 질투나 시기를 해서는 아니 된다.

여덟째, 친구 집을 방문할 때 어른이 계시면 반드시 먼저 인사를 드리고 난 후에야 본격적인 일을 보아야 한다.

아홉째, 친구들끼리 모였을 때 그 자리에 없는 친구의 칭찬은 좋은 일이나 험담이나 비밀은 꺼내서는 아니 된다.

열째, 친한 친구끼리 금전 거래는 가급적이면 하지 않아야 되며, 부득이 한 경우에 거래를 하게 되었을 경우에는 빠른 기일 내에 갚을 것이며, 만일 신용을 지키지 못하면 돈 잃고 소중한 친구까지 잃게 되어 이중으로 큰 손실을 보는 일은 없어야 한다.

토끼야! 엄마가 정말 미안해!

아이들의 친구로 농장에 토끼를 들여와

몇 년 전 내 이름으로 생긴 1천여 평의 땅이 있어서 주말농장을 시작했다. 5평을 기준으로 분양을 해주는데 1세대가 보통 한 두렁 또는 두 두렁을 차지한다. 그중 젊은 부부들은 어린 자녀들에게 자연학습 겸 주말을 이용하여 가족 모두가 웰빙생활을 해보겠다는 생각으로 처음엔 의욕적으로 시작했으나 봄 작물만 가꾸었다가 힘이 들어 가을 농사는 아예 포기하기도 한다.

일상생활에서 딱딱한 콘크리트 바닥에서만 살던 어린아이들은 농장에 오면 무조건 농기구 중에 가장 작은 기구인 호미 한 자루씩을 손에 들고 땅바닥에 털썩 주저앉아 아무데나 흙을 파기 시작 한다. 때로는 엄마 아빠가 애써 풀을 뽑고 갈아서 씨앗뿌리기 좋도록 잘 다듬어놓은 밭을 마구 헤집어서 엉망으로 만들어놓아 다시 정리해야 하기 일쑤다. 그러나 아이 부모들은 먹을거리를 심는 것 자체도 중요하지만, 오히려 어린 자녀들에게 좋은 놀이터가 생겼다고 흐뭇해하며 즐거워하는 모습에서 부모의 지극한 자식 사랑을 자연과 함께하는 것에서 더 절실하게 느낄 수 있었다.

그뿐만 아니라 메말랐던 땅에서 파릇파릇 예쁜 새싹들이 돋아나고 하루가 다르게 풍성한 야채로 성장하는 과정을 아이들에게 설명을 하며 현장실습을 시키고 또한 식탁에 맛있는 반찬거리로 등장할 때는 더 없는 노동의 보람을 체험하게 된다.

주말이면 아빠 엄마 따라 신나게 농장으로 달려 나온 귀여운 어린이들에게 움직이는 볼거리를 제공해야겠다는 생각에서 나는 아이들 키 높이에 맞는 네 다리가 달린 직사각형의 철망 토끼집을 구입했다. 처음엔 아주 귀엽고 깜찍한 새끼 두 마리를 들여놓았더니 어미 토끼가 그리워서인지 며칠도 못살고 시름시름 병을 앓고 있어 어린 생명을 잃을까 봐 가축병원으로 입원시킨 후 그들 마음대로 활용하라고 기증해 버렸다.

다음에는 실험적으로 어른 토끼 한 마리만 살게 했더니 보는 사람마다 토끼가 너무 외로워 보인다고 야단들을 하던 차에 잘 아는 사람이 자기 집에서 말썽을 부리는 토끼를 일시 피란시켜달라는 요청이 있어서 마침 잘 되었다는 생각에서 바로 어른 토끼와 청년 토끼를 함께 살게 했다.

나는 본래 개나 고양이 토끼 등 애완동물을 별로 좋아하지 않는다. 그렇지만 농장에 오는 어린이들을 위하여 울며 겨자 먹기로 토끼를 키우는데 아침저녁으로 먹이를 주는 것도 보통일이 아니었다. 하루쯤 농장에 가지 못하면 토끼가 기아선상에 처해있을까 걱정이 되어 밤늦게라도 하루 한 번 이상은 가서 문안을 드려야 마음이 놓인다.

더구나 토끼는 물에 약하여 귀에 물이 들어가면 아니 되기에 비 오는 소리가 들리면 한밤중에 자다가도 허겁지겁 자동차 핸들을 잡고 농장으로 달려가서 자식처럼 돌보아 주어야 한다.

주말농장에 오는 아이들은 부모의 자동차에서 내리자마자 토끼집을 향해 서로 경쟁하듯 달려간다. 먹이를 주면 빨간 눈알을 둥글리며 뾰족한 이빨과 날렵한 입으로 날름날름 받아먹는 모습이 재미있어서 아이들은 토끼가 먹는 풀이나 먹지 못하는 풀을 구분 못 하고 아무거나 밀어 넣어서 토끼집 주위는 항상 지저분하다.

처음에는 토끼들도 제 배가 부르면 주인이 가도 본체만체하지만 뱃속이 비어 출출할 때는 반가워서 좁은 철책 안을 몇 바퀴씩이나 돌면서 뛰고 야단법석이다. 그럴 때마다 "얘들아 미안해. 응! 그래 밥 줄게" 하며 진심으로 사과부터 한다.

자식들의 먹이감에 관심을 쏟는 엄마의 심정으로

말 못하는 짐승이라도 감정이 통하는지 정이 들었을 때부터는 먹이가 잔뜩 쌓여있어도 무조건 내 얼굴이 보이면 반갑다고 갖은 교태를 다 부린다. 마치 집안에서 키우는 애견들이 저를 사랑하는 주인이 외출했다 돌아오면 반갑다고 한길이나 뛰면서 달려들어 안아달라고 낑낑거리는 모습과도 같았다.

그런데 어느 날부터 매번 큰 토끼가 작은 토끼를 짓누르고 쫓아다니면서 괴롭히기 시작하자 작은 토끼는 좁은 토끼집 안에서 기를 쓰고 도망 다니다가 몸에 상처가 나기도 한다. 이놈들 세계에서도 강자가 약자를 짓밟는 것에 화가 나서 그럴 때마다 "야! 인마! 동생을 사랑하지 못하고 매일 그렇게 괴롭히면 어떻게 해" 하고 큰 토끼의 귀를 잡고 뺨을 때리면서 혼내주어도 그 버릇을 놓지 않으니 볼 때마다 속이 상하고 작은 놈이 안 되어 보여 마음이 아팠다.

그러던 차에 작은 토끼 주인이 와서 보더니 자기네 토끼가 큰놈에게 부대껴서 홀쭉하게 말랐다면서 눈물까지 글썽이며 냉정하게 데려가 버렸다. 작은 토끼를 괴롭힐 때는 가끔 때려주고 미워했지만 큰 토끼가 막상 홀로되어 외롭게 있는 모습에 "나도 혼자 잘살고 있으니 너도 혼자 한번 살아봐" 하고 겉으로는 냉정한 체 했으나 속으로는 마음이 편치 않았다.

다시 친구를 구해서 동거시키려 생각했다가 그동안 작은 토끼를 못살게 한 죄의 대가를 톡톡히 받게 하고 반성의 기회를 주려고 일부러 독수공방을 지키게 했다.

한동안 혼자서 먹이를 독차지해서인지 살만 포동포동하게 쪄서 누군가 욕심을 내서 훔쳐가지나 않을까? 하는 불안감에서 농장에 갈 때마다 먼저 하얀 생명의 존재를 확인하고 나서야 안심을 했다. 비록 한 집 안에서 살고 있지는 않지만 가족이 없는 나에게는 별거하고 있는 가족이나 다름없는 귀한 목숨이라는 생각이 들었기 때문이다. 그래서 엄마처럼 아무 데서나 토끼가 좋아하는 먹잇감이 있으면 핸드백 속에라도 넣어서 갖다 바치기도 했다.

오! 나의 새끼야! 이렇게 비참하게 가다니!

초여름 어느 날 새벽에 채소를 뜯기 위해 운동 겸 30분 거리에 있는 농장에 걸어가 평소처럼 먼저 토끼를 찾았다. 의당 제 울안에서 뛰고 뱅뱅이를 돌면서 반가워해야 할 고놈! 그 통통한 하얀 생명은 보이질 않고 토끼 우리는 텅 비어있었다. 잠겨있어야 할 출입문이 열려있어 "요놈이 가출을 했네. 제까진 놈이 나가보았댔자 어디 멀리 가지는 못했겠지" 하고 농장 전체를 다 찾아봐도 토끼의 모습은 찾을 수 없고 풍성한 채소들민 아침이슬을 암초롬히 맞고 싱그럽게 나부끼고 있었다. 분명 밤중에 사람의 손길이 뻗어 외지로 옮겨져 지금쯤 토끼의 생명이 어떻게 되었을 것을 생각하니 불안하고 속이 타서 죽겠기에 아예 체념해 버렸다. 그랬다가도 아쉽고 미련이 있어 주위에 토끼의 털이라도 남아있을까 하고 한참을 두리번거렸다. 그런데 토끼집에서 10미터쯤 떨어진 풀밭에서 처참한 토끼의 사체를 발견했다. 목과 몸통이 따로 분리되어 내장까지 나와 있는 것이 보이자 심장이 뛰고 오금이 떨려 차마 가까이 가서 자세히 살펴볼 수가 없었다.

농장 옆에 살고 있는 남자회원을 불러 토끼의 죽음을 알리는데 가슴이 떨리고 눈물이 자꾸 흘러내려서 말도 제대로 잇지 못했다. 간신히 근처 양지바른 언덕에 묻도록 부탁하고 나는 마음을 진정시키느라고 멀리 떨어져 있었다. 토끼를 매장 한 사람의 말에 의하면 큰 짐승이 와서 출입문을 부수고 끌어내어 식욕으로 배를 채우고 나서 버린 것이라고 했다. 그 말을 들으니 모골이 송연하여 그날 하루 종일 자꾸 토끼가 눈에 밟혀 머릿속이 흔들리고 밤에는 편히 잠도 잘 수가 없었다. 무엇보다도 그놈이 살아있을 때 미워하고 때렸던 것이 후회스러웠고 고의적으로 외롭게 했던 죄책감에서 내 자신을 한없이 질책했다. 나는 몇 번이나 뒤늦은 속죄를 하면서 눈물로 반성을 했다.

"토끼야! 엄마가 정말 미안해! 용서해줄 수 있지?"

농장 회원들이 와서 "왜? 토끼가 없느냐?"고 물을 때마다 그토록 처참하게 비명에 갔다는 말을 할 수가 없어서

"누가 훔쳐갔다"고만 간단히 대꾸하면서도 마치 내가 죄인인 것 같은 생각에서 말을 이를 수가 없었다.

그 날부터 텅 비어있는 토끼집과 그놈이 잠들고 있는 양지바른 비탈진 언덕을 바라볼 때마다 자식을 잃은 부모처럼 긴 한숨을 품어내며 아픈 마음을 달래느라고 한동안은 마음고생이 심했다.

그때서야 비로소 애완동물을 키우다 죽으면 며칠 동안 울며 장례까지 치러주는 사람들의 심리를 이해 할 수가 있었다.

나는 집에서 키우는 애완동물 중에 개와 고양이, 토끼를 어렸을 때 다 키워보았는데 그 중에 토끼를 가장 좋아했다. 토끼의 빨간 눈망울과 하얀 털이 좋았기 때문이다.

세상에서 가장 아름다운 꽃

어린애와 같이하면 영혼이 치유된다.

세상에서 가장 아름다운 것은 어린아이의 웃음이다. 그래서 어린아이를 인간 꽃이라 한다. 다음으로 아름다운 것은 어머니의 사랑과 예쁜 꽃이라고 하는데 꽃은 생명이 없는 무감각이며 이내 시들면 싫증이 나기 때문에 그 가치가 반감된다. 그런 반면에 갓 태어난 어린아이는 나날이 재주가 늘어가며 부모에게 한없는 기쁨과 진정한 행복을 안겨주기에 온 가족에게 사랑의 원천이 되며 희망과 인내를 안겨준다.

나는 20대부터도 내 자식이 없어서인지 형제자매의 2세인 조카들을 몹시 사랑했다. 뿐만 아니라 중년이 되어서는 조카들의 자녀인 언니 오빠의 손자손녀들도 마치 내 친 자손 이상으로 온갖 정성과 사랑을 퍼 주니까 저희 친할머니보다 이모할머니를 더 스스럼없이 따랐다. 그 녀석들이 어렸을 때는 명절에 다 모여 있는 자리에 내가 나타나면 서로 시샘을 하듯이 내 허리를 붙들고 매달리기 일쑤다. 저희들은 여럿이고 내 몸은 하나니까 나와 직접 스킨십을 하지 못하면 먼저 내 몸을 차지한 제 형제들의 뒤에서 허리를 안고 간접적인 스킨십을 하는 그 순간은 친 혈육이 아니라도 진정 삶의 향기를 느낄 수 있어 더없는 행복감에 젖어 보기도 했다. 그 모습을 본 언니는 "어머! 애들 좀 봐, 이모할머니를 서로 차지하려고 아주 쟁탈전이 벌어졌네." 하며 함박웃음을 날리며 온 집안에 웃음꽃을 가득히 담아낸다.

　　죄와 벌의 저자 도스토예프스키는 〈어린애와 같이 있으면 영혼이 치유된다〉고 했다. 어린애들만 보면 무조건 시선을 집중하고 마음속에서 엔돌핀이 나와 그냥 지나치지를 못하는 것이 몸에 배어있는 나로서는 친자녀가 없어 직접 영혼을 치유하지 못하니까 남의 자녀에게서라도 간접적으로 치유 받기위한 본능의 발로인지도 모른다. 중 노년에 이른 사람들이 이구동성으로 하는 말에 "내 자식 키울 때보다 손자손녀들이 더욱 애틋하고 깊은 정이 솔솔 솟아 나온다."고 한다. 이는 모든 인간에게 세월의 무게가 쌓일수록 사랑의 감성이 더 성숙하고 깊이가 있어 자손들에 대한 정이 내려갈수록 정점을 이루기 때문이다

어린아이는 응가를 하고 울어도 마냥 귀여워

　요즈음 젊은이들이 자녀출산을 억제하기 때문에 시골이나 도시를 막론하고 어린아이 울음소리 듣는 것이 흔하지 않기 때문에 아이 울음소리가 나면 언제나 나는 귀가 쫑긋하게 열려서 아름다운 노래를 감상하는 기분이다. 전철 객차 안에서 어린아이의 웃음이나 예쁜 말소리가 들리면 모두들 그쪽으로 시선을 집중하기에 차 안의 분위기가 한결 화목해진다. 특히 나이가 지긋한 어른들은 눈과 입가에 행복한 미소를 머금고 아이에게 진정한 사랑의 시선을 보낸다. 그러는데도 사람들이 많은 좁은 공간이 낯설고 답답해서인지 철없는 어린 아기가 마구 울며 떼를 쓸 때는 엄마 아빠는 다른 승객들에게 미안해서 전전긍긍하지만 모처럼 듣는 아이의 울음소리가 시끄럽거나 듣기 싫지도 않고 소프라노 노랫소리처럼 들리고 마냥 귀여운 것은 비단 나만은 아닐 것이다.

　작년 겨울 지역 시니어 인력뱅크에서 크리스마스 산타학교에 봉사할 할아버지 할머니를 모집하기에 영혼을 치유할 수 있는 어린아이들을 만난다는 기대에 다른 사람들에 앞서 가장 먼저 접수를 했다. 유난히도 혹독한 추위에도 아랑곳하지 않고 12킬로나 떨어진 먼 곳까지 다니면서 산타학교 교육에 기쁜 마음으로 참여했다.

　고등학교 다닐 때 체육시간은 재미있었지만 여성답게 유연한 몸놀림을 해야 하는 무용시간이나 가정시간에 손으로

섬세하게 만들어야 하는 재봉에는 전혀 취미가 없어 이리저리 핑계를 대고 그 시간을 피해 다녔다. 그런데 봉사를 통해 천사들과 만나는 산타할머니 역할에 큰 기대를 걸고 크리스마스 캐롤에 맞추어 뻣뻣이 굳어진 몸을 유연하게 굴려 율동을 연습하고 고무풍선으로 모자, 강아지, 칼, 꽃 등의 장난감을 만들어야 하는 작업은 정말 고역이었다. 학창시절에도 하지 않았던 고역을 70대에, 신나게 봉사하겠다는 것보다는 우선 당장에 당하는 육체와 마음의 고통이 더 심해 교육을 받는 동안 몇 번이나 포기하려고 했다. 그러나 노년의 끈질긴 인내심을 발휘하여 끝까지 교육을 마치고 크리스마스 때는 꽃처럼 아름다운 어린이집 천사들의 순진무결한 눈망울을 보는 것만으로도 마음이 흡족하여 황혼에 맛보는 색다른 행복이었다. 이번에는 모든 게 서툴러서 진정한 보람도 느끼지 못했으나 올해의 부족했던 경험을 거울삼아 내년에는 완벽하게 산타할머니 역할을 하겠다는 다짐을 했다.

금쪽같은 내 꽃에 사람냄새 나는 향기를

고슴도치도 제 새끼 예쁘다면 반가워하는데 만물의 영장인 인간의 마음은 얼마나 할 것인가? 언제 어느 장소에서도 엄마나 아빠의 손을 잡고 외출을 하거나 유모차에 실려서 나온 어린아이들을 보고서 "아주 살생겼다, 참 예쁘다."고 하며는 어떤 부모라도 미소로서 답례하며 아이에게 인사를 시킨다. 귀엽고 앙증맞게 "안녕하세요? 고맙습니다." 라는 천사의 목소리가 귓전을 울리면 잠자고 있던 영혼이 벌떡 일어나 온몸에 앤돌핀이 흐른다. 그런데 요즘 젊은 엄마들은 자기 아이들을 남들이 예뻐하거나 안아주는 것을 싫어하는 경우도 있어 부모 승낙 없이 임의로 스킨십을 하다가 얼굴 뜨겁게 면박을 당하기도 하는 썰렁한 세상인심이 어디서부터 잘못되었는지?

옛 우리 부모들이나 우리들 젊었을 때만 해도 따뜻한 온돌방에서 어린 아기를 부부사이나 옆에 두고 잠재우면서 수시로 안아주고 스킨십을 하면서 엄마의 숨소리와 가슴에서 우러나오는 순정에서 아기에게 아름다운 정서와 참된 인간미가 형성된다. 그런데 요즈음은 엄마 품이 아닌 냉랭한 인조침대와 플라스틱 젖병에서 나오는 분유에 생명줄을 의지하며 홀로 잠자게 하면서 아기가 울 때에나 한 번씩 돌보거나 심지어는 딴 방에서 아기 돌봄이 손에 의해서 키워지고 있으니 제대로 된 인간성을 언제 불어넣겠는가!

겨우 사람으로서 활동하기 시작하면 아침에 일어나기가 무섭게 강제로 먹여주는 음식 한 숟갈 뜨고 바쁘게 서두르는 부모의 자가용이나 유치원 차에 실려서 하루 종일 시설의 남의 손에서 기계처럼 생활한다. 그리고도 저녁이면 그리운 부모의 얼굴과 눈을 마주치고 따뜻한 가슴에 포근하게 안아주거나 안겨볼 여유도 없이 각자 꿈속으로 들어간다.

세상에서 가장 아름다운 순진하고 귀중한 꽃을 본래의
모습 그대로의 가치를 유지하기 위해서는 그 꽃을 소유한 장
본인들의 건전한 마인드와 현명한 삶의 자세 여하에 따라 훗
날 제대로의 가치가 나타나는 것이다.

부모, 자식보다 더 사랑받는 애완견

싱글들에겐 유일한 가족

우리나라에도 가족의 일원으로 집 안에서 사람과 같이 살고 있는 애완견이 300만 마리나 되어 가축병원이 사람을 치료하는 병원보다 수입이 더 좋은 곳도 있다. 가족이 모두 해외여행이나 동행할 수 없는 곳을 갈 때는 아픈 곳이 없어도 가축병원에 입원해서 숙식을 해야 되는데 이때 드는 비용이 만만치가 않아 경제적인 형편이 맞지 않은 서민가정의 부모들은 애완견을 좋아하는 아이들의 간절한 요구를 들어주지도 못할 형편이다.

그런데 저녁에 집으로 돌아갈 때 반갑게 맞아주는 가족이 없어 반려자로서 외로움을 달래려는 싱글들에게는 생활비가 축나는 것에는 아랑곳하지 않고 마치 사랑하는 자식을 키우듯 애완견에게 온갖 정성을 다 쏟는 경우가 많다.

노부모를 모시고 아내와 자녀 등 2대 가족이 살고 있는 집에서도 가장家長이 가족에 앞서 개에 대한 사랑이 지극하여 아내나 자녀들이 시샘을 일으키는 경우도 적지 않다.

요즈음은 남녀노소를 막론하고 애완견을 배우자나 자녀보다 더 아끼고 사랑한 나머지 심지어 중년 주부나 가장 중에도 이사할 때 애완견만 꼬옥 안고 다른 가족의 존재에 대해서는 아랑곳하지도 않는 사람도 있어 부부싸움의 원인이 되기도 한다.

개집 속에 앉아서 아들을 기다리는 늙은 아버지의 반란

서울의 한 중류 가정에서 실제로 있었던 일이다. 가족이 여럿이 있어도 언제나 외로운 노인은 저녁때가 되어 가족들이 한 사람씩 대문을 열고 들어서면서 아들을 위시해서 온 가족들이 개에게는 온갖 맛있는 것을 다 사다 주면서 웃고 얼리며 정다운 대화를 한다. 하지만 하루 종일 집안에서 속절없이 늙어버린 인생의 황혼을 원망하며 개하고 같이 충실히 집을 지켰건만 자신에게는 눈 한 번 마주치지도 않는 것에 때론 참을 수 없는 비애를 느끼게 되었다.

아들 며느리 손자 손녀들과 함께 살고 있는 70대 노인이 평소에 개보다 못한 대우를 받고 사는데 몹시 섭섭한 나머지 아들이 퇴근해서 돌아올 시간쯤 해서 앞 정원에 큼지막하고 호화스럽게 세워진 개집 안으로 들어가 허리를 구부리고 앉아 대기하고 있었다. 마침 대문 밖에서 아들이 타고 온 자동차 크랙션 소리가 들리자 개집 안에서 얌전히 엎드려 기도를 하는 체했다. 집 대문을 열자마자 애견에게 달려가 사랑을 표하려던 아들이 아버지의 그 모습을 보고 깜짝 놀라 눈을 휘둥그레 뜨고서 "아버지! 이게 어찌 된 일이에요. 여기서 무얼 하고 계신 거요?" 하고 어쩔 줄을 모른다. 아버지 하는 말 "이 늙은 애비 오늘은 더도 덜도 말고 개만큼 만이라도 대우 한 번 받아보려고 한다."

애완견에 지나친 사랑을 기울이다가 아내에게까지 소홀하던 어느 가장이 이혼까지 당할 뻔했다가 위기를 모면한 사례도 있는가 하면 최근에는 한 방에서 몇 년간 같이 살았던 애완견의 죽음에 충격을 받아 스스로 목숨을 버린 20대 처녀도 있었다.

의리와 충성의 대명사, 전국적인 애견 행사

지구상에 4000여 종의 포유류와 1만여 종의 새가 있는데 그중에서 인간이 길들이는 데 성공한 것은 10여 종류에 불과하다고 한다. 대표적인 것이 개와 고양이, 앵무새인데 그중 개는 썰매를 끌기도 하고 조난자를 수색하고 집을 지키며 친구이자 가족으로서 항상 변함없는 충성과 사랑을 바치기 때문에 애완동물로서 가장 큰 몫을 차지하고 있다. 그렇기 때문에 한집에서 살았던 개가 죽으면 사람과 똑같이 무덤을 만들어주고 수시로 개의 묘를 찾는 경우도 가끔 매스컴을 통해서 듣는다.

의리와 충성심이 강한 개가 죽거나 사고를 당했을 때 가족들이 당하는 아픔이 사람에 못지않기 때문에 개를 키우다 죽게 되어 상처를 받은 후에는 다시는 개를 집안 식구로 맞아들이지 않는 가정도 있다. 어떤 영리한 개는 가정에서 10여 년을 넘도록 함께 살다가 늙어서 죽을 때가 되면 멀리 밖으로 나가 자신의 죽음을 주인에게 볼 수 없는 곳에서 생명을 마친다고도 한다. 비록 말 못하는 짐승이라도 주인에게 마음의 상처를 주지 않기 위한 의리의 동물이라는 실체를 보여주는 것이다.

20세기 최고의 극작가인 유진 오닐은 그가 쓴 〈아주 특별한 개의 마지막 유언〉에서 애완견의 죽음을 옆에서 지켜보면서 겪은 슬픔을 개의 가상 유언에 이렇게 표현했다.

〈저에게는 주인에 대한 사랑과 충성을 빼고는 유산으로서 남길 만한 게 아무것도 없습니다. 언제든지 제 무덤에 찾아오실 때 이렇게 말씀해주세요. "여기 우리를 사랑했고 우리가 사랑했던 친구가 묻혔노라." 저는 아무리 깊이 잠들었다 할지라도 당신께 귀 기울이고 있을 겁니다.〉

이것으로서 극작가 오닐의 애완견 사랑의 척도를 능히 짐작할뿐더러 애완견에 집착하는 사람들의 심리를 충분히 이해하고도 남음이 있다

위험에 처해있는 주인을 구하고 죽은 의로운 개에 대한 것은 고려시대의 보한집에 수록되어있어 초등학교 교과서에도 실려 있는 전라북도 임실군 오수면에 있는 오수獒樹의 의견義犬이야기를 모르는 사람은 없을 것이다.

천년의 혼을 깨우기 위하여 1996년도부터 의로움을 상징하는 충견 오수개의 육종연구사업이 시작되어 세계적인 명견을 탄생시키기 위하여 현지에서는 매년 〈오수 의견 문화제〉를 거행하면서 전국애견경연대회를 열기도 한다.

살아있는 애완견과 비슷한 로봇 애완견

그런데 사람과 같이 감정도 표현하고 주인을 지키기 위하여 목숨까지 버리는 의리 있고 따뜻한 체온을 느낄 수 있는 살아있는 개에게 새로운 도전자가 출연했다는 것이다. 이른바 금속제 꼬리를 흔드는 로봇 애완견이다.

1999년 일본의 소니사에서 제작한 '아이보' 라고 불리는 인공지능 애완견 로봇은 양로원에서 노인들과 8주간 놀게 하는 실험을 한 결과 노인들의 외로움을 덜게 하고 개에 대한 애착심의 정도가 살아있는 개와 비슷했다고 한다. 앞으로는 사람의 얼굴을 인식할 수 있는 기능까지 탑재한 신형 로봇 애완견이 나오게 된다는 소문이 있다. 그때가 되면 처음 구입할 때 값을 많이 지불하는 단점이 있겠지만 수시로 비싼

사료를 구입하거나 배설물을 처리하지 않아도 되고, 발병하거나 장기간 집을 비울 때 개를 동반하는 번거로움이나 동물병원에 입원시키는 불편도 없어 개 애호가들에게 더 없는 친구이자 애인이 될 것을 기대해본다.

사람에게 붙이는 충견이나 맹견은 불명예스러운 칭호

개가 사람에게 어떤 역할을 하느냐에 따라 의견·충견·맹견·맹구·엽견獵犬이라는 칭호를 받게 된다. 그런데 사람에게도 똑같은 칭호를 붙이기도 한다.

주인에게 의리와 도리를 지키는 개에게 의견義犬이라 하는 것에 비하여 인간으로서 경제력이나 권력을 쥔 사람에게 목적이 있어서 의도적으로 충성하거나 또는 맹목적으로 따르는 것을 충견忠犬또는 맹견猛犬노릇한다고 한다. 이해관계 없이 주인에게 순수하게 바치는 짐승의 사랑은 의견으로서 고귀한 가치를 부여할 수 있으나 인간이 인간을 상대로 바치는 충견이나 맹견의 칭호를 듣는다는 것은 그리 아름답지 못한 비꼬는 말이라고 할 수 있다.

그런데 주인에게 충성을 했던 맹견이 때론 자신의 이익과 목적을 위해서 순식간에 맹구猛狗로 변하여 전 주인을 물어뜯고 다음 주인에게 충성을 하지만 그것은 인간의 도리가 아니다. 새 주인은 한 번 이용하고서 토사구팽兎死狗烹(사냥하러

갔던 개는 토끼를 잡으면 쓸모없기 때문에 보신탕집으로 보내진다)을 시키는 사례를 우리 사회에서 흔히 볼 수 있다. 그러므로 어리석은 맹구들이 눈앞의 이익만을 추구하여 주인에게 맹종하여 주인도 망치는 것뿐 아니라 자신도 나락에 떨어지는 실수를 하게 된다. 그러니 현명한 사람은 사리판단을 잘하여 끝까지 의견 역할을 하며는 내면의 아름다운 인간성이 인정되어 언젠가는 다시 살아나거나 의리의 인간으로 좋은 이미지를 남기게 되는 것이다.

인생에 화려한 시대의 빛과 어두운 시대의 그림자

모래시계의 PD고 김종학 의 죽음을 애도하며

Life is sort but Art is long.

중학교 2학년에 올라가서 첫 영어 시간에 교실에 들어오신 선생님이 아무 말 없이 동강 난 하얀 조각 분필로 검정색 칠판에 영어로 쓴 이 단란한 문장이 이제까지 살아오면서 뇌리 속에서 가장 자주 떠오르는 영어문장이다.

오늘날 영상문화는 인간의 뇌리까지 변화시킬 정도로 우리 실생활 곳곳에 파고들어 대중의 인기를 먹고사는 TV 탤런트들은 인기드라마 한편에서 주역만 맡아 연기를 잘하면 삽시간에 그 예명이 전국에 퍼져 시청자들의 마음을 사로잡는다. 한 사람의 연예인이 일약 일류스타가 되는 데는 드라마제작자인 PD의 역할에 달려있기 때문에 그의 역량이나 배려는 진 언예인의 생명을 쉬락펴락할 수 있는 위치에 놓여 있다.

그러나 우리나라 연예계의 비극은 세계 어느 나라 못지 않게 스타들의 출연료 때문에 주연과 조연 스태프 진은 물론 출연자와 제작사 사이에 벌어지고 있는 빛과 어둠의 차이가 극심하여 과거에도 현재에도 끊임없는 비극의 연속이다. 배우들의 출연료가 미국은 10%, 이웃 일본은 20~30%에 불과한 것에 비교하면 한국은 제작비의 55~65%의 고액을 차지하고 있고 여기에 제작사의 난립으로 과당경쟁을 초래하고 있는 것은 애초부터 연예계의 예고된 비극이다.

지루한 장마와 작열하는 폭염이 교차하여 나타나는 2013년 7월 하순에 전 연예인들과 시청자들의 가슴을 뭉클하고 비애에 젖게 한 드라마계의 거두 김종학 PD의 자살소식은 인생의 빛과 어둠을 가장 적나라하게 실증했다.

77년도에 문화방송 PD로 입사한 후 6년만인 81년도에 〈수사반장〉으로 드라마 계에 명성을 떨치고 나서 그는 88년도에 〈인간시장〉, 91년도의 〈여명의 눈동자〉, 95년도 〈모래시계〉를 통하여 드라마제작의 신적존재로 인정받아 연예계의 큰 산으로 존경과 부러움을 한 몸에 담고 화려한 빛을 받았다.

화려한 시대의 빛과 자살에 이른 어둠의 그림자

2007년에 방영된 〈태왕사신기〉의 주연배우 배용준의 1회당 출연료가 2억 5천만 원이었던 것에서부터 김종학 PD의 수지계산은 기울기 시작했다고 본다. 여기에다 2012년에 방영된 〈신의〉는 애당초 기획했던 흥행에서 재미를 보지 못하자 밀린 출연료와 스태프 진들의 인건비를 지급하지 못하는 경제란에 봉착했다. 드디어 횡령 배임 사기로 고발을 당하고 검찰의 구속까지 임박하여 제작자 최후의 자존심에 상처를 받고서 집을 떠나 아무도 모르는 3평짜리 고시텔에서 인생 최후의 결단을 내린 것으로 본다.

세상사가 모두 그러하듯이 잘 나갈 때는 흉허물도 다 가리어지고 좋은 점만 나타나지만 기울여지고 별 볼일 없을 때가 되면 없었던 것도 만들어내어 난타당하는 몰인정한 것이 세상의 인심이다. 때문에 철면피한 성격이라면 그 난관을 뚫고 나갈 수 있으나 명예와 신의를 존중하며 살아온 지성인에게는 자존심이 허락하지 않아서 결국은 스스로 자기 목숨을 단절시키는 최후의 방법을 택하게 된다.

근래에 들어서 외적인 상황과 검찰의 강압적인 수사에 맞물려 자살이란 극단적인 결단으로 온 세상을 들끓게 한 사회 거물 인사로서는 현대아산의 고 정몽헌 회장, 고 노무현 대통령에 이어 김종학 PD가 3번째에 이른 것으로 생각된다.

그는 1980년에 방영된 〈인간시장〉에서는 사회 부조리를 찾아내어 응징하였고, 91년도에 방영된 〈여명의 눈동자〉에서는 당시 아무도 소리 내어 말하지 못했던 제주 4·3사건 현장의 억울한 참상을 사회에 고발했고, 95년도에는 드라마 사상 최고의 명작인 〈모래시계〉에서도 암울했던 시절에 있었던 운동권 학생의 실상과 광주 민주화운동, YH사건 등의 시대상을 과감하게 노출시킨 대작으로 현재까지 시청자들의 뇌리에서 떠나지 않고 영원한 명작으로 남아있다. 특히 모래시계는 당시 드라마 방영시간이 〈귀가시간〉으로 바뀔 만큼 시청률 최고 64.7%의 기적을 만들어낸 대작이었다. 이 작품의 제작에 참여했던 젊은 여성 극작가 송지나와 PD 김종학을 모르면 청장년의 대열에 끼지도 못할 정도로 부러움과 인기를 독차지하여 화려한 조명을 받았던 시대였다.

당시 모래시계에서 주연을 맡았던 박상원·최민수·고현정의 3인방이 최고 스타의 반열에 오르게 한 것도 김 PD의 역량이었고, 박상원(강우석 역)은 홍준표 검사의 실제 모델이로서 당시 권력 핵심부의 부정사건을 통쾌하게 척결한 정의의 법관이었던 실제 인물 홍준표 씨는 7년 후에 치러진 보궐선거에서 모래시계검사라는 캐치프레이즈로 국회의원에 당선되어 거대 여당의 대표와 경남도지사까지 하면서 현재까지정계의 거물로 건재하고 있다.

김종학PD가 만든 모래시계로 인하여 인생 여정에 찬란한 빛을 받은 수혜자 중 한 사람인 홍준표 지사는 고 노무현 대통령의 자살에 대하여 죽을 용기로서 당당히 난관을 뚫고 나갈 것을 바랐는데 안타까운 일이라고 술회했다. 한편 최민수(박태수역) 씨는 최근 KBS 2TV방송의 〈칼과 꽃〉에서 연개소문 역을 맡으면서 촬영장에서 얼굴에 검은 수염으로 분장한 모습 그대로 김종학 피디의 장례식장에 나타났을 때 처음엔 누구인가 분별을 못 하여서 더욱 시선을 끌었다. 서울아산병원 장례식장의 3면 벽이 온통 화환으로 빈틈없이 장식된 것은 김 PD의 생전에 화려했던 전력의 상징이었으나 한동안 빚에 쪼들리며 고통을 당하다 홀연히 떠나버린 것은 어둠의 시기를 과감하게 헤쳐나오지 못한 자존심 강한 인생의 표상으로 많은 사람들의 가슴을 아프게 했다.

어둠 속에서 희망의 빛을 주었던 모래시계 주제가 백학

나는 모래시계가 방영된 1996년에 파격적인 인생행로를 개척하려고 보람 있는 일을 하며 잘 다니던 직장까지 버리고 성직자가 되기 위한 수도생활을 감행했다. 당시 비축해놓은 재산이 없어서 비혼 생활의 노후생활에 불안을 느끼던 차에 3년 동안의 고된 수련생활을 마치면 종합사회복지관의 운영을 할 수 있다는 희망 때문에 꿈에도 생각하지 않았던 수녀의 길은 택했던 것이다. 그 길은 애당초 내게 맞지 않았던 길인데도 주위의 만류를 뿌리치고 일시적인 오판 때문에 감행하였던 것이다.

본래 신앙심이 깊지도 못하여 기도생활은 더더구나 백지 상태에서 새벽 4시에 일어나 기도로부터 하루일과를 시작해야 하며 육체적인 일은 몸에 배지 않아 서투르기 짝이 없는 고역 이었다. 나는 처음부터 혼자 살아온 습관 때문에 누구하고 한 방에서 같이 산다는 것, 특히 한 방에서 2,30대 젊은 비혼녀들과 어울려 가족처럼 생활을 해야 하는 분위기에 쉽게 적응하지를 못했다. 더구나 숨 쉬는 것 외엔 자유를 송두리째 저당 잡힌 수도원 생활이 단시일 내에 익숙해진다는 것도 나의 평소 라이프스타일에 전혀 맞지 않았다.

　　이토록 정신과 육체가 다 묶이는 생활은 자연적으로 병마에 굴복당하지 않을 수가 없었으며 여기에 나이 어린 후배들보다 모든 것을 앞서야 한다는 심리적인 부담으로 인한 고통은 더 이상의 인내심에 한계를 넘지 못했다.

　　그렇다고 수도생활을 포기하고 집으로 돌아간다는 것은 자존심이 허락하지를 않아 차라리 죽는 방법을 택하기로 하고 어느 날 외부로 작업하러 나갈 때 2.5톤 트럭의 운전을 내가 하겠다고 자원했다. 승용차만 운전했던 경력에 전혀 경험이 없는 트럭을 몰고 나가는 것은 용기가 필요했기에 수도원 광장을 서너 바퀴 돌고 나니까 어느 정도 자신감이 생겼다. 마침 수도원의 선물방(구내매점)에서 순례신도들에게 판매하는 무공해 메주를 만드는 작업장에 동행하는 수녀들을 태우고 외부에 있는 분원으로 작업을 하기위해 외출을 했다.

　　동행한 수녀들을 희생해서는 절대로 아니 되므로 그녀들

을 작업장에 다 내려놓고 자동차를 고치는 기회를 이용하여 혼자 나가서 부러 사고를 가장하여 내 결심을 실행하려는 계획을 세웠다. 그런데 운전을 하고 작업장에 가는 도중 자동차의 콘솔박스를 뒤척여보았더니 그 속에 모래시계 주제가인 러시아 민요 〈이오시프 코브존〉의 노래 백학白鶴 테이프가 들어있었다. 모래시계 드라마를 시작할 때마다 전주곡으로 흘러나오는 이 음악은 독일의 전쟁터에 나가 돌아오지 않는 아들이나 연인들을 그리며 부른 노래로서 슬프고도 장엄한 곡이 듣는 사람들을 매혹시켜 언제나 들어도 가슴 설레며 힘이 솟는다. 그 노래 카세트 테이프가 바로 내 눈앞에 있으니 마치 죽었다가 살아 돌아온 애인을 만난 기분에서 설레는 마음을 진정시킬 수가 없어 동승했던 동료 수녀들에게 양해를 얻어 조심스럽게 테이프를 틀었다. 사회에서 있다가 들어온 지 겨우 1,2개월 밖에 안 되었으니까 다들 좋아하지 않을 수가 없었다.

한순간만 참으면 절망의 벼랑에서 희망의 언덕으로

옛날에는 한강 변에 '이 순간만 참으세요'라는 푯말을 붙여놓아 자살하러 간 사람들의 마음을 돌려놓기도 했었다. 사람의 마음은 참으로 간사해서 연거푸 2,3회 반복하여 들었더니 새롭게 살고 싶은 욕구가 솟아올라 언제 죽고 싶었던 감정이 있었는지 다 잊어버리고 어떻게 해서든지 목적을 이루고서 돌아가야겠다는 결심이 솟구쳤다. 그리로 나서 그 테잎을 내 것으로 만들어 선물 방에서 근무할 때는 외지인들이 출입하기 때문에 잔잔한 음악을 들려주어야 한다면서 은은하게 백학 테이프를 틀어놓고 매점을 출입하는 신도들에게도 기쁨을 주었을 뿐 아니라 나 자신에게는 음악에 도취되어 살려는 의욕이 자꾸 솟아나도록 마음의 평안을 찾았다.

희망과 기대를 품고서 들어갔던 수도생활은 위장병과 신우염으로 인하여 3개월 만에 종지부를 찍고 환속하였다. 다니던 직장은 후임이 들어오지 않아 공석인 채로 있어서 병 치료 후 다음 해부터 다시 근무를 했다. 당시 한국장애인단체총연합회 사무총장으로 일하다 사표를 내고 수도원으로 직행했는데 임명권자인 회장의 말은 내가 나간 후 "후임 사무총장을 여럿 면접했으나 김 총장만한 마인드를 가진 사람이 없어서 공석으로 놔두었다" 는 말에 다시 다니던 직장으로 컴백하였다. 단 3~4개월 동안이지만 삶의 명암이 두 번이나 교차되었다.

인생은 누구나 마찬가지겠지만 평생 삶의 역정에서 수없이 음지가 되었다 양지로 바뀌고 양지에서 음지로 떨어지는 희비쌍곡선의 연속이 상존하는 것 같다.

다시 태어나도 이 길을

결혼생활의 불편과 부자유가 싱글에 대한 동경

　노령층의 남성들에게 〈다음 세상에서도 지금의 부인과 만나서 살고 싶으냐?〉고 물으면 대부분 남성들의 경우 "그렇다"는 대답을 한다. 그들이 젊고 경제력이 있어 여성편력이 화려할 때는 물건과 마누라는 새것이 좋다고 했지만 황혼 길에 들어섰을 때에는 대부분이 아내의 존재를 소중하게 생각한다. 하지만 여성들의 경우에는 정상적인 가정생활과 젊고 멋있을 때에는 자기 남편을 최고로 생각하였다가 늙고 힘이 없을 때에는 평생 동안 남편이 잘 못 해준 것만 되살아나 대부분이 〈다음 세상에는 절대 만나지 않겠다고 한다〉며 부정적으로 대답한다. 그래서 노년의 남편들에게는 삶에서 가장 필요한 것은 첫째 부인, 둘째 아내, 셋째 마누라로서 생활의 전부를 현재의 동반자인 부인에게 의지한다. 그러나 부인들은 첫째 딸, 둘째 돈, 셋째 친구라고 하는 것을 보면 여성

측에서는 노년의 부부생활에 대해 훨씬 더 부정적이다. 그것은 남자는 경제문제 한 가지만 해결하면 책임과 의무를 다하는 것으로 간주되지만 여자의 경우에는 경제의 책임도 공동부담하고 관리까지도 물론 한 가정을 꾸려 가는데 있어서 하나에서 열 가지 다 짊어져야 하기 때문에 정신과 육체 모두가 지치기 때문이다.

결혼해서 10년쯤 살게 되면 사회병이 돋아 명예를 존중하는 남편들이 아내의 의사는 무시한 채 지방 의회나 국회의원 등 정치에 발을 들여놓거나 사업에 기웃거려 가족을 고생시키는 일이 비일비재하다. 돈 있고 시간 있으면 아내 외의 다른 여성에 눈을 판다든지 도박에 빠져 가산을 탕진하면 그때부터 아내의 인생길은 가시밭길에 접어든다.

그래서 이왕 세상 한번 살면서 복잡하고 힘들게 사는 것보다 소신대로 하고 싶은 일 하면서 자유롭게 사는 것이 이 시대의 인생 웰빙이기 때문에 다시 태어나도 이 길 즉 혼자의 삶을 선택하겠다는 공통적인 이유를 우선 기혼자들을 기준해서 열거해본다.

여성은 결혼해서 임신 출산으로 인하여 몸에서 칼슘과 여성 호르몬이 빠져나가 관절통, 요통, 골다공증 등 성인병의 요인이 되며, 성장 호르몬이 부족하여 배가 나오기 시작하면 처녀 때 날씬했던 허리가 배하고 같이 굵어간다. 뿐만 아니라 어린아이를 업고 껴안거나 젖을 먹이면서 무리를 하면 관절통이나 자궁 관계 질병이 비혼에 비해 훨씬 많이 발생하게 된다.

　명절, 기념일, 가족 및 친척의 애경사 때마다 배우자 가족, 친척들에 대한 인사문제, 가족 간의 이해관계로 인한 감정대립에서 받는 스트레스로 처음엔 부부싸움을 시작으로 차츰 가정불화의 회수가 잦아지고 심하면 이혼까지 불사하는 고통을 당해야 한다.

　한번 결혼해서 실패하면 인생을 망칠 수도 있고, 배우자나 자식이 병들면 같이 앓거나 그들이 입원할 경우엔 환자 못지않게 같이 병원생활을 할 정도로 사생활이 엉망이 되며, 불행하게도 영원한 이별이 된다면 그 충격은 모든 것을 앗아가는 비극으로 치닫기까지 한다.

　이 세상의 모든 부모들이 자식 문제 만큼은 마음대로 할 수 없어 자식 이기는 부모가 없다는 것은 자식농사의 성패는 다 부모의 책임으로 귀착되는 것이기 때문에 짝을 맞추어준 자식이나 미혼 자식을 불문하고 불미스러운 일에는 친척이나 주위 사람들에게도 숨겨야 하는 고충 때문에 남몰래 속이 문드러지는 아픔을 겪어야 한다.

　여성은 우리네 가정의 영원한 고질병인 고부 싸움에서 비켜갈 수 없는 문제 거리로 수천 년을 내려와도 그칠 줄 모르는 고부간 또는 시누 간의 감정대립은 영원히 풀 수 없는 불가사의한 일일까? 중간에 서 있는 남편이나 아들은 이를 조정하는 능력이 없어서일까? 며느리의 시아버지는 집안의 어른인데도 피안의 불처럼 바라만 보고 자기 아내를 어떻게 컨트롤 할 수 없을까? 시어머니는 친딸이라 생각하고 며느리는 친어머니로 모실 수는 없을까?

혼자 사는 비혼들은 이 모든 복잡한 일로부터 비켜서 있어서 기혼자들의 고통을 속속들이 알 수는 없지만, 간접적으로 보고 들어서 능히 짐작할 수 있기 때문에 다시 태어나도 이 길은 아니 가겠다는 것이다.

화려한 주택도 명품도 복잡한 가족에서 해방

요즈음처럼 주택난 때문에 결혼생활 어려운 시대에 넓고 화려한 주택은 꿈도 꾸지 않고 싱글에 맞는 원룸이나 단칸방 하나만 있어도 네 활개 쭉 펴고 마음껏 주거공간을 누릴 수 있어 만족한다.

2~3년 전만 해도 백화점의 명품 코너에 신세대들의 행렬이 길게 줄을 잇더니 이제는 그런 풍경도 사라지고, 부모의 선심도 자신의 호주머니도 여의치 않도록 경제사정이 좋지 않아 연애·결혼·출산도 포기한 이른바 3포시대로 접어들어 독신에 대한 동경심은 점점 높아만 가고 있다.

집집마다 과년한 아들딸들 때문에 성화를 대는 부모들의 애끓는 심정은 나 몰라라 하면서 미혼자녀들은 휴일이면 각종 도구를 짊어지고 희희낙락 여행을 떠나는 풍경을 이제는 어쩔 수 없이 중 노년 부모들도 긍정적으로 수용할 수밖에 없는 시대다.

그런가 하면 비혼 자녀들과 동행하면 엄마와 아들을 누나와 남동생, 아버지와 딸을 시아버지와 며느리, 아빠와 아들을 큰형과 막내 동생, 등으로 착각하여 가족관계를 오해할 수도 있지만 어쩔 수 없는 시대조류로서 조용히 수용할 수밖에 없는 분위기가 되어 자연스럽게 부모와 동거하고 있다.

심신이 피로할 때 아무의 방해 없이 나 혼자서 온 집안을 독차지하고서 먹고 싶은 것 다 사다 놓고 입을 즐겁게 하는 동시에 귀도 즐겁게 하는 클래식이나 가곡, 때론 대중가요 속에 푹 파묻혀 본다. 고은 시인이 말하기를 〈노래는 시의 줄기에다 가락을 붙여 귀에 붓는 술이다〉라고 했다. 그렇다. 뇌와 귀로 듣는 것에 만족하지 못하면 코와 입으로 소리를 내어 품어 내면 온 몸속까지 흥겨움에 파묻혀 이웃집까지 퍼져 다른 사람들의 귀까지 즐겁게 해준다. 수면을 방해하는 전화도 진동으로 해놓고 은은한 음악 소리에 스르르 잠이 들어 한숨 늘어지게 자고 일어나 시원한 음료수나 와인 한잔 쑥 들이키는 그 기분은 세상 어디서도 느낄 수 없는 최고의 맛이다.

인생길은 왕복 차표는 없고 편도뿐이다.

혼자 사는 사람들은 아침저녁은 언제나 홀로 앉아 먹기

때문에 밖에서도 아무 곳에서나 스스럼없이 잘 먹는 것이 정상이다. 그런데 나는 젊어서부터 아무리 뱃속에서 시냇물 흐르는 소리가 요란해도 부부싸움 하고 집 나온 외로운 여자로 보일 것 같아 부끄러워서 혼자 음식을 먹지 못한다. 하지만 분위기 좋고 음식 맛이 특별한 곳이 있으면 그 음식점이 존속하는 한 마치 그 음식점 홍보요원처럼 사람들을 몰고 다니는 취미가 있다.

내 몸의 건강은 보약보다 음식으로 골고루 영양가를 취해야 하므로 집에서도 이것저것 내 기호에 맞는 찬거리를 준비해놓아 어떤 땐 식탁이 그득하게 10가지도 넘게 늘어놓는다. 그것들은 모두가 다 나만의 건강을 위한 음식이기에 한 번씩 다 젓가락으로 스킨십을 한다. 안 그러면 저를 무시한다고 삐질 것 같고 또 반찬 그릇들을 운동시키기 위해서라도 다 꺼내 놓아야 한다. 내가 아니면 한 달이 다 되어도 들여다보는 주인이 없어 스스로 병이 들어 퇴출당해야 하는 신세가 되기 때문이다.

보약을 먹어도, 값비싼 의상이나 소지품을 구입할 때도, 한밤중이나 새벽에 외출하거나 아무 때나 귀가할 때도, 사랑의 정열을 누구에게나 줄줄이 뿌리고 다녀도, 온 집안에 오방나한전을 벌려놓고 있어도 눈치를 보거나 간섭하는 대상이 없어 자유를 만끽하는 위치가 누구에게도 양보하기 싫은 명당자리다.

이토록 세상에 모든 일을 내 마음대로 할 수 있는 자유가 무한대로 보장될 수 있기에 나는 다시 태어나도 내가 걸어왔던 비혼의 길을 선택할 것이다.

많은 사람들은 내가 인생길을 되돌릴 수만 있다면 지금까지처럼 살지는 않을 것이라며 새로운 인생설계를 멋들어지게 내놓는다. 그러나 한번 지나간 세월은 다시는 오지 않을 뿐더러 수정도 불가능하다. 인생길에는 왕복 차표는 없고 오직 편도뿐이다. 그러므로 내가 세상에 존재하는 동안 어머니 뱃속에서 태어날 때 조물주에게 받은 편도 티켓 한 장을 가치 있고 유용하게 잘 활용하면서 고이 간직하고만 있으면 때가 되었을 때 조물주가 죽음이란 종착역까지만 잘 태워다 줄 것이다. 내게는 그 편도 차표가 '오리지널 싱글'이라는 특별 차표이기에 따라오려는 군식구도 없고 남에게 주어야 할 빚이나 죄지은 것도 없으니 바로 직진코스로 염라대왕 앞에 가게 되면 그곳에서도 다시 싱글 자리에 배치해 줄 것이다.

독신들이여! 생명나눔운동에 동참하라

장기기증 선서에 격려와 감탄, 항의까지도

'나는 사후의 시신 기증과 죽음 전에 인류의 생명을 구하기 위하여 기증할 수 있는 모든 장기를 기증한다'

장기 기증 서약서는 아무나 쉽게 할 수 있는 일은 아닌 것 같다. 본인의 결심은 물론 가족의 동의가 필요하고 모든 절차를 거쳐서 생전에 해 놓았다 해도 사후에 가족의 실천이 따라야 이루어지는 것이다. 일부 종교단체에서 집단적으로 하는 기증 운동에 참여했다가 중간에 변심하거나 또한 자신이 오랫동안 깊이 생각해서 결정한 것이라 해도 부모와 배우자, 자식들이 생전이나 사후에도 전혀 움직여주지 않는 경우가 있어 서약한 사람이 숫자적으로는 많아도 생명이 일각에 놓여있는 위급한 환자와 연결되는 것까지는 말처럼 쉽게 이루어지지는 못하고 있는 것이 사회현실이다.

나는 70년대 국회의원비서관 시절에 사랑의장기기증운동

본부의 박진탁 목사님이 처음 설립할 당시부터 관여하였기에 장기기증의 가치와 필요성을 잘 알고 있었다. 그래서 나의 첫 작품 〈독신! 그 무한한 자유〉 출판기념회(94년 2월 26일)의 200여 명이 모인 공개적인 자리에서 당시 장기기증운동본부의 이사장 앞에서 서약을 한 것이다.

육체는 조물주가 부모님을 통해서 이 세상에 보내주었기에 아무리 좋은 일에 보람되게 쓴다 해도 반드시 부모님의 승낙을 받아야 한다. 하지만 다행히 나는 부모님 두 분이 다 떠나신 후이기 때문에 그런 절차를 밟지 않아도 되었기에 조금 순조로워 장기기증에 대한 것을 사전에 형제들은 물론 주위의 아무에게도 상의하지 않고 1주일 동안을 혼자서 고민하다가 결정했던 것이다.

출판기념회가 모든 순서를 화기애애하게 진행한 후 끝날 무렵 갑자기 장기기증 서약서를 낭독하자 장내가 숙연해지면서 훌쩍이는 소리가 들리기도 하고 손수건을 꺼내어 눈물을 닦는 사람도 있었다. 그 순간 마음속으로는 책임과 약속을 지켜야 하는 부담과 무거운 짐 때문에 숨이 꽉 막히는 듯했으나 겉으로는 태연한 체해야 하는 내 자신의 위선에 서약서를 건네주는 손목이 가느다랗게 떨리는 것은 어쩔 수가 없었다.

행사가 끝나고 돌아가는 하객들은 각자 한마디씩 쏟아놓는다. "참으로 훌륭한 결심을 했다. 이 작은 체구에서 어쩜 그렇게 큰 결심을 했나? 진정 그대를 존경하고 사랑한다. 역시 희생정신이 강한 사람은 달라. 가족들 때문에 엄두도 못

내는데 나도 한번 용기를 내어볼 것이다.”는 등 나름대로 자신들의 위치에서 한마디씩 하면서 격려와 감탄을 던지면서 아쉬운 마음으로 헤어졌다.

저녁에 셋째 언니 집에서 한자리에 모인 형제자매와 조카들 역시 한마디씩 항의를 한다.

둘째 언니 : “어쩜 오빠 언니들에게 한마디 상의도 없이 네 마음대로 그런 큰일을 했느냐?”면서 노골적으로 섭섭함을 토로한다. 상의를 하면 모두가 반대를 할 것이 분명하므로 혼자 결정한 것이지 절대로 형제들을 무시한 것은 아니었는데!

셋째 언니 : “아무리 남편 자식 없는 홀몸이라 해도 조카들이 있는데 네 한 몸 거두지 못할까 죽기 전에 그런 결정을 했느냐?”면서 혼자 살고 있는 동생이 안타까운 생각으로 말하는데 나의 본뜻은 그런 게 아니었다.

오빠 아들 장조카 : “고모는 이율배반적인 분이에요.”하고 그다음 말은 잇지 못한다. 나는 왜 장조카의 입에서 왜 그런 말이 나오는지 금방 알 수가 있었다. 바로 1년 전 고향 선산에서 부모님 묘를 이장할 때 잔디를 정리하느라고 조카와 나란히 앉았던 기회에 오빠의 사후에 선산을 관리하게 될 조카에게 미리 다짐을 받으려는 뜻에서 “사랑하는 조카야! 고모는 결혼을 하지 않았기에 이곳 선산에 묻힐 자격이 있으니까 나 죽은 후에 할머니 곁에 자리 잡아 주어야 한다”고 했더니 “그럼요 당연히 그렇게 해드려야지요, 우리 집안에

부모님 다음에는 막내 고모님이 어른이신데 저를 믿으세
요." 하며 주고받았던 약속을 생각하고 있었던 장조카의 의
미 있는 말이 참으로 믿음직스럽고 사랑스러웠다.

생명 나눔 운동은 반대할 직계 가족이 없는 독신들이 앞장서야

생명나눔운동으로 장기기증은 민간단체인 사랑의 장기기
증운동본부와 일부 종합병원에서도 접수하고 있으나 국립 장
기이식센터에 등록되어 관리된다. 뇌사상태에 있을 때에는
신장 간장 췌장 심장 폐 각막 소장 등을 기증할 수 있고 사
망 후에는 시신과 각막을 기증할 수 있다.

각막은 너무 나이가 많으면 어렵다고 하는데 평생을 비
혼자로 살면서 전 국민의 정신적인 지주로 추앙받았던 김수
환 추기경님도 2009년 87세로 선종하시면서 각막을 기증하
여 한 청년의 삶을 암흑에서 광명으로 이끌었다.

〈태어날 때는 당신만이 울었고 당신 주위의 모든 사람들
이 미소를 지었습니다. 당신이 이 세상을 떠날 때엔 당신 혼
자 미소 짓고 당신 주위의 모든 사람들이 울도록 그런 인생
을 사십시요〉라고 말씀하셨던 고 김수환 추기경님은 진정 당
신 말씀대로 위대한 삶을 살다 가신 분이다

한편 살아있는 동안에도 골수 신장 간 등은 이식할 수
있으나 이 경우에는 가장 가까운 부모 형제 자식이나 배우자

외에는 극히 어렵기 때문에 비혼자들에게는 자식이나 배우자가 없어서 장기 이식의 대상이 좁다. 그렇지만 사후의 장기 기증은 가까운 친족보다 불특정한 사람들에게는 더 범위가 넓으니까 사회에 기여하는 차원에서라도 적극적으로 생명나눔운동에 참여하는 것이 바람직한 일이다. 사람이 뇌사상태나 죽음에 임하여 쓸모없는 자신의 남은 생명을 타인에게 선물함으로써 새로운 생명을 되살리게 하는 일 이상 더 큰 가치가 또 있을까?

이 땅에 살고 있는 싱글들이여!

천사의사 박준철 씨는 인체조직기능을 나누어주어 100명의 생명에게 희망을 준 생명 나눔의 가치는 이 세상 그 어느 것보다 고귀한 보람이며 사후에 아름다운 사랑을 베푼 것입니다!

'배우자와 자녀들이 있는 기혼자들은 선뜻 결단하기 힘든 문제일지라도 걸림돌이 없는 싱글들은 망설이지 말고 나섭시다. 생전에 사회와 국가에 종족보존의 책임을 회피한 대가로서 생명의 가느다란 한줄기 선이 남아있을 때나 죽은 후에라도 꺼져가는 생명을 구하는데 값진 일 좀 합시다. 우리가 못하면 배우자나 자녀가 있는 사람들은 본인이 아무리 원한다 해도 사후에 가족이 협조를 하지 않아서 실천을 못 합니다. 하지만 직계가족이 없는 독신들은 장례식에 병원의 도움도 받기 때문에 친척이나 친구들이 장기 기증에 적극 협조할 것입니다.

저자와
협의하여
인지 생략

싱글들의 파라다이스

지은이 | 김애순
펴낸이 | 一庚 張少任
펴낸곳 | 돌섬 답게

초판 발행 | 2015년 6월 10일
초판 1쇄 | 2015년 6월 15일

등록 | 1990년 2월 28일, 제21-140호
주소 | 143-838 서울시 광진구 면목로 29(2층)
전화 | (편 집)469-0464, 462-0464
       (영 업)463-0464, 498-0464
팩스 | 02)498-0463
홈페이지 | www.dapgae.co.kr
e-mail | dapgae@gmail.com, dapgae@korea.com

ISBN 89-7574-276-7

나답게 · 우리답게 · 책답게